電　影　館　53

遠流出版公司

電影館 | 53

奇士勞斯基論奇士勞斯基

著者／Krzysztof Kieślowski

編者／Danusia Stok

譯者／唐嘉慧

編輯 焦雄屏・黃建業・張昌彥
委員 詹宏志・陳雨航

內頁完稿／郭倖惠

封面設計／唐壽南

責任編輯／趙曼如

發行人／王榮文
出版・發行／遠流出版事業股份有限公司
台北市汀州路三段184號7樓之5
郵撥／0189456-1
電話／(02)23651212
傳眞／(02)23657979

著作權顧問／蕭雄淋律師
法律顧問／王秀哲律師・董安丹律師

電腦排版／天翼電腦排版印刷股份有限公司
台北市敦化南路一段294號11樓之5
電話／(02)27054251
印刷／優文印刷事業有限公司

1995年4月16日　初版一刷
1999年7月16日　初版六刷
行政院新聞局局版台業字第1295號

售價280元
缺頁或破損的書，請寄回更換
版權所有・翻印必究
Printed in Taiwan
ISBN 957-32-2529-8

YL*ib* 遠流博識網
http://www.ylib.com.tw/
E-mail:ylib@yuanliou.ylib.com.tw

出版緣起

看電影可以有多種方式。

但也一直要等到今日,這句話在台灣才顯得有意義。

一方面,比較寬鬆的文化管制局面加上錄影機之類的技術條件,使台灣能夠看到的電影大大地增加了,我們因而接觸到不同創作概念的諸種電影。

另一方面,其他學科知識對電影的解釋介入,使我們慢慢學會用各種不同眼光來觀察電影的各個層面。

再一方面,台灣本身的電影創作也起了重大的實踐突破,我們似乎有機會發展一組從台灣經驗出發的電影觀點。

在這些變化當中,台灣已經開始試著複雜地來「看」電影,包括電影之內(如形式、內容),電影之間(如技術、歷史),電影之外(如市場、政治)。

我們開始討論(雖然其他國家可能早就討論了,但我們有意識地談却不算久),電影是藝術(前衛的與反動的),電影是文化(原創的與庸劣的),電影是工業(技術的與經濟的),電影是商業(發財的與賠錢的),電影是政治(控制的與革命的)……。

鏡頭看著世界,我們看著鏡頭,結果就構成了一個新的「觀看世界」。

正是因為電影本身的豐富面向,使它自己從觀看者成為被觀看、

被研究的對象，當它被研究、被思索的時候，「文字」的機會就來了，電影的書就出現了。

《電影館》叢書的編輯出版，就是想加速台灣對電影本質的探討與思索。我們希望通過多元的電影書籍出版，使看電影的多種方法具體呈現。

我們不打算成為某一種電影理論的服膺者或推廣者。我們希望能同時注意各種電影理論、電影現象、電影作品，和電影歷史，我們的目標是促成更多的對話或辯論，無意得到立即的統一結論。

就像電影作品在電影館裡呈現千彩萬色的多方面貌那樣，我們希望思索電影的《電影館》也是一樣。

王榮文

奇士勞斯基

論

奇士勞斯基

Kieslowski on Kieslowski

Danusia Stok ◎ 編 ／ 唐 嘉 慧 ◎ 譯

目　次

3.劇情片

4.我不喜歡「成功」這個字眼   277

5.三色   287

純粹非理性人性思辯

林智祥

奇士勞斯基在台灣

沒有多久以前，奇士勞斯基在台灣還只是cult一族之間口耳相傳的影壇新秀，一旦聽朋友眉飛色舞卻不甚清楚地描述他的電影，便忍不住要開口相借。因為這種話題通常從「你有沒有看過一部……」開始，如果回答「沒有」就表示你遜掉了。所以我接觸到奇士勞斯基的作品大概是源自此等小知識分子的虛榮心作祟，而不是因為朋友所描述的電影內容有多精采。

當時，要看奇士勞斯基的電影只能到坊間的錄影帶出租店碰運氣。因為他的電影尚未在台灣作過商業發行，但是卻很意外、很不符合商品經濟規則地發行了兩部電視電影。一定是影帶發行公司的小職員在主管挑選的片單上出了一點小差錯吧，例如編號寫錯之類的，可能還因此被削了一頓。

走進影帶出租店，在一排排以殺戮和愛情為題的悚動片名之間，尋找兩個可以給出租店當分類標題的片名《殺人影片》（A Short Film about Love）和《愛情影片》（A Short Film about Killing），頗有一種尋寶、識貨的小知識分子虛榮感。

一九九○年，金馬獎國際影展一口氣引進《十誡》（The

Decalogue）系列的十部作品，作爲當年的重頭戲，又加上《影響》電影雜誌也同時以大篇幅的專題介紹奇士勞斯基，一下子炒熟了奇士勞斯基在台灣藝術電影影迷心目中的大師地位。一九九二年再度引進他的新作《雙面薇若妮卡》（The Double Life of Véronique）時，已經一票難求。一九九四年，藍、白、紅《三色》（Three Color）系列，則已在台灣正式攻佔商業市場，連帶也使片商回頭購買《雙面薇若妮卡》（《十誡》雖然在當年就有片商買進，卻迄今未上院線公映）。

像這樣從觀摩影展擴散到電影市場的例子並非波蘭籍的奇士勞斯基獨擄，英國的格林那威（Peter Greenaway）、西班牙的阿莫多瓦（Pedro Almodovar）皆然，甚至一九九三年才引進的伊朗導演阿巴斯（Abbas Kiarostami），馬上就有片商買進他的作品。金馬獎國際影展和《影響》電影雜誌對於拓展台灣電影市場的國際視野、提升電影觀眾的觀影品味，實在居功菲薄。小心翼翼的片商走進國際影展的戲院，像是在看一場試片，尋寶一般地挑選觀眾反應熱烈、具有票房潛力的影片及導演，其本質或許和幾年前的cult一族走進錄影帶出租店沒什麼兩樣，只是滿足之處有所不同罷了。

大歐洲的邊陲地帶

在國際影壇上，波蘭是個異數。地處歐洲邊陲，電影工業也不甚了了，但這窮鄉僻壤偏偏出了不少好電影，尤其是二次世界大戰之後，更在國際影展間屢得大獎。波蘭影史上有兩件比較重要的改革，一是一九三〇年左右由導演Wanda Jakubowska及Aleksander Ford等人成立的「藝術電影協會」（Society of the Devotees of the Artistic Film, 簡稱START），倡導電影的藝術價值以及文以載道的責任。START的訴求同時涵括法國新浪潮和英國自由電影的課題，而且早

了數十年。

　　僅次於START的重要改革是發生於一九五六年左右的製片自治體（ZESPOLY），這一次是從電影工業的根本結構產生變革。緣自當時波蘭共產的局勢變遷，各製片單位享有自主運作的權力。於是志同道合的創作者得以齊聚一堂，攜手經營自己的片廠特色，而使得這時期的電影風貌變得多采多姿。當時，華依達（Andrzej Wajda）與波蘭斯基（Roman Polanski）就在同一個自治體拍片。

　　此外，到了七〇年代又有電影菁英分子，如華依達、贊努西（Krzysztof Zanussi）等人，推動所謂的「道德焦慮電影」（Cinema of Moral Anxiety），強調政治及社會意識。奇士勞斯基亦曾參與其中。

　　奇士勞斯基的崛起並非一鳴驚人，事實上他從洛茲電影學校畢業以後，拍了十幾年以紀錄片爲主的作品，直到一九七九年的《影迷》（Camera Buff）才引起國際的注意。不過主要還是因爲八〇年代的系列長作《十誡》，才爲奇士勞斯基奠定國際基礎，確立他爲當代世界影壇重要導演的地位及才華。其中，第六誡《殺人影片》還獲得坎城影展的評審員獎（Jury Award）。

　　然後是一九九一年的《雙面薇若妮卡》，這已經不是一部波蘭電影，奇士勞斯基首次享用西方先進國家的資金及闊綽的製作條件跨國拍攝。即使從影片的內容來看，我們也得將奇士勞斯基重新定位爲「歐洲導演」，而不只是個波蘭導演。緊接著，奇士勞斯基又迅速推出一套三部曲《三色》，享有更闊綽的資金，工作陣容及影片內容也都更具整體歐洲觀的色彩，不僅分別在三個歐洲國家拍攝，而且更具象徵性地分別在歐洲三大影展發表：一九九三年義大利威尼斯影展，《藍色情挑》（Blue）；一九九四年德國柏林影展，《白色情迷》（White）；一九

九四年法國坎城影展，《紅色情深》（Red）。就在《紅色情深》的首映會上，奇士勞斯基卻突然宣佈退休，從大歐洲的中心隱退，回到原來的邊陲地帶。

一個聲望與創作力皆如日中天的藝術家，經過綿密的思考及深層內省之後，結論卻是退休，我無法理解。此刻在我腦海裏，奇士勞斯基的長相已經和《紅色情深》裏退休的老法官混在一起了。他孤寂地站在窗口時，到底如何看待他的人生和這個世界？

人海茫茫，宿命的神秘主義者

宿命，是奇士勞斯基永恆的主題。當他在思索人性的課題時，當他在試煉信念於生活中的可行性時，並不是仰仗理性解析的能力，反而處處呈現一種純粹非理性的神秘主義傾向以及宿命的情調。在他的電影裏，唯一肯定的答案是人生的不確定性：茫茫人海中，陌生人之間必然有某種神秘的命運牽繫，我們的生活及生命也許被其中忽然搭上的一線緣分所左右而改變一生，也許不會。

這樣的主題即使在相當早期的紀錄片中就已經浮現，例如前述產生於一九六六年的《The Office》。在後來更容易發揮抽象主題的劇情片中，自然又更上層樓，一九八一年奇士勞斯基成名前的作品《盲打誤撞》（Blind Chance）就已經挑明了論述這個主題。電影一開始的情境是主角趕搭一列火車，接下來卻分為三個故事，設計他分別遭遇三個人而在未來產生三種截然不同的命運。

《盲打誤撞》是從一個角色的觀點提出他的命運與其他人聯繫的可能性，後面的系列連作《十誡》呈現的則是另一個角度。系列中各部影片裏的角色時常在他們的生活中互相擦身而過，但卻從未與對方的生命發生具有意義的關係，從未能明白彼此的生命有多接近。其中

表現得最極致的是《殺人影片》裏的一場戲，這場戲中未來的凶手與律師錯失交臂，絲毫不知道兩人的命運在未來有多麼重大的關聯。

《雙面薇若妮卡》則又將陌生人之間的命運鏈接合到最緊密的程度，因此神秘主義的色彩也最重。片中描述兩名幾乎一模一樣的女子，她們彼此不認識，也素未謀面，卻宛若生命共同體般地感覺到對方的存在或消失。在這樣的命運鏈當中，時間是靜止的，空間是不存在的。因此薇若妮卡可以相隔千里而感覺到彼此；也因此，《紅色情深》裏的老、少兩名法官可以相隔四十年而發生同樣的事件（書掉下來，正好翻到隔天的考題）。

《三色》連作在處理這個主題時無疑最為細緻而複雜。一方面，人生的重要關鍵常被一些陌生人或偶發的事件所左右。而另一方面，親密如夫妻間，卻可能比陌生人更陌生。在《藍色情挑》裏，畢諾許對丈夫的了解竟要透過一個在車禍現場撿到項鍊的陌生人指點，而丈夫對她的不忠也是丈夫死後才在無意間發現。在《紅色情深》的結局，三部片裏角色的命運，因為偶發的天災，全都聯繫在一起了。同時別忘了，在獲救的七個人當中，還有一個陌生人，與主角們命運牽繫。由是，《雙面薇若妮卡》存在於個人意識之中的命運鏈，到了《三色》則擴張到整個大歐洲的意識裏。

此外，《三色》另有一神來之筆。三部片中共同出現一樁小事件：一個老太婆努力要將一只破玻璃瓶塞進資源回收筒，卻無法成功。老太婆象徵著一位陌生人、無助者、以及每個人未來總會經歷的生命末端。然而在《藍色情挑》裏，畢諾許甚至並未意識到她的存在；《白色情迷》中，頓時失落一切的男主角則是看著比自己更無助的她，嘴角漾開幸災樂禍的輕笑；到了《紅色情深》，伊蓮·雅各才伸出援手，幫助她放進瓶子。奇士勞斯基透過這樣一件對於三部片的情節都無足輕重

的小插曲，道出與藍、白、紅主題對位並進的命運鏈主題：孤獨的個體之間從形同陌路，到互相鄙夷，到互助與互相依靠，從而獲致救贖。

冷眼旁觀，鎖眉沉思

論者一般將奇士勞斯基的作品劃分為兩個階段：早期負有「道德焦慮」的紀錄片，及後期無涉政治課題的劇情片。無論奇士勞斯基本人如何撇清，他早期的作品的確常針對當時的波蘭共產發出議論及質疑，之後隨著波蘭的政治局勢逐漸轉機，他卻對政治課題越來越冷感，後期的作品遂直接表露他對人性的思考。其實二者之間的差別只是在於題目不同而已，本質上都是在審查某一概念在個人日常生活中如何作用。早期如一九六六年的紀錄片《The Office》，重複對一些人詢問同一個問題：「你這輩子做過什麼？」後來的《十誡》只不過是改以宗教課題作文章；《三色》的「自由、平等、博愛」則是更廣泛的道德課題罷了。

這和大陸第五代導演「概念先行」的特色卻又南轅北轍，因為在奇士勞斯基的作品中，重要的不是概念本身，而是個體的生命以及生活。因此在他後期的劇情片當中，仍然以人物為本位，以生活為重心；仍舊維持早期紀錄片的本質不變。

而且奇士勞斯基的態度很單純，只是提出一個題目，邀請觀眾一起思考。他所提出的不是精心設計的謎語，而是一個人生的課題，需要大家共同思考的課題。不是像伍迪・艾倫（Woody Allen）那樣，拚命向觀眾闡述他的思考過程，因此奇士勞斯基通常也沒有提供解答。在他電影結尾，總是出現主角黯自思索的畫面。《愛情影片》始於一個人追尋另一個人，終於另一個人追尋一個人；《藍色情挑》結束於畢諾許重新思考她該如何應對人生某一階段的處境。

或許吧！《紅色情深》或許是個例外。在結局的船難援救中，《三色》的三對男女主角同時獲救；這麼一個大團圓的場面，出現的卻是一種奇士勞斯基式感傷而不確定的happy ending。相較於一般以「從此他們過著幸福快樂的日子」做為結局的故事，奇士勞斯基的語氣並沒有那麼樂觀，毋寧只是一種衷心的祈禱與祝福罷了。這是奇士勞斯基退休前的最後一部電影，而電影的最後一個畫面仍然停留在主角迷惘而憂鬱地望向遠方的神情。

結語

　　奇士勞斯基的電影最好關起門來，熄掉所有燈光，拔掉所有通訊設備，一個人看。

譯者序

　　奇士勞斯基一再強調他來自、並將永遠屬於東方世界！同樣背負著沉重歷史包袱，又在集體意識中與共產黨聲息與共長達四十多年（並仍在持續糾纏中）的我們，對於他生作波蘭知識分子無論如何也無法擺脫的諸般情結，讀來必然會心而笑。（是苦笑，亦或是「吾亦知天命」的淡然、坦然之笑？）

　　另外，他對自己不是天才的自知之明也十分可親──那近乎絮叨的自省，有點城府的謙退，以及完全低調的幽默與悲觀論──我想即使讀者對他的電影並不特別感興趣，也會同意這仍是一本有趣味，且值得一看的書。

唐嘉慧

一九九四年十月

謝 辭

首先，我當然最要感謝克里斯多夫‧奇士勞斯基（Krzysztof Kieślowski）。謝謝他在疲憊之餘，仍願意接受我無數次的訪問，同時還允許我挑撿他的家庭生活照及「場景」照片。這本書大部分的內容都錄自一九九一年十二月到一九九二年五月間我在巴黎對他進行的訪問記錄。當時他正在寫《三色》（Three Colours）這個三部曲的劇本。另外三分之一的訪問，亦即討論三部曲的部分，是在一九九三年夏天當《三色》殺青之後在巴黎完成的。

在此同時要感謝下列人士對我的支持與鼓勵：魏托‧史托克（Witold Stok）、傑賽‧帕崔基（Jacek Petrycki）、葛席納‧帕崔卡（Grazyna Petrycka）、馬索‧洛辛斯基（Marcel Łoziński）、安‧杜何飛（Ann Duruflé）、瑪麗西亞‧奇士勞斯基（Marysia Kieślowski）、塔都茲‧贊西考斯基（Tadeusz Zeńczykowski）、安娜‧品特（Anna Pinter）。當然，還有在編輯工作上鼎力相助的崔西‧史考菲（Tracy Scoffield）。

我也要感謝英國電影協會（British Film Institute）允許我引用奇士勞斯基於一九九〇年四月在《衛報》（Guardian）上發表的講詞。

本書還收錄有奇士勞斯基在文化月刊《Du》（瑞士，蘇黎士）發表的回憶錄片段。節錄部分是我直接從奇士勞斯基的原文翻譯過來的。

書中的劇照及照片皆由下列人士及機構提供：奇士勞斯基、安德瑞亞‧奧沃（Andrzej Arwar）、皮歐特‧加克沙–克瓦考夫斯基（Piotr Jaxa-Kwiatkowski）、蒙妮卡‧傑西歐羅夫斯卡（Monika Jeziorow-ska）、傑賽‧帕崔基、波蘭電影檔案室（Archiwum Film Polski），國家紀錄片工作室檔案室（Archiwum　WFD）、蓋拉電影發行公司（Gala Film Distributors）、MK-2、TVP影片檔案室（TVP Arch-iwum Filmowe）。

前言

　　除了華依達（Andrzej Wajda）、波蘭斯基（Roman Polanski）、史柯里莫斯基（Jerzy Skolimowski）及贊努西（Krzysztof Zanussi）之外，奇士勞斯基已成為另外一位同樣畢業於洛茲電影學校（Łodź Film School）、令當代人耳熟能詳的波蘭導演。不過，他的才華頗經過一段時日，才受到西方世界的賞識。一九七九年他所執導的《影迷》（Amator），在得到莫斯科影展首獎之後，才首度將他的名字傳入西方影迷耳中。不過一直要等到《無止無休》（Bez Końca）及更重要的、攝於一九八八至一九八九年間的《十誡》（Dekalog）問世之後，他的聲望才廣泛地打入一般（雖然還未普及商業）的市場。當時奇士勞斯基已完成好幾部劇情片，當然還包括他早期無數得過獎的紀錄片。

　　其實，奇士勞斯基的電影事業濫觴於紀錄片。他拍的那種風格獨特的紀錄片在六○及七○年代的波蘭獨領風騷，原因是這類紀錄片兼具藝術及政治信使的角色。在政治方面，它們能夠利用各種瞞天過海的技倆，逃過電檢制度，反映現實，揭露共黨不實的宣傳。於是，這類紀錄片逐成為企圖喚醒當時社會良知、所謂「道德焦慮之電影」劇情片運動的先驅。就像七○年代的紀錄片自然演化成「道德焦慮之電影」；奇士勞斯基的紀錄片也成長為劇情片。但其拍攝技巧仍十分類似，這一點我們可以在《人員》（Personel）中略見一般。他藉用拍攝

紀錄片的手法，強化虛構情節的真實感。直到今天，奇士勞斯基仍宣稱他是以拍紀錄片的原則來導劇情片，所以他的電影都以一些想法，而非動作，作為出發點。

奇士勞斯基辯稱他拍的每一部電影——除了《工人'71》（Robotnicy '71）之外——都在講人，而非政治的故事。不過我們卻很難否認他大部分、尤其是早期的作品，強烈地反應出當時的政治氣候。因此，簡單地對波蘭近代事件作個介紹，將有助於讀者了解為什麼奇士勞斯基不僅在波蘭電影界居領導地位，同時還充滿了爭議性。很多波蘭人熱愛他，不過也有些人對他的作品及人格採取保守態度，認為他曾經以拍攝像《履歷》（Życiorys）這樣的片子向共黨暗遞款曲。有人指控他是一名投機分子，背叛他自己及波蘭。

他本人自稱是一名十足的悲觀論者，時常表情嚴肅，藏在鏡片後的目光殷切。但是一旦燦出一個微笑，馬上就能讓人感覺到它的真誠。在他令人生畏的嚴肅態度之下，飽藏著不設防的親切感與一本正經的幽默。我在巴黎和他談話的時候，他很疲憊，當然是因為工作進度沉重的緣故——他必須在兩年之內寫完並且拍完三部劇情電影；不過，他同時也對政治，及波蘭人對他的期望——希望他作一頭政治動物——感到疲憊。當他掙脫了政治具壓迫性的桎梏以後，他的電影明顯地觸及更普遍而人性化的主題，以及對「何以為人」的討論。

奇士勞斯基於一九四一年六月生於華沙。童年時居無定所，和母親及妹妹跟隨罹患肺結核的父親，從一間療養院遷移到另一間療養院（聽他在煙不離口、咳嗽聲不斷的情況下敘述肺結核，令人驚異）。當然，那個時候波蘭大部分的兒童在生活上都遭遇到很多磨難，不過這並不表示個人的痛苦便能因此減輕。我們很難想像幼年不斷經歷的顛沛流離，真的不曾在他身上留下任何痕跡。被我問起的時候，他很少

提及童年的往事。當然，他敍述了一些軼聞趣事或是回憶，但全是片段。「我不記得了」這句話不斷地重複出現——大概是他潛意識裏毀滅痛苦的方法。但那也只不過是我的臆測而已。奇士勞斯基生性寡言，深具戒心。對於操縱答案以配合他自己的目的或盡量少說的藝術，顯然已駕輕就熟。儘管如此，我仍然覺得在巴黎的多次訪問中，他表現得不僅反應靈敏且樂於合作。

他在十六歲的時候，進入消防隊員訓練學院接受他平生第一次的專業訓練。不過爲時極短，從此他對制服及紀律深痛惡絕，對他來說，什麼都比軍隊生涯好。爲了逃避服兵役，他重回學校唸書，先是進入劇場技師學院（Państwowe Liceum Techniki Teatralnej）。後來在重考三次之後，被洛茲電影學校錄取，爾後並在該校完成爲期四年的電影導演課程。

在他求學的那段時期，共黨分支波蘭聯合工人黨（PZPR）的最高書記葛慕卡（Władysław Gomułka），趁著一九五六年（史達林死後三年）「波蘭十月」中一陣羣眾騷動，奪下政權。他不僅受到赫魯雪夫（Nikita Khrushchev）的歡迎（因而召回正進軍華沙途中的部隊），也受到波蘭人民的擁護。葛慕卡想「領導波蘭踏上社會主義的新路子」，史達林時代對個人及公眾自由活動的箝制於焉稍息。人民享有一段短暫的、比較自由的日子。可是到了一九六八年，有些人認爲葛慕卡變得懦弱無能，包括安全部隊的頭子莫察爾將軍（Mieczysław Moczar）在內的一小撮黨員伺機而動，等著鬥倒葛慕卡，接掌權位。莫察爾守候的機會於一九六八年一月來臨。曾於一八二三年由亞當・米凱爾維奇（Adam Mickiewicz）發表的《祭祖節前夕》（Dziady）當時在華沙的國家劇院上演，台下的學生歡呼反俄的口號。政府於是採取非常手段，不僅禁演該劇。並以暴力強制鎮壓接下來發生的學生

示威活動。很多學生不是被逮捕，就是被大學開除。示威活動後來波及其他的學生團體，洛茲電影學校也在其中。莫察爾指控猶太運動人士從事顛覆活動，於是在一九六八年春天開始展開一次大整肅，將上千名猶太裔的波蘭人開除黨籍，或逐出波蘭。葛慕卡在發給出境簽證時相當仁慈，於是大部分的猶太人，其中包括許多知識分子，都移民國外。洛茲電影學校因此失去許多優秀的教授。黨一方面誘過猶太運動分子陰謀滋事，發起示威活動，一方面成功地搧動媒體以及，更重要的，大工廠的工人，反對反叛的學生。學生們即使逃過被捕的命運，也經歷了理想幻滅的傷痕。這些年輕人在被欺騙之後，社會或政治意識都被磨利了！一九六九年，奇士勞斯基自洛茲電影學校畢業。

六○年代末、七○年代初的這段時期，波蘭一般情勢動盪不安。葛慕卡排斥貨物進口，再加上一九六九及一九七○年的農產欠收，導致嚴重的糧食短缺，而且，整個六○年代波蘭的生活費不斷在漲，工資卻仍維持偏低。葛慕卡接著在一九七○年十二月十三日宣佈將基本糧食價格調升百分之三十，無疑是最後一擊。格但斯克（Gdańsk）列寧船廠的工人發起罷工，當他們遊行至共黨總部前，警察向羣眾開槍，工人於是焚毀該建築。其他的船塢跟著響應加入行動，政府派來軍隊維持秩序，但雙方開打，死亡人數數以百計。黨執行委員會在葛慕卡未出席的情況下（傳說他中風），召開緊急會議。經過吉瑞克（Edward Gierek）與莫察爾內部派系的鬥爭之後，由擔任全波蘭工業重地西利西亞的凱托威斯（Katowice, Silesia）首要書記吉瑞克，接掌葛慕卡的職位。

吉瑞克從西里西亞帶來一批手下，全是典型的俄式走狗。與其說這一羣人執著於社會主義的理想，不如說他們忮求個人生活的提升。吉瑞克的作風和前任領導正好相反，他展開大規模經濟及社會的擴張

活動，以興建製造出口貨物的工廠爲名，向西方大舉借債以穩定物價，在短短的時間內，生活水平竄升，生活費卻下降。但不久之後，波蘭經濟的積弊開始現形。新工廠不能如期完工，國產貨物的品質低劣，很難在西方找到市場。爲了應付天文數字的外債償抵，政府把本來應該供應國內市場的煤及糧食運銷國外，貨物短缺的情況頻頻發生。一九七六年六月二十四日，吉瑞克重蹈葛慕卡的覆轍，將糧食價錢平均提高百分之六十，全國到處發起罷工及暴動，迫使吉瑞克收回提高物價的命令。數以百計的工人遭到軍隊毆打，不是被開除，就是被逮捕、下獄。

從六〇年代末期開始，儘管政府不斷執行審查工作，新文化及思潮卻喚醒了一般民眾的社會良知，大家願意同甘共苦。因爲糧食、住家及基本物資供應短缺，人民於是轉而追求非物質的東西，像是藝術、文化、宗教和彼此的慰藉。到七〇年代中期，團結意識已相當高漲，再加上東西之間在交通及文化交流方面的隔離狀況變得比較不那麼明顯。西方電影在波蘭上映的頻率愈來愈高，西方劇作家的作品也開始在此地演出。波蘭劇場本身也在此時經歷重生，像在洛克婁（Wrocław）的果陀夫斯基（Jerzy Grotowski），以及在克拉考（Kraków）的塔都茲・康托（Tadeusz Kantor），都分別帶動極富新意的運動。一份非常活躍的地下刊物，提供民眾未經審查的文學作品；同時一所非正式的飛行大學（Flying University）也宣告成立。他們在私人住宅裏舉行演講及研習會，雖然爲了逃避警方突襲，經常變更活動地點，不過仍有許多人遭到逮捕及騷擾，而且很多器材也被沒收。

整個六〇及七〇年代，電影都在波蘭扮演著非比尋常的重要角色。它給人的視覺衝擊十分直接，潛在的訊息卻又能逃過電檢人員的眼睛。電影發展出自己的一套密碼，可以讓觀眾瞭若指掌，卻令電檢

人員無處下手。包括紀錄片及劇情片兩種的電影藝術儼然成爲人民社會良知的代言人，因爲它們描述了共黨否認的生活情況。此時紀錄片的地位和劇情片一樣重要，它們不只是電視上墊檔或陪襯的節目而已，很多紀錄片純粹就是爲了要在電影院放映而拍攝的，更有許多觀眾專程爲了看這些紀錄片而湧進電影院，對於主打的劇情片反而不感興趣，因爲觀眾知道紀錄片會把他們每天經驗的真實世界呈現出來。

從某方面來看，那個時候——尤其是七○年代後半段——在波蘭拍電影反而比在西方容易，因爲商業的壓力沒有那麼大，電影人不必曲意討好製作人及觀眾去籌措資金，反正電影業完全國營化，資金並不屬於任何特定人士。

儘管波蘭電影業仍處在文藝部的電檢監控之下，卻在一九五五年開始實施分權制。八家國營的自治劇情片製片廠（zespół，字面翻譯爲「工作組」）相繼成立，每一家都有一位藝術總監——通常都是電影導演——以及一位文宣經理和一位執行製片。每一家製片廠都自行負責承包劇本及安排所有階段的製作過程，因此，志趣與理念相投的電影人便會在同一家製片廠中聚集。完成的電影必須經過文藝部副部長及國家審查委員會的核准。有些劇本很有技巧地騙過電檢人員，卻又能保留電影人原來暗藏的企圖。同樣是由政府出資的紀錄片，通常由另外一些稱爲「工作室」（Studio）的製片廠製作。當然，有無數的電影經年被束諸高閣——像是奇士勞斯基在一九七六年爲電視拍攝的《寧靜》（Spokoj）——也有些只獲准放映給少數經過篩選的觀眾——像是他分別在一九七五年及一九七八年完成的《履歷》（Zyciorys）及《守夜者的觀點》（Z Punktu Widzeniz Nocnego Portiera）。即使如此，這類的作品仍然存在，而且也在半平民化的試映情況下受到華沙核心知識分子的欣賞。

我記得自己好幾次溜過華沙國家紀錄片工作室（Wytwórnia Filmów Dokumentalnych）的守門員身側，參加這類的試映會。諷刺的是，我丈夫在該工作室擔任多年的燈光攝影師。卻時常被無禮地要求出示身分證明，而我卻總能不受騷擾地偷溜進去。我很幸運，因為我根本沒有入場證，而這類試映的來賓名單，都會在事先經過審慎地篩選。這類試映會被稱作是"kolaudacje"，目的是要讓數目有限的電影圈人士觀看、批評及評估一部電影。電影通常都在工作室內的小型放映室內放映，但每次這些本來只準備容納五到十人的小房間內，都會擠滿了導演、攝影師、作家及詩人，大家罩在一片濃密、刺鼻的煙霧（波蘭香煙！）裏，目不轉睛地注視著銀幕。萬一工作室的經理或官員突然出現，我這名非法的觀眾得趕快躲出去，否則就得盡量不起眼地混入周遭事物，隱身其間。

到了七〇年代中期，整個社會跟五年前比起來團結很多，並且相當保護異議分子。工人與知識分子的力量已結合為一體。一九七六年，包括庫倫（Jacek Kuroń，一九八九 年圓桌談判結束後，他成為勞工部長）與米區尼克（Adam Michnik）在內的一羣知識分子及異議人士，組成了反對黨的工人保護委員會（Workers' Defence Committee, KOR）。該組織提供被捕工人法律上的建議，並告知一般大眾這些工人在受審期間受到何種待遇，同時它也籌措金錢替工人們付罰款，幫助他們的家人。一九七八年十月，沃依提拉（Wojtyła）主教當選敎宗，以及他接著回國作的那次成功的訪問，使波蘭人的團結力量更形鞏固，並且更堅定了他們對自己的能力與享受自由權利的信念。

一九八〇年七月，吉瑞克再度嘗試以提高食物價格來清償外債，各種罷工又再度爆發，不過這一次大家表現得遠較過去有秩序，而且顯然有備而來。一九八〇年八月十四日，一位名叫華勒沙（Lech

Wałęsa）的電工，爲了抗議同事安娜·華倫鐵諾維茲（Anna Walentynowicz）遭到非法解僱，在格但斯克的列寧船廠發動罷工。這次的罷工工人不再像一九七六年，衝去火焚共黨總部，他們只是靜坐，要求和政府代表見面，這羣人又組織了一個工廠連線罷工委員會，爲其他許多起而響應的工業中心擔任協調的工作。一九八〇年八月三十一日，政府與工人共同簽署一項協議，准許他們成立自由交易工會，並享有公民權益及資訊自由。自由交易工會與天主教廷並可自由使用媒體。「團結工聯」（Solidarity），亦即自由交易工會，於焉誕生。當時一般人民都同感興奮，他們眞的相信情勢會改變，他們的聲音會有人去聽，更重要的是，會被尊重。他們變得勇於公開爭取自己的權力，以及他們對受黨壓迫的痛恨。上百萬的人民退黨，並且對黨公開加以抨擊。

當社會正在爲新獲得的自由歡欣鼓舞之時，黨的政策卻招來更嚴重的經濟危機，貨物短缺的情形持續惡化，其中還包括大家迫切需要的醫療藥品。共黨本身也顯露出分崩離析的癥兆。有一百萬名共產黨員倒戈加入團結工聯。在共黨的控制權弱化的同時，團結工聯的內部卻開始爆發各種傾軋：鴿派認爲團結工聯的角色應以交易工會爲主；鷹派卻主張分享權力。

有一件事是莫斯科絕不容坐視的：那就是波蘭共產黨的徹底解散。莫斯科因爲害怕失去對波蘭的控制，於一九八一年二月開始採取一連串爲鎮壓行動舖路的手段。首先是把擔任波蘭軍隊首領，以及從前一年十月開始兼任第一黨書記、效忠莫斯科的賈魯賽斯基（Wojciech Jaruzelski）將軍，扶上首相的寶座。

一九八一年十二月十二日晚上，我去參加一位朋友的宴會。應邀來賓人數很多，其中許多都來自電影圈及文藝界。有人想打電話叫計

程車，卻發現電話不通。其中有一位作家朋友，到樓上自己的公寓去拿他剛完成的劇本。過了很長一段時間，都不見他回來。他太太很耽心地上去找他，然後哭著跑回來說：「麥可被逮捕了！」我們往窗外積雪的街道望下去，四周一片詭譎地死寂。在回家的路上，我們試打了好幾個公共電話，沒有一個是通的。好不容易叫到一輛計程車之後，我們請司機繞道當地團結工聯分局所在地的莫可托斯卡街（Mokot-owska Street），卻看見街角被一排警車堵住。在對剛發生的情況作了些揣測之後，我們在一片懵懂中進入睡鄉。第二天早晨，我打開收音機，聽到一陣嚴肅的古典音樂與賈魯賽斯基將軍的聲音：「從昨天夜裏開始實施軍事戒嚴……」市內通訊仍然被切斷，街上開始出現坦克車。無數人遭到逮捕及拘留，幾位團結工聯的領導分子在逃亡之後，持續在地下從事他們的活動。在接下來的幾天之內，數以百計的民眾，其中包括電影人，被召至警察局去簽署效忠新政府的宣言。很多人在事前接到警告之後，託故不在家，避開了傳票，也避免了簽署。諷刺的是，羣眾興高采烈的情緒還在持續中。無論在哪個方面，人民都準備永遠對彼此效忠，一同加入抵抗蘇聯控制的戰爭。一種人類同仇敵愾的情緒沸騰了！可是，日子一個星期一個星期、一個月一個月地拖下去，崇高的原則都變成理想的幻滅。在求生不易的情況下，遑論反叛！卑鄙的嫉妒與怨懟開始玷污友誼，很多波蘭人移民到西方。到了一九八二年十月，法庭終於宣佈解散被禁的團結工聯。

實施戒嚴法之後，電影業根本等於不存在了。電影膠片嚴重短缺，又沒有人能夠動用當時由各家國營製片廠經管的器材設備。許多電影人都改行去找（希望是）暫時的工作。一時之間，計程車司機的行列中突然多出許多才華洋溢的飽學之士。電視雖然照常播出，卻徹底淪為軍事政府的傳聲筒。作家、演員及導演聯合起來杯葛電視，為電視

界工作就等於是在為共產黨工作，因此，也就等於是在為蘇聯工作。

　　當「穩定局面」逐漸達成，隨著不斷在電視上出現的賈魯賽斯基將軍卸下軍裝，改穿便服之後，一些電影也開拍了。一九八二年十二月，戒嚴法「暫緩實施」，但整個國家的經濟狀況卻比一九八〇年的時候更糟。布里茲涅夫（Brezhnev）死後，安德魯坡夫（Andropov）及契爾年柯（Chernienko）在很短的一段時間內，先後繼位並死亡。改革派的戈巴契夫（Gorbachev）在蘇聯境內鼓動一連串的改革。這在波蘭境內也造成不可避免的回響。一九八九年二月，政府與反對黨開始「圓桌談判」。一九八九年四月，雙方簽署一項協議：波蘭國會（Seym）將開始採行新的民主選舉制度。在一次類似不流血的政變中，團結工聯復黨，並且掌握了部分政權。從第二次世界大戰到現在，波蘭第一次嘗到自由的滋味。政治審檢制度被廢止，但經濟危機卻陷入更深的泥淖。

　　如果我們參考近代歷史，將很難想像在六〇、七〇、及八〇年代這三十年內，有誰可能在波蘭拍出絲毫不帶政治色彩的電影。只要一沾上政治──尤其是像戰後波蘭這樣風動草偃、氣象詭譎的政治──沒有一件事能逃過爭議性。現在，波蘭政治已起了極劇烈的變化，奇士勞斯基和其他的電影人從此將能專注於探討個人的主題，完成他們對自己的許諾。反諷的是，此時奇士勞斯基的電影製作方向也改變了──移到法國，資金短缺迫使他與西方合作。除此之外，或許祖國殘存的單調、乏味，還有到處瀰漫的、患幽閉症般地態度，也同樣有力地在促成他的「逃亡」──或者我們應該說「開放」吧！

Danusia Stok

一九九三年一月

序

　　拍電影，並不意謂著觀眾、影展、影評、訪問……它意謂著每天早晨六點鐘起床；它意謂著嚴寒、雨水、泥巴、扛負沉重的燈光設備。這是一個令人精神衰弱的行業，而且到了某個階段，所有其他的事物都必須退居陪襯的地位，包括你的家庭、情感與私生活。當然，火車司機、生意人和銀行家也會這麼描述他們的工作。他們說的無疑也是對的。但這是我做的工作，而我現在所描寫的，正是這樣的一份工作。或許我不應該再繼續做下去了。有一項最基本的東西，是所有電影人都必備的——耐心——我的已用到盡頭。對於演員、燈光攝影師、天氣、無聊的等候，還有凡事總是不盡如意，我已不再有任何耐心，同時，我又不能形於色。為了努力不讓組員看見我的不耐煩，我感覺自己像被掏空挖乾一般。我相信比較敏感的人都能了解，我對自己這方面的脾性甚感不悅。

　　拍電影在世界任何一個角落都是一樣的；別人把一個小攝影棚內舞台的一角給我使用，一張零落的沙發、一個桌子、一把椅子。在這個虛構的內景當中，我嚴屬的口令聽起來萬分怪誕：安靜！開麥拉！Action！再一次，「我做的工作毫無意義」這個想法又來折磨著我。幾年前，法國《解放報》(*Libération*) 問不同的導演他們為什麼要拍電影，當時我的回答是：「因為我不會做別的事。」那是所有回答中最

短的一個，或許那正是它受到注意的原因。也可能是因為我們這些電影人整天板著一張臉，大把銀子花在拍電影上，大把地賺，在上流社會中裝模作樣，因此經常可以感覺到自己工作的荒謬性。我可以了解費里尼及其他那些在攝影棚內搭建街道、房子，甚至人工海洋的導演：這麼做才不致於讓太多人看清導演這份工作是多麼地厚顏無恥、無足輕重。

不過，在拍電影當兒，時常也會發生一些事——至少它們會維持短短地一些片刻——將這種愚昧的感覺一掃而空。這一次是四位法國女演員，在一個隨意的地方，她們穿著不合宜的衣服，假裝自己擁有道具及夥伴，然後表演得如此之美，將每件事都一觸成真，說幾句對話的片段、微笑或憂慮。就在那個時刻，我可以了解這一切都是為了什麼！

克里斯多夫‧奇士勞斯基

1

背景

歸鄉

在華沙機場等候行李耗了半個小時，一點都不稀奇。輸送帶不斷地轉啊轉地——一根香煙蒂、一支雨傘、一只Marriot旅館的貼紙、行李帶上的扣子和一條乾淨的白手帕。我無視「禁止吸煙」的告示，點燃一根煙。行李服務部的四個工人坐在唯一空著的四張椅子上，「這裏不准抽煙，老闆！」其中一個人說。「但是准無所事事？」我問。「在波蘭無所事事一向都准的！」另一個人說。然後四人哄堂大笑。其中一個人少了兩顆上門牙，另一個人的犬牙和右邊一顆牙掉了。第三位一顆牙也沒有。不過他年紀大了，差不多有五十幾，第四位約莫三十，滿口牙都在。我又等了二十分鐘才拿到行李，花了將近一個小時。既然我們已彼此認識，搬行李的人見我哈第二根草也沒再說什麼。

華沙市中心有好幾千名小販。他們賣肉、賣毛巾、賣鞋、賣麵包或糖，貨就裝在自己停在路邊的車上。很好——雖然交通擠，買東西倒方便。人行道上攤了一地來自西柏林廉價超級市場的貨物，「Bilka」和「Quelle」，還有從庫茲堡（Kreuzberg）來的巧克力、電視機、水果、什貨。我碰到一位拿著一個空啤酒罐的老頭兒。「空的？」我問，他點頭，「多少錢？」「五百羅提（złotys）。」我想了一想。他顯然相信我想買那個罐子，於是鼓勵我：「我算你四百怎麼樣？」我問他：「我要個空罐子幹什麼？」「那是你的事。如果你買了它，你愛怎麼辦

就怎麼辦！」

　　我對波蘭的愛，有點像一對結婚很久的夫婦，對彼此一清二楚，覺得有點煩膩，但是一旦其中一個人先撒手，另外一個一定隨後跟去。我不能想像沒有波蘭的日子。在西方，我找不到一個住得慣的地方，雖然我現在就住在那兒，那兒的環境也好極了：開車的人都彼此禮讓，店裏的人都會跟你說「早安」。可是當我前瞻未來時，我只能想像自己住在波蘭。

　　我不覺得自己是個世界公民，仍然自覺是波蘭人。事實上，任何能夠影響到波蘭的事情，都能直接影響我：我從不覺得離這個國家遠到可以不用再關心它。對所有的政治遊戲，我已不再感興趣，但是我在乎波蘭本身。它是我的世界，我出生的世界，毫無疑問地也將會是我落葉歸根的世界。

　　每當我離開波蘭的時候，就感覺一切都是暫時的，只是個過渡時期。即使離開一年、二年，我也覺得自己只是暫時離開。換句話說，當我去波蘭的時候，總有一種回家的感覺，一種歸鄉的感覺。每個人都該有個歸去的地方。我有我的地方：那是波蘭。要不就是華沙，否則就是莫索芮恩湖（Mazurian Lakes）上的科薩克（Koczek）❶。世事變遷得再屬害，也不能改變我最基本的感覺。當我回巴黎的時候，我沒有這種歸鄉的感覺。我「去」巴黎，但我「回」波蘭。

　　對我來說，父親比母親重要，因爲他很年輕的時候就死了。不過母親對我也很重要。實際上，她正是使我決定上電影學校的原因之一。

　　使我奮發圖強的事件發生在我第二次參加入學考試之後。回到家後，我在電話中和母親約好在華沙城堡廣場（Plac Zamkowy）上的手扶電梯旁見面。她大概滿心以爲我考取了電影學校，可是我卻知道

1 「我父親是個睿智的人，但以前那
對我並無多大用處。直到現在，我
才了解他曾說過的一些話，及做過
的一些事的涵義。」

自己一定又名落孫山。她抵達電梯的頂端，我則在電梯的底端。我升
上去，走出門。外面是傾盆的大雨，媽站在那兒淋得渾身透濕，好遺
憾我第二次還沒考上。「聽著，」她說，「或許你不適合這一行。」我
不知道是她在哭，還是雨水，只覺得看她那麼憂傷，令我感到萬分抱
歉。就在那一刻，我決定自己無論如何非進電影學校不可。我要證明

2 「對我來說，父親比母親重要，因爲他很年輕的時候就死了。不過母親對我也
　很重要。她正是使我決定上電影學校的原因之一。」
3 「我父親有肺結核。總是在住療養院，我們——我媽，還有我和妹妹——因爲
　想挨著他住，也就跟著他搬家。」

給他們看，我適合做那一行——只因爲她是如此憂傷。那才是我痛下
定決心的一刻。

　　我們的家境很窮，父親是個土木工程師，母親是辦事員。父親患
有肺結核，二次世界大戰結束後整整十二年，他因爲這個病慢慢死去。
他總是在住療養院，我們——我媽，還有我和妹妹——因爲想挨著他
住，也就跟著他搬家。他進哪家療養院，我媽就會到那個城裏找個辦
公室上班。等他換到另外一家療養院，我們也跟著搬去另一個城市，
媽又得在那個城裏找工作。

　　生命裏很多事都是由當你還是個孩子時在早餐桌上打你手背的那
個人決定的，指的就是你父親、你祖母、你曾祖父、你的家庭背景，

那是很重要的。那個在你四歲時因為你調皮而打你手背的人，往後幾年會在你床前或是聖誕節送禮物的時候，給你你的第一本書。那些書將塑造你的人格——至少，我的人格就是那麼開始成形的。它們教了我一些事，讓我對某些事物特別敏感。那些我曾經讀過的書，尤其是我在孩提時代讀過的書，使我變成今天的我。

整個童年時期我的肺功能都很弱，隨時可能感染肺結核。當然，我也跟其他的男孩一樣，踢踢足球、騎騎腳踏車什麼的，但是因為我體弱多病，常常蓋著毯子，躺在陽台上呼吸新鮮空氣。所以我讀書的時間很多。剛開始在我還不識字的時候，媽會唸給我聽。然後我很快就學會自己識字。我連晚上都在看書，躲在床單下，僅靠一小根火把或蠟燭，有時一直讀到黎明。

當然，我存在的世界，那個充滿朋友、腳踏車、到處狂奔，還有在冬天的時候在作醬白菜的木桶板上滑雪的那個世界，是真實的世界。不過，書本裏那些充滿冒險故事的世界也是真真實實的。那個世界不只有卡謬（Albert Camus）和杜斯妥也夫斯基（Fyodor Dostoevsky），那兒還有牛仔和印地安人·湯姆·索耶（Tom Sawyer）和其他的英雄。那裏面有好的文學，也有差勁的文學，我以同樣的興趣閱讀它們。我真的不敢確定我從杜斯妥也夫斯基那兒學得多，還是從美國某個九流作家那兒學得多。我也不想仔細地去分類。長久以來，我只知道在物質世界，那個你可以觸摸，可以在店裏買到的世界之外，生命裏還有別的東西存在。那都是我從書裏讀來的。

我不是那種可以一直記得夢境的人。就算我做了夢，一旦醒來，我就忘了。不過，當我還是個孩子的時候，我也和其他的孩子一樣會作夢：恐怖的夢，有人在追我，我逃不掉。我們都作過那樣的夢。我也夢到過自己飛越地球。我作過彩色的夢，黑白的夢。這些童年的夢

以奇異的方式留在我的記憶中，我無法描述它們，但是當我現在再作類似的夢的時候，不管是噩夢還是美夢，我立刻就會明白那是來自我童年時的夢。

還有另外一樣東西對我更重要。在我一生裏，有很多我相信是屬於我生命的一部分、卻不敢確信它們是否眞的發生在我身上的事件，我對這些事件的記憶鮮明，但也有可能只是因爲別人曾經談論過它們。換句話說，我剽竊別人生命中的事件。連自己是從誰那兒剽竊或偷來的，我都記不得了。我把它們偷來之後，就眞的開始相信它們的確曾經發生在我自己身上。

我記得小時候有好幾樁這樣的事件，我明明知道它們不可能發生，卻偏偏又對它們的眞實性堅信不移。我的家人都無法解釋它們是打哪兒來的，難道它們都是如此逼眞的夢境，搖身一變成爲我記憶中的眞實景況，還是因爲某些人曾經描述過類似的事件給我聽，被我在潛意識中竊爲己有。

比方說，有一幕我記得特別淸楚：不久以前，我和女兒、妹妹去滑雪。途經葛賽斯（Gorczyce），一個位在光復地（Regained Territories）❷境內的小城。那次事件就發生在這個城裏，時間是四六或四七年，我五歲的時候。當時我正要去上幼稚園，我記得很淸楚，自己和媽媽一起走在路上，一隻大象突然出現，它經過我們，然後繼續走下去。媽宣稱從來沒有和我一起看到大象經過。一九四六年戰後的波蘭連洋山芋都很缺乏，路上自然不應該出現大象。即使如此，我仍然淸淸楚楚地記得那一幕，還有那隻大象臉上的表情。我非常確信某一天當我握著媽媽的手去上學的時候，曾有一隻大象朝我們走過來，然後它往左轉，繼續走下去，我們則繼續往前走。沒有人大驚小怪。雖然我媽宣稱從來沒有這回事，我卻堅信不移。

過不了多久，我對這些竊爲己有的事件便完全失去控制的能力。也就是說，我忘了那是別人的經歷，開始相信它們眞的都發生在我身上。想必大象事件就是這麼回事，一定是我從誰那兒聽來的。

　　對於這一點，最近我去美國的時候有深切的體驗。當時一個非常正派的發行商馬瑞馬克斯（Miramax）正準備發行《雙面薇若妮卡》（The Double Life of Véronique）。就在這部電影在紐約電影節放映中的某一刻，我突然覺察到美國觀眾被電影的結局搞得一頭霧水。那一幕戲講的是薇若妮卡回到她父親住的祖厝去，拍得很玄，並沒有很明確地指出那就是她們家的祖厝，不過，我相信歐洲人絕對都會明白，但在美國，觀眾卻十分迷惑。他們不確定她回去的房子是她們家的祖厝，同時也是她父親住的地方。就算他們知道，他們也不明白她爲什麼要回去。

　　對我們歐洲人來說，回祖厝在我們文化歷史中有它特殊的意義。你可以在《奧德賽》（Odyssey）中讀到，甚至在其他的文學、戲劇及藝術中找到，經過這麼長遠的歲月，祖厝已經成爲一套價值觀的象徵。尤其是對我們這些浪漫的波蘭人而言，祖厝是我們生命中非常重要的一個點，所以我才會拍那樣的一個結局。但是我發覺沒有一個美國人能夠了解。於是我向美國人提出一個重拍結局的建議，清楚的指出那是祖厝。後來我眞的那麼做了。爾後，我常在想，爲什麼美國人不懂這個觀念。我不了解美國人，不過我試著去理解這其中最根本的差異，這讓我想起一個故事。

　　這個故事我對各式各樣的人都講述過──記者、發行商、朋友──在我講過無數遍之後，有一天我突然驚覺這件事根本不是我自己的經歷，而是我一位朋友的故事，我卻把它當成自己的而津津樂道。我不僅偷竊、盜賣，而且居然徹底地相信這眞的發生在我自己身上。

一直到後來，我才發覺完全不是這麼回事，原來它是我偷來的。

故事是這樣的。我總是說：我坐飛機去美國，旁邊坐了一個男人。我想小睡一會兒，或讀點書，不想跟那個人講話。很不幸，他很愛講話，先跟我聊起來。「你哪裏高就？」他問。「我是拍電影的。」我說。他說：「那倒有趣。」我說：「是的。」他說：「我吶，是做窗子的，你知道嗎？」「那也有趣，」我說。「是啊！是啊！」他說，「眞的非常有趣！」我當然是在講諷刺的話，他卻當眞，還開始告訴我下面這個故事。原來他本來在德國做窗子，他是個德國人。我們倆溝通毫無問題，因爲他的英語和我是半斤八兩。跟他講話比跟美國人或英國人講話容易多了！

他的故事在講些啥呢？他跟我一樣，要去美國。這個人在德國擁有全國最大最好的窗子工廠，做出來的窗子品質一流。在德國，他的窗子價格很高，有五十年的品質保證。講求實際的德國人當然都樂意買他的窗子，因爲他們想既然有五十年的品質保證，就表示那些窗子鐵定在五十年之內都不會壞掉！這個人在德國成了最好的窗子商之後，就跟其他做某樣事做得很好的歐洲人一樣，立刻就想去美國做同樣的事。於是他到美國開了一家工廠。他對我說：「聽著，我開了這家工廠之後。我做的窗子眞是太棒了，不是蓋的。我立下了五十年的品質保證，訂了一個價錢。沒有人願意買。連個鬼都沒上門！我花了很多錢作廣告——登報、上電視，應有盡有。我到處寄傳單、目錄，隨便你說啦。還是沒有人買這些窗子。於是我把保證年限降低到二十年，價錢維持不變。你聽著，居然有人開始買窗子了。我又把保證年限降低到十年，價錢還是不變。窗子的銷售量一下子增加四倍。現在，我要去美國買第二個廠，然後把保證年限降低到五年，價錢還是照原來的，他們才願意買咧！爲什麼他們只買五年保證的窗子，卻不肯買

五十年保證的窗子呢？因為他們不能想像自己待在同一個地方待上五十年！對他們來說那是完全不可思議的事。」

　　所以說，幾世幾代都住在同一棟祖厝裏的想法，對他們來說，也是不可思議的事，因為他們總是不斷地在遷移。為了解說祖厝在美國人心目中的地位，我開始用這個竊為己有的故事作例子。過了很久之後，我才覺察到這根本不是我自己的故事，但是我迫切地需要用這個故事來幫助自己了解為什麼美國人不懂祖厝的重要性，於是我剽竊了它。不過，如果你想問我坐在旁邊的那個德國人長相如何，我可以仔仔細細地描述給你聽。儘管從來沒有什麼德國人坐在我的旁邊，但是我記得他的長相，因為他現在已經變成我的德國人了，而這件事也真的發生在我身上。我有很多屬於這一類的故事——都是從別人那兒聽來的，或許是我媽，或許是我爸，然後被我記成是自己的故事。

　　我還記得某些意象，或許那都不是真的。但它們也可能真的是我的經驗。比方說，誰會告訴我那位站在井邊掬水的德國士兵呢？在喝水的時候，他的手臂和嘴唇都在動，當他仰起頭時，他的鋼盔就往後滑，然後被他接住。不過那並不是什麼值得一提的戲劇化事件，既無因，也無果。那時我一定只有三歲吧！

　　我想我們都應該記得很多事，只是我們不知道罷了。如果你努力而有企圖地去挖掘，敏感地在你的記憶中挖掘，你就能喚回那些失去的意象及事件。不過，你必須真的想去記得，你也必須非常努力去記得。

　　一九三九年，德國剛剛佔領波蘭之後，他們開始把所有人都趕走。於是我們也離開了。然後在大戰以後，我們在光復地內搬來搬去，其中包括葛賽斯。對我們一家來說，那是一段幸福的時光——我們住在葛賽斯的日子——因為那個時候我父親身體還算健康，還在工作。我

們住在一棟房子裏，一棟真正的、正常的大房子裏。我和妹妹都在上學，生活很愜意。那棟房子在戰前屬於德國人，所以到處都是德國製的小東西。我到現在還留有一些：一把刀，還有一套羅盤。羅盤現在少了一樣組件，但以前是完好無缺的。我父親是個土木工程師，曾經利用這個羅盤畫圖，後來就留給我。房裏還有很多德文書，到今天我仍然留著一本從那棟房子裏帶出來的德文書。書名叫作《陽光山脈》（*Mountains in the Sun*）。書裏有滑雪者的照片，沐浴在陽光裏。

我不知道大戰期間我們在哪裏，我也永遠都不可能知道。雖然我們保留了一部分那段時間內的信件和文件，卻沒有一份指出我們的地理位置。我妹妹也搞不清楚。她比我小三歲，是在一九四四年大戰快結束的時候出生的。我知道她出生的地方：史崔梅賽斯（Strzemies-zyce），西利西亞（Silesia）的一個小地方。那是大戰以前最後一片屬於波蘭的土地。不過那在大戰期間卻毫無意義，因為反正到處都是德國人。我祖母住在那裏，我們去投靠她，住在一間小房間裏。她的德文很流利，但是大戰結束後，卻開始教俄文。那個時候在波蘭當德文老師可不容易。她懂德文和俄文，自然就成了俄文老師。我還上過她的課。

爾後，我們還去史崔梅賽斯住過幾次。遷徙無常的我們，知道在史崔梅賽斯總有一個願意收留我們一陣子的地方。那個地方很可怕，最近我才回去過，找到舊日的房子和院落。碰到這樣的情況，結果總是一樣的，每樣東西看起來都比以前更小、更髒、更灰黯。

我上過的學校太多，搞得混淆不清，常常連地方都記不得。我經常一年換兩個、甚至三個學校。不過我想我是在八歲或九歲的時候❸，在史崔梅賽斯上過二年級或三年級。然後，在我差不多十一歲的時候，又讀了一陣子四年級或五年級。我在學校表現不錯，不過從來不是乖

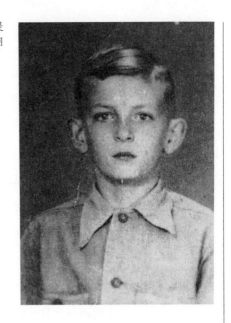

4 「我在學校表現不錯，不過從來不是
　乖寶寶或模範生。我雖然一點都不用
　功，却總能拿高分。」

寶寶或模範生。我雖然一點都不用功，却總能拿高分。我想同學們都喜歡我，因為我願意讓他們抄我的答案。那個時候，一般學校的程度都很差，所以我學什麼都很容易。我從來沒有花什麼時間在學習上，也不記得老師曾經教過我任何東西。連九九乘法表和拼音我都不記得，我的拼音一直很爛。除了幾個重要的歷史日期，我啥也不記得。回顧過去，我想我在學校裏得到的實在有限。

　　我不記得任何一個真正惡劣到令我不願去回想的人。其他的小孩會揍我，或至少企圖揍我，不過，我總能拔腳開溜。我記得好幾次，尤其在冬天的晚上，我在玩完雪橇，或是從學校回家的時候，總覺得有一羣男生伺機要揍我。大概因為我是他們老師的孫子吧。我祖母大概給他們很爛的分數，讓他們想拿我出氣。不過我從來沒有跟她討論

過這件事，所以不能確定是否真是如此。他們之所以揍我，也可能因爲那裏是上西利西亞（Upper Silesia），上西利西亞環境特別，外地人很難適應。西利西亞人說的方言跟華沙人講的很不一樣，如果你的口音和上西利西亞人不同，就會形同局外人。他們也可能是因爲這個原因才想揍我的。

我記得那個時候自己常會去住專門爲小孩準備的療養院，在波蘭那種地方叫作「防預院」（preventoria），專爲可能感染肺結核或特別虛弱的孩童設立。目的是讓他們享受好的氣候和健康的食物。以當時的情況來看，大概那種地方的伙食眞的不錯。而且我們每天早晨還會上兩個小時的學。

我去那種地方住最主要的理由是因爲我的父母沒有能力養我們。父親久病纏身，母親薪資微薄。而防預院卻是免費的，我想。我妹妹也常去那種地方住，有時候跟我住同一間，有時候各分東西。我父母總是爲了必須把我們送走，感到萬分悲傷。不過，他們大概沒有選擇。只要他們一有機會，就會來探望我們。而我們也總是引頸期盼。尤其是我。通常來的都是母親，因爲父親經常纏綿病榻。我很愛他們，我想他們也很愛我和妹妹。一家人被拆散使我們柔腸寸斷，但當時的情況就是那樣。

我們住的社區很小，共黨政權無法掌握我們。也就是說，他們的權勢不如在城市裏那麼無孔不入。我們住的地方小到連個警察都沒有。那些地方通常只有六百到一千個居民，加上一個老師，和一位每天會進城一、兩趟的公車司機，如此而已。當然，療養院總有一位具有黨員身分的院長。不過我從來不記得見過他的面。連史達林死的時候我在哪裏我都記不得了❹。那件事跟我毫無干係：我連自己知不知道他死了都不確定——大概不知道吧。

5 「我記得那個時候自己常會去住專門給小孩住的療養院,目的是去享受好的氣候和健康的食物。」

6 「最後我父親終於死於肺結核。當年他才四十七歲,比現在的我還年輕。」

我記得自己看過的第一部電影——也可能又是我憑空想像的——是在史崔梅賽斯放映的一部由傑哈・菲立浦（Gérard Philipe）主演的法國片。應該是《方杜立》（Fanfan la Tulipe）。放映法國片在當地造成很大的轟動，因為通常我們能看到的電影全是捷克、俄國或波蘭的電影。那個時候我才七、八歲，而十六歲以下的人是不准看那部電影的。問題是：我父母想讓我看那部電影，當然我自己也想看。他們認為那部電影很美，我應該會喜歡。我叔公是當地有很威望的醫生，他先去看四點或六點的那一場，發覺那部電影適合讓我看，於是運用了一點特權，讓電影院的老闆放我進去。那部電影在演什麼我啥也不記得。看電影的前幾天我父母老是在談論這件事，大概是商量怎麼樣把我帶進去這類的事。搞得我也興奮得要死，而且我當然也很怕到時候他們不放我進去。但是電影在演什麼，我真的一點都不記得了。

後來我們搬去光復地下西利西亞（Lower Silesia）靠近加里尼亞・葛拉（Jelenia Gora）一個名叫索科羅斯科（Sokolowsko）的地方。我們前後在那裏住過三次，所以那是我童年印象最深刻的地方。我父親住在那裏的療養院裏。其實那只是一個復健渡假中心——我也不能說那是個渡假中心，因為這會讓人聯想到像坎城（Cannes）那樣的地方。其實一點都不像！那裏有兩、三間療養院，沒有任何西利西亞人，因為戰後他們不是逃走，就是被趕跑了。當地約有一千名居民，其中大部分都是病患，再加上兩百多位照顧病患的人，還有他們的小孩。

當地的文教館裏有一個大廳，巡迴劇團和放電影的人會在那兒演出。放電影的每週至少會來一次。那個廳很不錯，設備齊全，放映機品質也很好，可不是什麼老舊的救火站。這次的問題又不一樣了。我不是因為年齡太小而不能看電影，他們時常會放小孩子的電影。這次

的問題是我沒有錢買票。朋友們的情況也一樣。我們的父母都沒有餘錢讓我們買票去看電影，就算偶而讓我們去一次，機會也少之又少。所以，我和朋友就爬上大廳的屋頂，那裏有一個很大的通風設備，是一個四邊有很多通風孔的大煙囪。這些通風孔用來向下面的觀眾吐口水剛剛好。我們嫉妒那些可以進去看電影的人，之所以吐口水，不是因為我們愛電影，而是因為我們恨那些可以進去的人。

我們可以看到銀幕的一小部分。從我佔的位置望下去，通常可以看到左下角一塊約莫半公尺見方的角落。如果演員站著，我或許可以看見他的腳，如果他躺著，我大概就可以看到他的手或頭。我們多少可以聽見電影的聲音，所以能夠連接劇情。我們就是那樣看電影的，一邊吐口水，一邊看電影。當然他們會跑到屋頂上來趕我們。要爬上那個屋頂非常容易，因為索科羅斯科是一個丘陵起伏的地方，文教館倚山而建，房子的屋頂就貼著山邊，我們可以先爬上小山，再爬上樹，然後從樹上跳到屋頂上。我們就在那個屋頂上，玩我們的童年遊戲。

我經常爬上屋頂。我還有一位朋友，一位來自華沙的男孩，除了爬房頂之外，什麼事都不做。如果有葡萄酒或伏特加可喝，他也非拿到屋頂上去喝不可。他和朋友曾經爬過最高的屋頂。我也陪他一起爬過，然後在可以鳥瞰整個城的地方喝點酒什麼的。

後來，我經常旅行，企圖尋訪舊地。我會想去見這些人，可是等我真的到那裏以後，那些慾望便會消退。我只是到處看看，然後就離開了。以前我想如果我抵達之後，可以見到某個我三、四十年都沒看過的人，一定很好，看看他現在長相如何，變成什麼樣的人物。那將會是一個完全不同的世界，不過，那正是有意思的地方。我們可以談談自己的近況，這一向的經歷。不過，在我碰過一、兩個這樣的舊遊之後，就不希望再碰到其他的人了。老實說，我覺得羞慚。我的經濟

狀況不錯，開一輛好車，而我去的地方卻是貧民窟，看到的都是窮小孩、窮人。顯然我這輩子交過幾次好運，如此而已，可他們卻沒有，這令我感覺羞慚。我猜想這樣的會面大概也令他們感到羞慚。不過因為是我主動去找他們的，所以羞慚的人是我。這變成一個很大的問題。

父母沒有能力送我到外地讀書，因為他們付不起住宿費和其他的費用。而且，我也不想唸書，跟大部分的青少年一樣，我以為自己該懂的都懂了。當時我讀完小學，大概十四、五歲，一整年都無所事事。父親是個睿智的人，他說：「好吧，去上消防隊員訓練學院。至少你還能學得一技在身，可以如願地找到一份工作。」當時我想工作。那裏吃住都免費，入學又容易。我父親清楚得很，等我嘗試過消防隊員學院以後，就會想唸書了。他當然料對了。三個月以後，我就打道回府，不計一切地想繼續唸書。結果我換過好幾所不同性質的學校。

很湊巧地，我進入華沙的一間藝術學校。那真是純屬偶然。原來父母聯絡了一位我以前從來不認識的遠房叔叔，他是華沙劇場技師學院（Państwowe Liceum Techniki Teatralnej）的董事。那所學校好極了，是我讀過最棒的一所學校。可惜那樣的學校現在已經絕跡了。就和所有美好的事物一樣，他們不久就把它給關閉了。那裏的老師非常優秀，在波蘭——我敢說還有全歐洲——老師可不會把學生當朋友看待，但那個學校的老師卻如此。他們不僅好，還很有智慧。讓我們明白文化的存在，指導我們閱讀，去看舞台劇及電影。這些活動在當時並不時髦，至少在我生長的環境裏是如此。而且，過去我也不可能參與這些活動，因為以前我一直住在小鎮裏。一旦我看清有那樣的一個世界存在，我明白自己也可以過那樣的生活。以前我從來不知道，那真是純屬偶然。如果我叔叔是另一所學校的董事，我可能就會去讀另一所學校，今天也不會在這裏了。

7 「很湊巧地，我進入華沙的一間藝術學校。那所學校好極了。」

8 「後來，我母親住在華沙，生活變得很拮据。」

最後我父親終於死於肺結核。當時他才四十七歲，比現在的我還年輕。他病了二十年，我懷疑他大概不想再繼續活下去了。他不能工作，不能爲他的家庭做他認爲應該做的事，而且，他毫無疑問地一定也覺得自己事業無成──因爲他的健康不允許他去追求。他在感情、家庭各方面，都沒有成就。雖然我從來沒有和他談過這些事，不過我相信這就是他的感受。這種事旁人是可以感覺出來的。我可以了解。

後來，我母親住在華沙，生活變得很拮据，因爲我們沒有錢──我當然也沒有錢。在華沙求生不易，因爲當局不准你在那兒登記戶口❺。那是六〇年代末及七〇年代初的時候。她一步一步地搬到華沙，不知用什麼辦法，登記了自己的戶口。當時我已經開始在電影圈裏工作，也住在華沙，因此可以幫襯她一點。我當然有那麼做。

我母親六十七歲的時候，死於一場車禍，開車的人是我的朋友。那是一九八一年。所以我沒有父母在身邊已經很久了。何況我已經五十多歲，很少人年逾五十還父母雙全。我們從來沒有討論過的事不盡其數，現在我永遠沒有機會知道眞相。如今我只剩下妹妹一個人，但是我跟她並不親近，因爲我根本沒有時間。最近跟我親近的人等於零。近幾年來我都獨自一個人過日子。

我和妹妹當然有共同點，從小我們相依爲命。像我們過的那種日子──整天搬家、父親臥病──任何永恆的聯繫都會變得極端重要。現在，我們經常回憶過去發生的各種片斷，卻無法把它們串連成完成的事件。那些曾經在這些事件中擔任主角的人們，現在全已不在人世，無法告知我們事情的眞正經過。而我們總以爲時間還很多：總有一天，會有機會的……

我們和父母的關係永遠都不可能公平。當我們的父母在他們最輝煌的時代、最好、最有精力、最生龍活虎、最充滿愛意的時候，我們

9,10 「我不和女兒談論生命中眞正重要的事。我寫信給她。」

並不認識他們，因為我們還沒出世，否則就是年齡還太小，不懂得欣賞。等到我們慢慢長大，開始了解這些事以後，他們已經老了。他們的精力大不如前，求生意志也不像年輕時那麼旺盛。他們遍嘗各種希望的幻滅、各種失敗的經驗，變得滿腹苦水。我的父母都很好，真的很好，只是我從來沒能及時欣賞他們的好處。過去的我太愚蠢了！

現在的人沒有時間談愛，因為每個人都各過各的，我們都有自己的家庭和自己的子女。當然我們會試著打電話回家，說句「我愛妳，媽。」但那不是重點。我們不住在家裏，總是在別的地方。而實際上，我們的父母最需要的是我們留在他們身邊，他們仍然覺得我們很小，需要照顧。但我們卻拼命想掙脫這種被照顧的關係，我們也有權利這麼做。這就是為什麼我覺得子女和父母——尤其是父母對子女——的關係是如此地不公平。不過事情非這樣不可，每一代都必須忍受這種不公平的待遇。或許最重要的事，是在適當的時機有所領悟。

我的女兒瑪塔（Marta）對我的態度也一樣不公平。這是自然的規律。現在由她來回報我當初對待父母的不公平。聽起來這一切好像都是有預謀的，其實不然；這就是自然，就是生物現象。她現在十九歲，自然很想離開家庭。她當然會想要那些我不希望她要的東西。事情非這麼發展不可，這就是自然之道。

父母對我非常公平；父親是個睿智的人，但以前那對我並無多大用處。直到現在，我才了解他曾說過的一些話，及做過的一些事的涵義。那個時候我不懂，我太愚蠢了，太不懂得體貼，或太天真。所以其實我很少和自己的女兒談論重要的事，就算有，次數也很少。我和她談的都是實際的話題，對於生命中真正重要的事卻不提。我寫信給她，因為她可以把它們保留起來，將來慢慢回顧。當你收到這樣的信件，當時不會覺得有什麼特別，可是將來⋯⋯

父親所代表的權威對任何人都非常重要。他必須是你可以信賴的人。或許我們行為舉止真正的依循，是要讓我們的子女能夠信任我們——至少也要能信任一點點。所以我們才不會做出丟盡自己的臉、卑鄙無恥的事。至少我的情況是這樣——大部分的情況。

電影學校

在劇場技師學院裏，我們看到一個很不同的世界，它和普通社會上認定的價值觀，像是安定下來、追求舒適的生活、擁有物質財產、賺錢、升職……完全無關。我們了解到你可以在這個世界，這個所謂較高層次的世界裏，完成自我。我不能確定它的層次是否真的比較高，但它的確很不一樣。

結果，我無法自拔地愛上劇場。一九五八年到一九六二年是波蘭劇場的黃金年代。那個時期出了很多偉大的導演、作家、演員和設計師。一九五六年，來自西方劇作家的舞台劇也開始在波蘭上演。當時劇場的表現具有國際性的水準。當然，那個時候鐵幕還存在，我們和外界的文化交流跟現在是沒有辦法比的。或許在電影界還有些往來，但在劇場裏絕對不可能。現在波蘭劇團會到全世界巡迴表演。那個時候，他們哪兒也不去，只在自己的建築物裏表演。

現在我再也找不到具有這樣品質的劇場。即使我在紐約、巴黎、柏林那樣的城市看舞台劇，也看不到那樣有格調的演出。當然那時我還是個年輕小伙子，那些都是我覺得自己在發現美妙新世界時的回憶。現在我看不到任何一齣戲裏的導演、演員、設計師和創新的魄力，能和當年的標準媲美。當我發現那個本以為不可能存在的世界後，不禁目眩神迷了。

很自然地，我也想當一名劇場導演。不過在波蘭，所有劇場導演都必須先讀完較高等的學府——現在也是這樣——於是我決定去接受高等教育。當時有很多不同的機會，可是我想：「爲什麼不去唸電影學校，當個電影導演，這也是當劇場導演的途徑之一。反正兩者都是導演。」

要想進入洛茲電影學校（Łodź Film School）並不容易。我前面已經解釋過，我的第一次或第二次嘗試都沒有成功。如果你落榜，得再等一年才能重考。其實，去考第三次完全是我的野心作祟，我只想證明給他們看我能夠進去。到那個時候，我的動機已經不強烈了，因爲在那段時間內，我喪失了對劇場的喜好。那段美麗的時期於一九六二年宣告結束，舞台劇的品質滑落，中間到底發生了什麼事，我不清楚。從一九五六年開始，就像發生了一場爆炸似的，政治上某種程度的解放全由劇場宣洩出來。這股力量持續了幾年，但是到一九六一 或一九六二年的時候，熱潮漸漸耗盡。我已不想當劇場導演，任何一種導演我都不想當，更何況是電影導演。

同一段時期，我也在上班，因爲我得謀生。我已經是成年人，不能再指望本來就沒什麼錢的母親幫我。我在索利柏茲（Żolibórz）❻市議會的文化局當了一年多的辦事員，在那兒工作了一年，一邊寫寫詩。我也曾經在劇場內擔任了一年的服裝師。那份工作比較有趣，和我學的東西也有關聯。爲了逃避兵役❼，我不能停止學業，於是我又去師範學校學了一年的畫，我必須假裝自己想當美術老師。

我畫得很爛。在那個師範學院裏，每個人畫畫和學歷史、波蘭文、生物、或地理都一樣差勁。每個人學自己的專科都學得很差。所有的男孩都是爲了逃避兵役而來，大部分的女孩都來自華沙以外的地方，不是想來釣個金龜婿，就是想在華沙的學校裏謀一份教職，將來好在

此地登記戶口。大家都有別的計劃，沒有人真的想當老師。實在令人感到遺憾，因為當老師其實是一個很好的職業。不過，我想我從來沒有碰過一位熱衷教育的同學。

那一段時期我整天就想自軍隊中脫身，最後我真的成功了。到末了，我的體格等級屬於即使在戰時也不適合當兵的那一類。像這樣的案例很少，文件上證明我患有雙重精神分裂症，那是最危險的一種精神分裂症，表示如果他們給我一把步槍，我做的第一件事，很可能就是朝我的軍官開槍。這整個事件讓我再度意識到我們是多麼複雜的動物，因為我並沒有對徵兵委員會撒謊。我說的都是實話。只是稍為誇張了一點，而且我並沒有把所有的事實都講出來。結果倒顯得非常可信。

首先，我決定減輕體重。當我第一次去見徵兵委員會的時候，我比正常體重輕了十六公斤。算標準體重的方法是把你的身高減一百公分，然後把公分換成公斤。也就是說，像我身高一八一公分，應該重八十一公斤。軍隊就是這麼計算的。結果我只有五十六公斤，等於輕了十六公斤。於是他們把我歸類成乙等。這表示因為我的體能太差，在一年之內都可以不用服兵役。

我只是很瘦，輕了十六公斤而已。雖然我不懂他們的規則，但是我想，如果我輕了十六公斤就可以一年不服兵役，那麼我若輕了，比方說，二十五公斤吧，他們豈不是要讓我永遠免服兵役嗎？於是我開始非常積極地減輕體重。我花了好幾個月的時間逐漸減少食量，到最後變得只吃得下一點點東西。我還跑步、運動。等到我必須再去見徵兵委員會的前十天，我乾脆不吃不喝。真的。結果我發現這麼做是行得通的。大家都覺得人類需要流質，那不是真的。我滴水未進，粒米未沾，就這樣過了十天。在那十天剛開始的時候，我去公共澡堂洗澡，

因為那時候我沒有自己的浴室。我在華沙市外租了一間很可怕的房間，所以必須光顧公共蒸氣澡堂。當時我十九歲，根本沒有顧慮到自己可能會心臟病發作。何況我也不在乎。我寧願心臟病發作，也不願意當兵。只要能不當兵，發作任何病我都願意。我嘗過上消防隊員訓練學院的滋味，從此明白自己寧願做任何事，也不願再穿上另一套制服。

我在消防隊員訓練學院並沒有挨打。只是了解到自己不能從事任何一項必須聽命於某些規矩、或一個喇叭、一個哨子、或必須在固定時間吃早餐的工作。只有當我想吃早餐，或是我餓了的時候，我才要吃早餐。這和波蘭人的個人主義——或是我個人的個人主義——有關係。我不能苟同讓別人來安排我的生活，即使這意謂著方便。所以我覺得坐牢也很辛苦，雖然坐牢比當軍人自由多了。

於是我整整十天不吃不喝，然後我去這些澡堂，裏面有個三溫暖，和一個蒸氣浴。所有男人當然都裸裎相見，其中有一個小個子很喜歡接近我。我幾乎每天或每隔一天就會去一次，注意到這個傢伙離我愈來愈近。我以為他是同性戀，這兒是玻璃族的聚會場所。他愈靠愈近、愈靠愈近，最後，終於有一天，他找上我，站在我旁邊，用手肘碰碰我、看著我說：「瘦的小公雞才是好的小公雞！」原來他不是同性戀，只是跟我一樣瘦。所以他覺得我們倆都棒得不得了——合該作朋友。他一定有五十左右了，真的瘦得跟塊板條一樣——我們波蘭人會說：活像剛從奧斯維茨（Auschwitz）集中營放出來似的。雖然刻薄，但大家都這麼說。我看起來一定也像剛從奧斯維茨出來的。

最後一天最難過。我母親來看我，做了一塊牛排給我，我把它給吃了。然後我站起來，去徵兵委員會報到。和往常一樣，我把衣服脫掉，走到桌子前面。那個時候我已經比正常體重還輕二十三到二十四

公斤，差距很大。我站在委員會前面，那些人依照慣例像發號軍令一般窮吼：「就是你！給我過來！站到那邊去！我說那邊！……」因為那個委員會的成員，還有時間、地點都和上次一模一樣，於是我自動往磅秤那邊走去。正當我準備踏上磅秤的時候，聽到有人說：「你打算去哪裏？磅秤壞了！回來！」我減輕體重的一切努力就此結束。根本沒用！

結果是精神分裂結束了一切。我一本書、一個字都沒讀過。後來我發覺如果我當時有意假裝，如果我欺騙，一定會被他們識破。整個事件浪費我不少時間，因為那個委員會可不是開玩笑的。他們把我關在一間軍醫院裏關了十天，每天我都得接受兩個小時的——我不知道該怎麼稱呼它——拷問，其實並不是真的拷問，而是由八位到十位軍醫共同對我做一些醫學檢查。

當然，早在那個事件發生以前，我就已經開始去心理診所看病了。差不多在半年以前，我去掛號，說我覺得不對勁，對什麼事都不感興趣。那是我最重要的理由：我對什麼事都不在乎，什麼都不想要。其實我這一輩子多少都有點那樣的感覺，只是當我第二次去考電影學校，結果仍然名落孫山之後，那種感覺特別強烈。當時我真的是——了無生趣！只覺得逃避兵役比考進電影學校重要多了。

多天的時候，我開始每個月去診所看一次病。當委員會召見我的時候，他們問我是不是有什麼障礙讓我不方便服兵役，我說沒有，他們秤了我的重量，那時我的體重已經回升，雖然還是比標準體重輕十五公斤，卻不是輕二十五公斤。最後，他們問我比較喜歡去什麼樣的單位服務，我說我比較喜歡類似和平工作的單位。「和平單位？」他們說。「軍隊裏沒有和平單位。你在想什麼？你說的和平單位是什麼意思？為什麼？」「因為我正在接受精神病的治療。」「你說的治療是什

麼意思？在哪裏接受治療？治療多久了？」「這個嘛！我已經看了半年病。」我說，「你接受治療的病因是什麼？」「這個嘛！我也不知道，」我說，「我只是覺得自己的心理狀態不太對勁，才去看病。所以我才想進入和平單位服務。」他們開始竊竊私語，然後說：「聽著，把這張紙條帶著，去華沙的道拿街。」那是一家緊鄰國家紀錄片工作室（WFD）的軍醫院。以前本來是是一所精神病軍醫院。

我在那裏十天，整天只穿著我的睡衣褲，也不認得我的室友。每天在我接受拷問的時候，只是不斷重複同樣的話——我對什麼都不感興趣。當然，他們詢問地非常徹底。比方說，他們會問：「既然你對什麼都不感興趣，那你平常都做些什麼？」「最近我倒是做了一件蠻有趣的事。」我說。「你做了什麼呢？」「我幫我媽做了一個插頭。」「你說一個插頭是什麼意思？」「你知道的啊，一個電插頭嘛！」「是的。但是你要一個插頭做什麼？屋子裏不是本來就有一個插頭嗎？」我說：「對，可是屋子裏只有一個插頭，我媽有兩台機器。如果她想同時做湯和泡茶的話，怎麼夠她插呢？我必須再做另一個。」「好，」他們說，「你是怎麼弄這個插頭的？」我花了四個鐘頭向他們解釋如何連接電線。「你怎麼切開一條電線呢？首先，你必須把一條電纜割開？那又應該怎麼割呢？你必須把電纜的第一層皮割開。」我向他們解釋，「因為裏面有兩條電纜。一條是陽極，一條是陰極，對不對？裏面有兩條。外面都包著一層塑膠的保護皮。所以你必須先把那個割開，所以我必須先把刀磨利，對不對？然後再割。不過，當我在割的時候，我割穿了兩條小電纜的塑膠皮，結果可能會引起短路。你在割的時候，不能割穿更裏面的包膜。等你把外面的大包膜剝掉之後，裏面有兩條小電纜，每一條都裹著另一層小包膜。現在，你必須一直割到電線，因為電流是不會通過塑膠的。不，它非得經過電線不可。可是每一點

裏面都有七十二條這樣的小電線。」「七十二條？」他說。「你怎麼知道？」「因為我算過，裏面有七十二條小電線。」他們很小心地記錄我曾經數過那些電線。「你割的時候要小心，不可以割斷那些小電線。所以刀也不能太利。否則你一用力，就會把小電線割斷。然後嘛！你必須把那些電線在扭在一起，因為，當你把保護包膜剝掉以後，它們會散開得到處都是。所以你必須把它們再扭在一起。本來只有一條電纜，但是裏面卻有七十二條小電纜。你在把它們扭在一起的時候，一定要非常正確。然後你必須把螺絲鬆開，在正確的地方把它們連接起來。把所有的東西都塞進去，再包起來，和綁起來。諸如此類的工作。」

我花了三、四個小時向他們解說電線的事，因為我講得很仔細。我發覺他們對這件事非常感興趣。每當我開始描述細節的時候，他們就會開始寫筆記。我並不知道原因是什麼，只知道這很重要，會讓他們全神貫注。

然後我告訴他們我整理地下室的經過，又花掉我兩天的時間。我向他們解釋架子上擺了些什麼東西、灰塵有多厚，我必須把它移開，下面好潮濕，我必須擦地板，我必須到外面去把抹布擰乾。因為如果我在裏面擰的話，又會把地板弄濕。所以每次我都得走到外面去。後來他們說：「難道你沒有想過用水桶嗎？」「有，」我說，「後來我發覺我應該拿個水桶來接。這個主意相當好，因為這樣我就不必每次都走到外面，可以直接把水擰到水桶裏。」

接下來的兩天就是這麼度過的。然後他們又花了差不多兩天的時間給我看各式各樣墨水漬形成的圖案，問我它們讓我聯想起什麼東西。典型的心理測驗。

在那裏待了十天之後，我收到一個信封。回到家後，我把它拆開來看，診斷結果：雙重精神分裂。我把信封重新封上，拿去給我的徵

兵委員會。他們要我把我的兵役記錄本交出來，在上面蓋上「丁等」：即使在戰時也不適宜服兵役。

我與軍隊之間的冒險故事就這麼結束了。我不斷地告訴他們我什麼都不想做，生命中不管好事或壞事我都沒興趣，我也沒有任何期望。一無所求。我告訴他們有時候我會讀點書。他們要我描述我讀過那些書。於是我就以《在沙漠與荒野中》（*W Pustyni i w Puszczy*）❽為例，逐句地朗讀給他們聽，花了好幾個小時。他們對於我在書中發現到的各種關聯很感興趣，比方說，如果作者決定那樣安排結尾，就表示男主角一定已經遇到女主角了……諸如此類。

四天之後，電影學校的入學考試開始舉行，我考過了。這件事有點冒險，因為，我必須在與徵兵委員會共度的那十天之內，表現得好像我已萬念俱灰；可是等到我去參加電影學校的入學考試時，又必須覺得自己其實對任何事都興緻勃勃。

能夠考進電影學校，我非常快樂。純粹只是因為我想證明給他們看我有能力進去的野心得到了滿足——僅此而已，其實我覺得他們並不應該收我。我是個十足的白癡。我不能了解他們為什麼會收我，大概是因為我考了三次的緣故吧！

首先，你必須把自己的作品交給主考官看，讓他們打分數。你可以給他們看一些影片、一個劇本或是一些照片。你也可以給他們看一本小說。如果你是個畫家，你還可以給他們看一幅畫。我給他們看一些非常荒謬的短篇小說——我所謂的荒謬，是指它們很爛。在前一次的考試中，我給他們看一段我用8釐米拍的短片。可怕！可怕透了！矯柔造作的垃圾！如果有人拿這種作品給我看，我絕對拒收。那個時候他們果然沒有收我，於是我就寫了一篇短篇小說。或許他們是在我還在寫那篇小說的時候就決定收我了吧。我記不得了。

電影學校的入學考試考期非常漫長。到現在仍是如此，總共兩個星期。每一次我都能進入最後階段。它的困難度頗高，因為錄取名額只有五到六位，而考生卻高達一千名左右，考的人多得要命！到了最後階段，差不多只剩下三十到四十名左右。他們再從這些人中間挑選五到六位。每次我都能毫不費力地進入最後階段。可是總過不了最後那一關。

我閱讀的範圍相當廣泛，歷史和美術也不錯，因為PLTT（劇場技師學院）把這些科目教得很好。我的電影史也不差。不過，老實講，我實在是個很天真的男生——或者應該說男人吧，因為我已經超過二十歲了——既天真又不太聰明。總而言之，我清楚地記得他們在最後的口試中——將會決定我是否被錄取的口試——問我的問題。每次總會有一、兩個候選生是大家都中意的，毫無疑問，我就是其中一個，因為他們對待我的態度不同。我記得他們問我：「大眾傳播（mass communication）工具有哪幾種？」結果我答道：「電車、巴士、觸輪巴士、飛機。」飛機這個答案還是我後來想到加上去的。我真的以為那是正確答案，但他們大概以為那個問題太蠢，我根本不屑回答，所以就講了一個諷刺性的答案，不作正面答覆。如果我正面答覆，說是收音機或電視機，等於瞧不起自己，所以我才用嘲諷的方式回答他們。或許這正是我被錄取的原因。可是當時我真的以為大眾傳播工具就是觸輪巴士！

在考試的時候，他們會問各式各樣的事。比方說，馬桶水箱如何操作？電力如何操作？你記不記得奧森・威爾斯（Orson Welles）一部電影裏的第一個鏡頭？或是，你記不記得《罪與罰》（*Crime and Punishment*）裏的最後一句話？為什麼你必須給花澆水？他們會問各種問題。試著評估你的智力與聯繫不同概念的能力。他們想知道你

11 「我是個十足的白癡⋯⋯旣天眞，又不太聰明。」

是否能夠描述事情。如果你想在電影中演一個馬桶操作的情況，非常容易，但你若想實際解釋清楚，卻挺困難的。不論你用任何一種語言去描述馬桶操作的情況，都不是件簡單的事。你可以比手畫腳，但最重要的，是要解釋爲什麼水會屯積起來，爲什麼當你按一個把手之後，就會發生某些事，使所有的水都沖出來，接著又會屯積一定量的水，等你下一次使用。你必須能夠描述一切。他們就是透過這些問題來考你描述以及專心的能力，還有你的智能。

洛茲電影學校上課的方式也和其他的電影學校一樣。得修電影史、美學史、攝影、如何與演員合作等，你得按步就班地學習這些科目。當然，學這些東西——除了歷史之外——不能光讀理論。你還必須親身去體會。除此之外，別無良方。

成立學校唯一的目的，是讓你能夠看電影及討論電影。你必須看很多電影，又因爲你不是看電影，便是拍電影，自然就會談論電影。無論是在上歷史課或美學課，甚至在上英文課的時候談論電影，效果都一樣。重要的是這個話題永遠會出現。你永遠都在談論它、分析它、比較它。

值得慶幸的是，那個學校的規劃完善，讓我們能夠實際拍攝電影，每年我們至少可以拍一部電影。如果我們再聰明一點，或幸運一些，還可以拍兩部作品。我總是能想辦法拍成一到二部電影。學校的宗旨之一，就是要讓我們進入那個世界，並設法在裏面待一陣子；另一個宗旨，是爲我們製造拍電影的機會，使我們能夠將那些討論付諸實行。

我們必須拍劇情片及紀錄片，我兩種都拍過。我在第三年的時候，拍了一些長達二十分鐘的劇情片。有時候我們會以短篇故事作爲電影的題材。因爲電影時間短，所以拍小說是不可能的事。一般來說，大部分的人都自己寫劇本。

學校裏並沒有任何特別的電檢制度。他們給我們看許多一般人看不到的電影。學校進口很多電影，旨在教育學生，而不只是讓他們知道一些有趣的資訊，或是因為政治因素禁止發佈的消息而已。當然，我們從來沒看過詹姆士‧龐德（James Bonds）對抗KGB的電影，不過我們的確看過很多通常無法在波蘭上映的影片，不然就是在我們看過很久之後，外面的戲院才開始放映。我相信他們在選電影的時候，並沒有考慮政治因素。就算有，我也不知道。他們會放映艾森斯坦（Sergei Eisenstein）拍的《波坦金戰鑑》（Battleship Potemkin）和一些很好的蘇俄電影給我們看，每一部都有它的有趣之處。那所學校沒有受到共產黨宣傳口號的污染，非常開放，所以它才會辦得那麼成功──直到一九六八年。

　　有幾部電影純粹是因為它們的美而一直留在我的記憶中。我會記得它們，是因為我一直認為在我有生之年，永遠都不可能拍出那樣的東西（毫無疑問地，那樣的電影一定能讓人留下極深刻的印象），不是因為缺錢，或是我的方法及技術不夠，而是因為我沒有足夠的想像力、智力或才氣。我總是說我絕不願意當任何人的助手，可是如果，比方說，肯‧洛區（Ken Loach）要求的話，我情願替他沖咖啡。我在電影學校看過《凱斯》（Kes）之後，便明白自己會甘心情願地替他沖咖啡。我並不想當他的助手──我願意替他沖咖啡，只是想看看他是怎麼辦到的。這樣的人還有奧森‧威爾斯、費里尼（Federico Fellini）、有時候柏格曼（Ingmar Bergman）也算在內。

　　曾經有很多神奇的導演存在，但現在他們不是死了，就是退休了。那一段充滿偉大電影巨人的時代已成過去。當我在看那些偉大的電影時，我的感覺並非嫉妒，因為你只會對你可能擁有的東西產生嫉妒的感覺。你可以覺得羨慕，但是你也無法羨慕完全超越你的東西。我的

感覺沒有什麼不對。相反的，那是很正面的感覺，那是當我看到居然有那樣的東西存在——那種我永遠無法捕捉的東西——而發自內心的一種佩服、一種目眩神迷。

記得有一次，大概是在荷蘭吧，他們請我選出一些以前我特別喜歡的電影，我選了一些，雖然我記不得所有的電影，不過還是選了一些出來，甚至還去看過兩場試映會，然後我就不去了。我了解到，不知在什麼時刻，以前我對電影的種種期望與認定，即使現在仍記憶猶新，但其中的迷思已完全消失了。

我記得看費里尼的《大路》（La Strada）時，絲毫沒有幻滅之感，我跟以前一樣喜歡它，可能更喜歡！然後我看了一部柏格曼導的《鋸屑與亮片》（Sawdust and Tinsel），我對那部電影有極美好的回憶。可是當我重看時，卻發覺銀幕上演的和我記憶中的完全不同，對我來說，完全陌生。除了其中三、四幕戲之外，我根本不了解以前我到底喜歡上它的哪一點？我感覺不到任何過去我在看它的時候曾經感受到的張力。然而，柏格曼後來又拍了一些能夠帶出這種張力的美好電影。銀幕的魔力就在這裏：作為觀眾的你，會突然覺得有一種緊張感，因為你已走入導演展現的世界之中。那個世界是如此清晰、易懂、扼要，使你化身其中，親身感受存在角色之間的緊張狀態。

我不知道為什麼會發生這樣的事。這兩部電影差不多都是在同一時期拍攝的，費里尼和柏格曼也差不多是同時代的人。他們倆都是偉大的導演。但是《大路》歷久彌新，而《鋸屑與亮片》卻不然。我不知道原因到底是什麼。當然，你可以對這個現象加以分析，甚至真的能夠了解原委，但我很懷疑這麼做值不值得，那等於是在把事情哲學化，那是批評家做的事。

塔科夫斯基（Andrei Tarkovsky）是最近幾年來最偉大的導演之

一。他死了，就跟大部分偉大的導演一樣。也就是說，大部分偉大的導演不是死了，否則就是不再拍電影了。不然，他們已在某個時刻突然無法挽回地失去某樣東西——某種個人化的想像力、智慧或敍事的方式。塔科夫斯基可能屬於沒有喪失這些能力的那幾位，很不幸，他卻死了，大概因為他沒辦法繼續活下去。通常這就是人們死掉的原因。你可以說是因為癌症、心臟病或某人倒在車輪底下。可是通常人們真正的死因，是因為他們無法再活下去。

別人在訪問我的時候，總喜歡問影響我最深的導演是誰。我不知道答案，或許因為影響我的人太多，理由也各有不同，變得無理可講。當報社訪問我的時候，我總是說：莎士比亞、杜斯妥也夫斯基、卡夫卡。他們感到驚訝，問我這些人是不是導演。「不，」我說，「他們是作家。」就好像這對我比電影還重要似的。

實情是，我看過太多電影——尤其是在唸電影學校的那段時期——其中有很多我都很喜歡。但你能說那就是影響嗎？我想直到今天，除了少數的例外，我看電影的方式就跟一般觀眾一樣，不像導演，這是兩種迥然不同的看電影的方式。當然，如果有人要求我提出建議，我會以專業的眼光去看。我會嘗試以專業的態度去分析一部電影。但如果我上電影院——儘管機會極少——我會試著和其他觀眾一樣。也就是說，我會試著讓自己被感動，降伏在那股魔力之下——如果銀幕果真具有魔力的話——並且試著相信別人講的故事。在這種情況下，你很難討論所謂的影響力。

基本上，如果是一部好電影，而且我也喜歡它，那麼我比較不會去分析它，不像看一部我不喜歡的電影。壞電影很難造成任何影響；只有好電影才能影響我們。在看好電影的時候，我試著——或者說我真的能——以原作品的精神來觀賞它，而不企圖去分析它。在學校裏

我也是這樣。《大國民》(Citizen Kane)我看過上百遍。如果你堅持的話，我可以坐下來逐鏡地畫出來，並加以敘述，但那對我並不重要。重要的是我參與了那部電影，我經驗了它。

同時我也不覺得偷竊有什麼不對。如果某人試過那個方法，結果效果極佳，那麼你就應該立刻把它偷過來。如果我偷竊的對象是好的電影，而且它後來也成為我自己世界的一部分，那麼我就偷得心安理得。我經常是在毫無意識的情況下做這些事，這並不表示我沒有做過——我做過，但並沒有經過預謀，或特別設計。並不是直接了當的剽竊。如果我們換一個說法，電影其實只是我們生活中的一部分。我們早上起床、去上班或不去上班、睡覺、作愛、恨、看電影、和朋友聊天、和家人聊天、我們經歷子女的問題或子女的朋友的問題，電影也是其中的一部分，電影同時還存在我們心中的某個角落裏，它們變成我們自己生命中的一部分、我們內在的自我。它們就和其他真正曾經發生過的事一樣，留在我們體內。我認為它們和真實的事件沒有分別，只不過它們是被發明出來的，但那並不是重點，我們會記得它。我偷過電影、一幕幕的戲或一些結局，就像我曾經偷過一些故事一樣，到後來我甚至記不得自己是從哪裏偷來的。

我不斷提醒那些跟我學劇本寫作及導演的年輕人，必須審視自己的生命。不是為了寫書或寫劇本，而是為了自己。我總是對他們說，試著回想曾經發生過哪些重要的事，使你們今天會坐在這張椅子上，跟周圍這些人在一起。發生了什麼事？是什麼把你帶領到這裏來？你必須明白這一點。那才是起點。

你不自省的歲月，其實都是被浪費掉的歲月。或許你可以憑直覺去了解某些事情，但這麼一來，你所造成的結果也全是偶然的。只有當你努力自省，方能在事件中理出脈絡，明白前因後果。

我也試著理解是哪些東西把我帶到自己生命的這一點上，因爲如果你不作這樣眞實、徹底且毫不寬貸的分析，就不可能講好一個故事。如果你不了解你自己的生命，那麼我想你也不可能了解你故事中任何一個角色的生命。哲學家明白這一點，社會工作者也明白這一點，但是藝術家更應該明白這一點——尤其是那些講故事的藝術家。或許音樂家不需要作分析，但我相信作曲家需要。可能畫家也不需要。但對那些傳述生命故事的人而言：能夠眞正了解自己的生命是絕對不可或缺的。我所謂的眞實，並不是指公開的、你可以與他人分享的那種了解。那是無價的、不可出售的，事實上，你永遠都不可能在我的電影中看出任何端倪。有些事，你可以很容易就察覺出來，但是你卻永遠不可能了解我拍的電影或講過的故事對我的重要性有多深，原因是什麼？你永遠不會明白。我自己知道，但那個知識是屬於我一個人的。

　　我很怕那些企圖教我一些事或想指導我找到目標的人物，對我或對任何人都一樣。因爲我不相信別人能讓你找到目標，除非你自己找到它，我對那一類的人具有近乎偏執的恐懼感。這也就是我爲什麼怕心理分析學者和心理治療醫生的原因。當然，他們總會說：我們不會指出來，但我們會幫助你找到它，這一套說詞我清楚得很。不幸的是，這只是他們的理論，等到他們實際著手的時候，就會指給你看。我知道有很多人在聽完了之後感覺很棒，但是我知道有更多的人後來感覺可怕極了。而且，我想就算前面那種人今天感覺很好，明天未必也會感覺很好。

　　對於這些事我非常地落伍。我知道現在大家很流行到處去找心理治療師，參加各種團體或個人的心理治療活動，尋求心理醫師的援助。我認識很多人都在這麼做，我覺得這很可怕，我對那些治療師近乎偏執的恐懼，就跟我對政客、傳教士和老師的恐懼一模一樣。我害怕這

些指引你走上正途、這些「知情」的人士。因為老實講——我對此真的深信不疑——沒有任何人真正知道任何事，除了極少數的例外。非常不幸，這些人物的行動通常都以悲劇收場——像是第二次世界大戰，或是史達林主義之流。我深信史達林與希特勒都十分清楚他們在做些什麼，他們清楚得很，那就是實情！那就是狂熱主義！那就是覺得自己知情的結果！下一刻，軍靴就出現了。那些事件的結局永遠都一樣！

我讀過一所好的電影學校，於一九六八年畢業。那所學校本來擁有一定程度的自由和一些睿智的老師，可是後來共產黨毀了它。剛開始的時候，他們把一些老師趕走，只因為他們是猶太人。最後他們奪走學校最彌足珍貴的自由。學校就是那麼被他們毀了。

他們企圖引進一些堂皇的字眼來遮掩電檢制度。比方說，有一段時間，一羣年輕人想在學校裏爭奪權位，卻以倡導實驗電影為幌子。他們在膠片上戳洞；或把攝影機固定在同一個角落上，連續拍上幾個小時，看結果如何；不然就是在膠片上刻圖案……諸如此類。極權政府會支持任何能夠摧毀另一項運動的運動。那個運動所摧毀的，是我們在學校裏試著認清這個世界發生了什麼事、人們在過什麼樣的日子、為什麼他們不能過比現在更好的日子、為什麼他們的日子完全不像報章上描述得那麼容易的企圖。我們每個人都在拍那樣的電影。

政府當局本來可以把學校封掉，但那麼做有損他們的形象。人民會說政府在摧毀藝術自由，於是他們採取更有技巧的行動，政府把他們的興趣全投注在那些宣稱自己在拍藝術電影的人身上。「拍攝人民和人民的生活沒有意義。我們是藝術家，應該拍藝術電影。實驗電影比較好。」

我記得一九八一年的時候，和阿尼茲卡・賀蘭（Agnieszka Holland）❾一起回學校，碰到那些年輕人。他們的領導人是我以前的同事，他一直很想當校長，於是他整天都在磁帶上割洞，白色的洞，放映的時候，銀幕是黑的，不時就可看見一些白洞，有大有小，在銀幕各個角落突然閃過，背景還有某種音樂伴奏。我並不推崇這類的電影，同時我也會毫不掩飾地表現出它們令我感到厭煩。但那並不重要，因為就有人真的喜歡這樣的電影，所以總得要有人去挖洞來迎合他們。我完全不反對。重點是：你不能利用那些洞去摧毀別的東西。

當時我擔任波蘭電影人協會（Polish Film-makers' Association）❿的副主席，這也是我們努力、卻遭遇挫敗的許多行動之一。阿尼茲卡和我到學校企圖向學生解釋，成立電影學校的宗旨，是要讓他們能夠拍電影、教他們如何架設攝影機、如何與演員合作、最新的電影有哪些、戲劇理論的基礎是什麼、劇本結構是什麼、一幕戲和連續幾場戲之間的區分、廣角鏡頭和望遠鏡頭之間的區分……就在那個時刻，學生們把我們轟出場，叫囂說他們不要一所專業學校。他們要學瑜珈、學遠東的哲學還有各種學派的冥想技巧，他們宣稱這些都非常重要。他們還想在膠片上挖洞，而且他們相信瑜珈和冥想藝術對他們挖洞的工作幫助極大。

他們把我們趕出學校。這是我們電影人協會努力辦的許多活動之一，後來我了解到我們是多麼無力。或許我錯了，不過我個人真的相信學校的目的就是要教導我們那些知識。他們卻不那麼想。我不知道。或許這正是波蘭電影到今天這個地步的原因吧——因為當初他們都那麼想。

一九六八年，無人支援的知識分子在波蘭發起了一次小革命。在電影學校讀書的我們，相信報紙在說謊，猶太人不應該被趕出波蘭，而且，如果由比葛慕卡⓫那一派更民主的人掌權，或許會是件好事。

我們以為如果我們勇敢地要求比以前更好的東西——也就是讓自由伸張，將使一切更民主、更有效、更適合所有人民（因為，這不正是民主的精髓嗎：更適合最大多數的人！）——那麼，即使我們不能成功，至少我們無愧地表達了自己的意見。結果，原來我們受到另外一輩想奪權的人的操縱，那些人比葛慕卡更殘酷、更犬儒。我們被莫察爾❷及他的黨羽利用了。

我這輩子兩次企圖接觸政治，兩次結果都很慘。第一次是一九六八年，我在洛茲參加學生罷課活動。那次事件並不十分重要，我向軍隊丟擲石子，然後逃跑，如此而已。後來他們審問我五次，或許十次吧，要我說一些話，簽一些文件，我什麼都沒做。沒有人毆打我，也沒有人威脅我。我並不覺得他們真的想逮捕我。真正可怕的是他們把許多人趕出波蘭。直到今天，反猶太主義和波蘭國家主義都是我們國家歷史上的一個污點，我想我們永遠都無法擺脫它。

到今天我才明白，一個國家的民族血液不純，是多麼好的一件事。現在我知道了，但是當初我並不知道。我只知道不公的罪行正在肆虐，而我卻束手無策，沒有人有能力改變。而且，諷刺的是，我對當局叫囂的聲音愈大、丟的石頭愈多，被趕出波蘭的人數就愈多。

接下來好一陣子，我盡量設法避免接觸政治。後來我成為華依達❸的副主席，其實也就是波蘭電影人協會的執行主席，便捲入一些小規模的政治活動。該會大概是在一九七六年或七七到八〇年間創立的，在當時非常重要。很快的，我就了解到被那樣的一個職位纏身，是多麼不愉快的一件事。我說過，那只是小規模的政治活動。儘管如此，那仍是政治。我們這個協會為了避免和電檢制度發生痛苦的衝突，試著為電影爭取一些藝術自由及表達自由，結果一無所獲。我們以為自己很重要，結果卻發現自己原來完全無足輕重。

我有一種痛苦的感覺，就好像剛走進一間我根本不應該進去的房間。那些我非做不可的妥協——我當然不斷地在妥協——那些妥協令我難堪，因為它們不是我個人的妥協，卻是我以別人的名義做的妥協。這實在太沒有道德了，因為，即使你可以為某些人做些好事，替人們拿到一些他們需要的東西，但總有人必須為這場交易付出代價。你付出的是精神壓力，別人卻在做真實的付出。沒有別的更好的方法！我領悟到這不是我的世界。

在我個人的事業生涯與私生活中，我一直不斷地在妥協，其中包括藝術上的妥協，但我可以替自己負責。它們影響的只是我自己想像出來的電影，於是，必須忍受後果的人也只有我一個人而已。換句話說，我不願意替任何人負責。在我領悟到這一點之後，儘管我和協會的事物糾纏不清，團結工聯一出現，我即毅然要求協會撤我的職——我不適合革命的時代。

讓我再回到電影學校這個話題上。我的同學包括史柯里莫斯基（Jerzy Skolimowski）❹，當我入學的時候，他正準備畢業。然後在我唸第二年的時候，贊努西（Krzysztof Zanussi）❺、瑟勃斯基（Edek Żebrowski）❻以及克勞士（Antek Krauze）❼相繼離開。我那一班是一個很好的團體，大家相處融洽，我和提特考（Andrzej Titkow）❽是非常好的朋友。後來我和賽卡德羅（Tomek Zygadło）❾也結為知交。常和我們在一起的還有克里斯·沃依賢修斯基（Krzyś Wojciechowski）❿和那時文筆就很出色的皮歐特·沃依賢修斯基（Piotr Wojciechowski）⓫，他現在寫得還是很好。班上還有些外國學生。那就是我們的班級，一個非常、非常出色的班級，大家的感情都很好。

當時提特考寫了一個電視劇本，名叫《鎮靜劑》（Atarax）。後來

由我執導，當作是我第二或第三年的作業。這是學校的另一項優點：實際工作的機會。那並不是強制性的，不過，只要你願意，就可以去接一些片子。以當時的標準來看，我們的工作條件相當不錯。我們用的機器以現在的眼光來看，當然落伍得可憐，不過在當時，卻已經算是考究的。同時，他們還派職業的攝影機操作員、電工及音效技師給我們用。

自電影學校畢業之後，我們各自發展出不同的品味及興趣。我立即開始拍紀錄片，因為當時我渴望拍紀錄片，後來也的確拍了很多年。朋友們各奔前程，不過，有些人到頭來也拍起紀錄片來了。那時是六〇年代末期，要想進入紀錄片的圈圈並不容易。其實我並不知道自己為什麼成功得這麼快，大概是因為我的老師卡拉巴茲（Kazimierz Karabasz）❷拉拔過我。他在學校裏屬於優秀的老師之一，在我啓蒙的階段給我極大的影響。

以前他們叫我「工程師」。大概因為我父親是個工程師的緣故，不過我懷疑是因為我有一個怪癖，老喜歡整理我周圍的東西。我不斷地在替每一件事列清單，而且老想把自己用的紙張整理出一個頭緒。他們還稱呼我為「鳥類學家」，大概是因為以前我在拍紀錄片時有驚人的耐性。

以前我拍紀錄片的時候真的非常有耐心，當然，那是出於職業上的需要。現在我變得非常不耐煩，這是年齡問題。當你剛出道的時候，以為自己的時間還很充裕，然後你愈來愈意識到自己根本沒有時間了，所以你不想把時間浪費在任何不值得的事情上。

後來我開始拍劇情片，並發現自己進入一個不太一樣的工作圈中。這個圈子後來自稱「道德焦慮之電影」（Cinema of Moral Anxiety）。那個名稱是由我的同事之一奇幽斯基（Janusz Kijowski）❷發

明的。我想他的意思是說，我們都為當時波蘭人民的道德處境感到焦慮。不過我不見得能說出他心裏的想法。我一直很痛恨這個名稱，但是它的效果很好。

這個圈子裏的友誼，和我在拍紀錄片時期擁有的友誼完全不同，交往對象也不一樣。他們的關係可能不那麼密切，比較缺乏人味兒，可是專業水平卻高很多。我陸續和贊努西、瑟勃斯基與賀蘭成為朋友，有一段時間也和華依達走得蠻近。我們這一羣人有一個一致的感覺：我們可以一起做點事情！我們非得一起做點事情不可！像我們這樣一個團體，握有某種力量，考量波蘭當時的情況，我們並沒有妄尊自大。那樣的團體在當時確實有存在的必要。從一九七四到一九八○年，「道德焦慮之電影」這個團體大約存在了六年。

不過，那都是後來才發生的事。一等我從電影學校畢業之後，也就是七○年代初期，我們有幾個人覺得必須成立小型的壓力團體。我們想成立一個工作室，召集一羣年輕人來一起工作，讓那個地方成為銜接學校與專業電影圈之間的橋樑。因為我們對當時波蘭電影製作組織最大的不滿，就是覺得從電影學校畢業之後，想進入電影界困難度太大。後來到了七○年代中期，情況有略為好轉。不過在六○年代末及七○年代初，感覺上想進電影圈好像根本是不可能的事，所以我們想自創機會。

成立這個工作室的靈感來自匈牙利的貝拉·巴拉茲（Bela Balasz）製片廠。貝拉·巴拉茲是一位匈牙利籍的電影理論學者，一位在二次世界大戰前後工作的智者。我們打算把我們在波蘭的工作室取名為厄奇柯斯基（Irzykowski）工作室。在戰前，厄奇柯斯基和貝拉·巴拉茲志同道合，也是一名嚴肅且優秀的電影理論家。我們的工作室最主要的宗旨，乃是要拍攝廉價的電影，打著「一百萬首度登場」

的口號，當時一部片子的平均成本是六百萬羅提，我們準備推出一些製作費只需一百萬羅提的電影。

大家決定把重心放在劇情片上，不過仍然覺得可以為各種發行管道拍攝不同種類的電影。當時電影院仍然把短紀錄片當作劇情片的陪襯。同時，我們也覺得可以為電視拍攝紀錄片。為了成立這個工作室，我們想盡各種籌資的辦法，不過當時資金的來源只有一處，那就是政府的財政部。我們必須說服那些負責搞文化的官員，我們有必要成立那樣的機構。可是，老實講，一直沒有成功。雖然我們努力了很多年，卻始終沒能說動那些人士。

在那個團體中，我絕不是最重要的成員。其他人還包括我認為可能是精力最充沛的克羅里奇魏茲（Grzēs Krōlikiewicz）❷、澤加（Andrzej Jurga）❷、克里斯・沃依賢修斯基（Krzy s Wojciechowski）和我，另外還有一名製片經理。我們想召集各種專業人才，因此需要一位製作人及一位專司電影拍攝預算及片廠營運預算的製作經理。

那就是我們努力的目標，為此，我們寫過各種宣言，甚至還得到電影界許多重要人物的簽署支持，像是庫巴・摩根斯坦（Kuba Morgenstern）❷、華依達、贊努西，甚至還包括當時擔任電影人協會主席的卡伐勒羅維茲（Jerzy Kawalerowicz）❷，這可不容易，因為我們才剛從學校畢業。我們設法請那些人在文件上簽名，宣稱成立這樣一個工作室對電影界大有助益，且是當務之急。可是到頭來，卻總是得不到——我也不知道是誰，大概是文藝部吧——的支持。不過話又說回來，我看就連他們也未必能作決定。或許真正的決定權握在中央委員會文化部的手中。我懷疑是因為我們太年輕，不值得信任。他們根本不認識我們，而我們又全都不是共產黨員。

為了提高我們的可信度，我們甚至還邀請紀錄片導演柯辛斯基

（Bohdan Kosiński）❷❽擔任工作室的藝術贊助人。後來他成為反對黨裏非常著名且活躍的成員。不過在當時，卻仍是WFD（國家紀錄片工作室）的黨書記。我們以為有他這麼一位在黨內舉足輕重的人物的支持，應該比較好辦事。結果在黨的眼中，連擔任黨書記的柯辛斯基也不值得信任。他自己大概也開始有所警覺，因為當時離一九六八年不遠，波蘭的反猶太大整肅剛結束，同時，也剛發生過聯盟部隊入侵捷克的事件。我想黨對任何人的審查都非常嚴格。而我們這一羣人裏每個人都參與過一九六八年的事件。我懷疑柯辛斯基那個時候已經發表了一些他對入侵捷克的感言。就算他沒有公開發表那些言論，他大概也作了一些明確的表態，致使黨對他開始不信任。

幾年之後，這項創業失敗。直到一九八〇年團結工聯的時代，這個工作室才正式成立。它是由奇幽斯基帶領著另一羣年輕人創建的，直至今天，仍在營運之中。我對它經營的情況毫無所知，因為，老實講，我已經不在乎了。過去我想為我們這一代的人創造一個這樣的工作室，可是後來需要它的是新的一代，我們已經用不著它了。我們已經靠著自己打進電影界了！

有一段時間，我對該工作室的狀況的確頗感興趣，因為裏面有些成員是凱托威斯電影學校（Katowice Film School）的畢業生。我想那個學校是在一九七七年創立的。我在那兒教了三、四年的書，其他的老師還包括贊努西、瑟勃斯基和澤加。八〇年代初期自該校畢業的人都曾是我們的學生，後來亦成為我們年輕的同業。所以我才會對那個工作室的發展情況感興趣。

世事總是如此——人們以自己的理想為名義去追求一些東西。他們想同心協力，為自己下一個定義。可是，一旦有了錢和一點權力之後，就把那些理想拋諸腦後，開始拍自己的電影，不讓其他人插手。

毫無疑問地，厄奇柯斯基工作室最後也會步入這個後塵。他們的內部總是口角不斷，片廠管理階層不時發生異動。老實講，我對那個工作室沒多大信心。

註釋

❶奇士勞斯基自己在波蘭東北方建造的鄉村別墅。

❷一九四五年，史達林、羅斯福與邱吉爾在雅爾達會議上重新規劃歐洲國界之後，波蘭的國界由東往西移。爲補償東邊割給蘇聯的失土，波蘭得到西邊一些本屬德國的土地。這些地方被稱爲「光復地」，因爲該地某些部分在中世紀曾屬波蘭統轄。

❸小孩從七歲開始讀爲期七年的義務性「小學」。每學年終了，學校爲每個人做一份報告，如果成績不達標準，必須留級。接下來是爲期四年的「中學」教育。可以是一般性的，也可以是職業學校。一般性的學校幫學生準備進入高等學院（像是大學）的考試；職業學校則不然。所有學校都是公立的。

❹史達林死於一九五三年。

❺共黨統治期間，每個國民都必須向地方政府登記戶口。在像華沙這樣的大城裏，市政府爲了防止人民隨意遷移，對市民人口嚴格限制。

❻華沙的西北區。

❼上全天課的學生可以免服強制性的全職兵役，這種人一週只需當一天的兵。

❽《在沙漠與荒野中》（*W Pustyni i w Puszczy*, 1911）（英文翻譯於 1912 出版）。這是由 Henryk Sienkiewicz（1846 - 1916）所寫的一本波蘭經典兒童文學。該作者於一九〇五年獲頒諾貝爾文學獎。

❾阿尼茲卡‧賀蘭（Agnieszka Holland）出生於一九四八年，劇情片導演。目前定居巴黎。作品包括：《發燒》（Gorączka, 1980）、《寂寞的女人》（Kobieta Samotna, 1981）、《歐羅巴，歐羅巴》（Europa, Europa, 1991）、《奧里維，奧里

維》(Olivier, Olivier, 1992)。

❿在一九七〇年以前，波蘭電影人協會的功能類似外貿工會。它也和其他的組織一樣，受到黨的經援及控制。到了七〇年代中葉，該協會受到某種程度的解放，不過組織結構並沒有任何改變。它成為溫和支持改革運動的中心，其中最大的功臣就是紀錄片及劇情片。一九八〇年八月大罷工期間，電影人協會領導藝術家工會進行反對運動。可是自從一九八一年戒嚴法頒行之後，該會因為仰賴國家基金，竟然成為最善於妥協的一個機構。賈魯賽斯基將軍在瓦解作家協會及演員協會之後，居然讓電影人協會倖存下來，就是最佳明證。

⓫第二次世界大戰剛結束，葛慕卡（Władyslaw Gomułka）成為波蘭共黨政府要員及光復地的首長。一九五一年，他被蘇聯扶持的史達林派波蘭總統比耶魯（Bolesław Bierut）逮捕入獄，罪名是具有修正主義傾向。三年之後，史達林死，他被釋放。波蘭十月結束，他於一九五六年以勝利者的姿態當上黨書記。經過一段時間，他染上所有前任領導的惡習，一九七〇年，工人為物價高漲起而抗爭，他即被推翻。

⓬莫察爾（Mieczysław Moczar）將軍，內政部長，他於一九六八年發動反猶太人大整肅及驅逐行動，目的在奪權。

⓭華依達（Andrzej Wajda），生於一九二六年。劇情片及舞台劇導演。一九九〇年波蘭獨立之後，成為參議員。電影包括：《一代人》(Pokolenie, 1954)、《運河》(Kanal, 1956)、《灰燼與鑽石》(Popiol i Diament, 1958)、《大理石人》(Człowiek z Marmuru, 1977)、《波蘭鐵人》(Człowiek z Zelaza, 1981)、《丹頓事件》(Danton, 1982)。

⓮史柯里莫斯基（Jerzy Skolimowski），生於一九三八年。劇情片導演。目前定居美國。電影包括：《障礙》(Bariera, 1966)、《啓程》(Le Départ, 1967)、《浴池寬魂》(Deep End, 1970)、《叫喊》(The Shout, 1978)、《披星戴月》(Moon-lighting, 1982)、《燈塔》(The Lighthouse, 1985)、《佛迪德克》(Ferdydurke,

1991）。

❶⑤贊努西（Krzysztof Zanussi），生於一九三九年，劇情片導演。托爾製片廠（Tor Production House）的老闆。電影包括：《水晶結構》（Struktura Kryształu, 1969）、《照亮》（Iluminacja, 1973）、《恆常因素》（Konstans, 1980）、《偽裝》（Barwy Ochronne, 1976）、《一命換一命》（Zycie za Zycie）、《觸摸》（Dot-kniecię, 1992）。

❶⑥瑟勃斯基（Edward Żebrowski），生於一九三五年，劇情片導演及劇作家。他替贊努西寫過很多劇本，兩人同時也合作寫過劇本。電影包括：《救贖》（Ocalenie, 1972）、《轉型醫院》（Szpital Przemienienia, 1978）、《光天化日》（W Bialy Dzień, 1981）。

❶⑦克勞士（Antoni Krauze），生於一九四〇年，紀錄片及劇情片導演。電影包括：《上帝的指頭》（Palec Bozy, 1973）、《氣象報告》（Prognoza Pogody, 1982）。

❶⑧提特考（Andrzej Titkow），生於一九四八年，導演。主要作品為紀錄片。同時也是一名詩人。

❶⑨賽卡德羅（Tomaxz Zygadło），生於一九四八年，劇情片紀錄片及舞台劇導演。電影包括：《工人 '71》（Robotnicy '71, 1972, 與奇士勞斯基合導）、《字謎》（Rebus, 1977）、《蛾》（Cma, 1980）。

⑳克里斯·沃依賢修斯基（Krzysztof Wojciechowski），生於一九三九年。劇情片及紀錄片導演。電影包括：《家庭》（Rodzina, 1976）、《古董》（Antyki, 1978）、《衝鋒陷陣》（Szarza, 1981）。

㉑皮歐特·沃依賢修斯基（Piotr Wojciechowski）讀完洛茲電影學校之後，成為一名小說家。

㉒卡拉巴茲（Kazimierz Karabasz），生於一九三〇年，紀錄片導演。過去曾經擔任洛茲電影學校的教授。電影包括：《魔鬼說晚安的地方》（Gdzie Diabel mówi dobranoc, 1956）、《從沙漠來的男人》（Ludzie z pustego obszaru, 1957）、《音

樂家》（Muzykańcei, 1960）。

❷奇幽斯基（Janusz Kijowski），生於一九四八年，劇情片及紀錄片導演。電影包括：《功夫》（Kung-Fu, 1979）、《聲音》（Głosy, 1980）。

❷克羅里奇魏茲（Grzegorz Królikiewicz），生於一九三九年，劇情片及紀錄片導演。電影包括：《貫徹始終》（Na Wylot, 1972）。

❷澤加（Andrzej Jurga），生於一九三六年，紀錄片導演。

❷「古巴」摩根斯坦（Janusz 'Kuba' Morgenstern），生於一九二二年，劇情片導演。曾經在洛茲電影學校教書。電影包括：《一羣哥倫布》（Kolumbowie, 1970）以及電視影集《波蘭作風》（Polskie Drogi, 1977）。

❷卡伐勒羅維茲（Jerzy Kawalerowicz），生於一九二二年，劇情片導演。一九六六—七八年擔任波蘭電影人協會的主席。電影包括：《天使的修女瓊恩》（Matka Joanna od Aniołów, 1961）、《法老》（Faraon, 1965）、《主席之死》（Smierć Prezydenta, 1977）。

❷柯辛斯基（Bohdan Kosiński），生於一九二二年，紀錄片導演。

2

紀錄片獨特的角色

洛茲小城
(Z MIASTA LODZI, 1969)

　　我的畢業電影，亦即我的第一部職業作品，是替華沙的國家紀錄片工作室拍攝的，所以說我走進這個行業的過程其實相當順利。那部紀錄片由學校及工作室合資，當時的財務條件我已不復記得——反正也沒有任何人在乎！我只知道自己並沒有拿到很多錢，不過夠我開銷了。

　　片名叫作《洛茲小城》，是一部紀錄短片，長約十到十二分鐘。那時我們每個人都在拍那類的片子：電影院用來陪襯劇情片的獨幕紀錄短片。片子在講洛茲那個小城，也就是我讀電影學校時住的地方，我對它非常熟悉，也很愛它。洛茲是個殘酷、不尋常的地方，因爲它凋敝的建築、凋敝的樓梯、凋敝的居民，而具獨特的視覺美感。它比華沙凋敝許多，不過同質性也強烈許多。洛茲在大戰期間受到的破壞非常輕微，所以當我還在唸電影學校的時候，洛茲其實還保存著戰前的風貌。因爲它的狀況跟戰前大致相同，所以從來沒有獲得整修及重建的款項，牆上到處起泡泡、灰泥斑剝、崩塌……這一切都形成極獨特的圖像。洛茲不是一個普通的小城。

　　我在唸電影學校的時候，常和朋友玩一種非常簡單、但須誠實的遊戲。我們在上學途中集點。如果你看到一個人缺了一條手臂，就可以得到一點；缺兩條手臂，就是兩點；缺一條腿，兩點；缺兩條腿，

12-17　（奇士勞斯基的攝影作品）「電影學校教我如何去看這個世界。」

三點；如果看到一個木樁人，也就是沒手沒腿的人，就可以得十點……
依此類推。瞎子是五點。這是個很棒的遊戲。到了學校，我們會在十
點鐘聚在一起吃早餐，一起比點數，看誰是贏家。通常我們平均可以
得到十點左右。如果有人拿到十五點，那天他包準贏！這樣你就可以
想像在洛茲有多少人缺手缺腿，甚至沒手沒腿，就跟一個木樁一樣。
那是因為當地人靠著極其落後的紡織業為生，永遠都有人四肢被扯
掉。另外還有一個原因：當地的街道非常狹窄，電車就從房子旁邊開
過，只要一個不小心，你就已經躺在電車底下了。洛茲就是那樣的一
個小城：恐怖！又因為它恐怖而迷人！

　　我們玩這個遊戲玩了很多年。另外還有些別的事物，也能吸引我
們作熱情的觀察。那個時候，我開始攝影，因為學校有一個很棒的攝
影部門，在地下室還有一間暗房。他們給你一部攝影機、一些膠卷，
你可以無止無休地拍照，任意沖洗。我們拍的照片數以百計。我熱愛
攝影，每次我拍照的對象都是老人、奇形怪狀的人、向遠方凝視、夢
著或想著美好的可能、卻向現實俯首認命的人。

　　我拍過許多照片，有些我到現在還保留著，水準一點兒都不差。
最近我把它們拿出來給女兒看，因為她自己決定要學攝影。我不知道
是什麼因素誘使她突然想接觸攝影。

　　基本上，那就是《洛茲小城》的主題。它在描繪一個小城裏有些
居民在工作，其他人則到處遊蕩，不知在找些什麼。或許什麼也沒在
找吧！通常，努力工作的是女人，男人比較不努力，甚至根本不工作。
那個小城充滿古怪的人，充滿了荒謬的雕像和各種不同的對比。直到
今天，電車和馬拉的舊煤車還一塊兒在街上走。那個小城充滿了可怕
的餐廳和可怕的牛奶吧臺；充滿了惡臭薰天、糞便滿地、尿騷四溢的
廁所；充滿了斷垣殘壁、破棚與陰暗的角落。

那個城市的電車會貼著這樣的告示：如果你想帶一台包心菜切割器，必須買兩張票。我從來沒有見過那樣的告示——連帶包心菜切割器都得付特別的車資。我不曉得現代人還知不知道包心菜切割器是什麼玩意兒。那是一片長約四、五吋的木板，中間有一個裂縫，在那個裂縫裏，裝了一把刀。你把包心菜放在上面，用一塊木板把它往下壓，然後上下移動。這樣就可以把包心菜刨成絲，用來作泡菜。

所以說，如果你想在洛茲帶包心菜切割器坐電車的話，得買兩張票，還有其他的物品也一樣。我記得另一個告示上說：如果你想帶滑雪屐，也必須買兩張票。滑雪屐應該指的是一對滑雪屐吧？兩支！所以我就會拿著一支滑雪屐，讓朋友拿另外一支。等到查票人過來的時候，問題就來了。我們兩個人都沒有帶一副雪屐，因為每個人都只拿了一支雪屐而已，而告示上說的很明白：是一副雪屐——攜帶一副雪屐，須購買兩張電車票。沒有任何地方指出如果你帶了一支雪屐，也得買兩張票！我們因此和查票人展開無止無休的討論。「可是我只帶了一支雪屐而已啊！」「不錯！但是另一支在你朋友手上。」「我朋友買了票，我也買了票！」我記得那個告示上寫著「雪屐、包心菜切割器、花環」。難道這表示如果你買了兩張車票，就可以帶三樣東西？帶一個葬禮用的花環，也要買兩張車票！那個時候，車票對我們來說是個大問題，雖然聽起來很便宜，但每分錢都是錢。我一點錢都沒有，媽補貼我一點，再加上我在電影學校可以領到一小筆助學金。我在讀四年級，也就是最後一年的時候，已經娶了現在的妻子瑪麗西亞（Marysia），我們很拮据。

現在那個小城已經變了。新樓蓋起，舊樓被夷平。不過我並不認為新樓比較好——老實講，我覺得新樓反而更糟。完全沒有個性。一味地拆除舊建築，不去修護它們，使得小城的特色盡失。它曾經擁有

18 「我讀四年級，也就是最後一年的時候，
已經娶了現在的妻子瑪麗西亞。」

的那股奇異的、蠱惑人的力量，正在不斷地消失。以前那股力量是相當強的。那正是《洛茲小城》的內涵。那部片子裏帶有大量我個人對那個小城及其居民的同情。我對片子的內容記得不是很清楚，不能正確地描述整個經過。裏面有很多在工作的女人，還有一個男人在公園裏用一個能給人電擊的機器賺錢。你必須一手握住負極，另一手抓住一條傳導正極的電線。然後那個男人就會打開開關。遊戲的重點是看誰能承受最高的伏特數。你可以承受多少伏特？120個伏特？如果你可以承受，比方說吧：380個伏特，而不只是120個伏特而已，就證明你是個男人！一個小孩大概只能承受60到80個伏特，然後就會馬上放手。不過說真的，胖男人可以承受住380個伏特，然後還說：「好！再給我加！」可惜那名男子就只有這麼大的電壓——380個伏特，我想我大概苦撐到底了。我是不得不爾，因為全部的組員都在旁邊看好戲，我別無選擇。那就是我們在洛茲玩的遊戲。不過那名男子卻用它來賺錢。每次他電擊一個人，可以收一羅提的費用。

　　我們都住在租來的房間裏。結婚以後，搬進一個閣樓裏，其實它挺大的，是以前人家晾濕衣物的地方。屋主把它租給我們，瑪麗西亞和我把它變成一廚一房的住處。房內有一個老式的爐子，可是我們沒有足夠的錢讓它一直燒著。同時，買煤炭也是個問題。一方面我們不知道該去哪裏買，而且我們也沒錢買。所以我們差不多每天，或每隔一天，就去學校偷一袋十公斤的煤回家。這樣一袋煤可以維持兩天。兩天之後，我們再去偷一袋回來。我們就是這樣熬過冬天的——靠著偷煤！

　　我們當時還玩另一個遊戲。學校隔壁住了一個女人。校外有一段蠻寬的路，因為旁邊就是一個公園。我想總有二十五公尺寬吧。我們在路上每隔一公尺就作一個記號。那個老女人的房子在路的一邊，公

19,20　「我拍了兩部所謂的委任電影：《洛克妻和錫隆納‧葛拉之間》(Między
　　　Wroclawiem a Zielonq Górą) ……

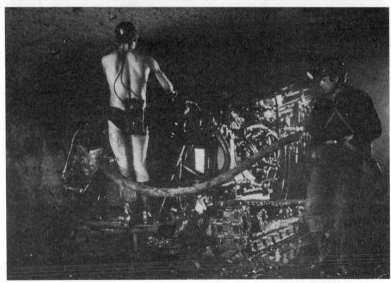

21,22 ……以及《銅礦場內的安全及衛生原則》（Podstawy BHP w Kopalni Miedzy）。

園則在對面。公園邊緣有一個公廁，如果你想去尿尿，得走下幾個階梯。每天早晨差不多十點左右，也就是我們聚在一起吃早餐的時候，那個老女人就會走出她那應該是沒有廁所的房子，然後往公廁的方向走去。她很老了，行動十分困難。我們打賭的方式，就是在每個小時一堂課結束之後，到外面去查看她走到了哪一個公尺記號前。她走得如此之慢，每次都要花上八個小時才能抵達公廁。有時候她花七個小時，有時候是六個小時。然後，她得走下樓梯。之後，她又得爬上樓梯。到了傍晚時分，她再回家，上床睡覺。第二天早晨起來以後，再去上廁所。我們打賭——當然不是賭錢，只是賭個榮譽和趣味——看誰猜得到，比方說，她在正午能走到哪一個公尺記號前。我可能說四，別人可能會說三，或六，然後我們就會出去查看結果。

那就是我們玩的遊戲。或許聽起來有點殘忍，不過，我們之所以玩那些遊戲，是因為我們對生活感興趣。我們對別人的生活，還有對和我們從小長大的環境完全不同的世界感到好奇。我是在讀過劇場技師學院之後，從華沙搬去洛茲的。我的朋友也全部來自華沙。洛茲是一個完全不同的城市，完全不同的世界。

皮瓦斯基（Marek　Piwowski）❶在他的電影《蒼蠅拍》（Muchotłuk）裏，把這個世界拍得很美。這部電影在講洛茲城裏所有的怪物——那些總會在費里尼的電影中出現的人物。不過我認為當時住在洛茲城裏的那些共產黨怪物，遠比費里尼的怪物鮮活強烈。而皮瓦斯基在《蒼蠅拍》裏成功捕捉到那一點。

我在電影學校求學的日子就是那樣過的。我從來沒有再回去過。有時候碰上需要去洛茲工作室拍片的時候，我會在當地作短暫的停留，但是我從來沒有真正地回去過。在《洛茲小城》中，我想拍出自己曾經一度熱愛的小城。儘管我沒能完整地捕捉到每一件事，不過我

想那部片子的確抓住了當地的氣氛。我因那部紀錄片而得到了學位。

剛從學校畢業以後——應該是一九六九年的時候吧——我替華沙一家專拍白癡廣告片的公社拍了兩部片子。我連它的名字都記不得了，是「工作合作社」（Spoldzielnia Pracy），還是「影片服務公社」（Spoldzielnia Uslug Filmowych）？反正我們叫它「錢袋公社」（Spółdzielnia Woreczek）。多虧那家公社，讓我半年的生活無虞。我拍了一部關於路柏林（Lublin）一家鐘錶匠公社的片子，另外一部講的是某種工匠，大概是硝皮匠吧。

然後我拍了兩部所謂的委任電影（commissioned film）。其中一部在鼓勵年輕人到某個銅礦場去工作，說那裏的工作環境如何如何好，生活水平高，薪金又多等等。那部片子大概是製銅工廠委任拍攝的。我的老闆雖然是國家紀錄片工作室（WFD），但是出錢的人卻是工廠及贊助人。那個時候WFD拍過成噸那類的片子。

我想我拍過四部那樣的東西。雖然我並不願意，但那也不是什麼見不得人的事。幹導演也是一種行業，有時候你必須聽命行事。拍那種片子很無聊，比我做過的任何事都無聊，但是我得過日子。除了那幾部片子之外，我這輩子沒有拍過任何自己不想拍的東西。

我曾是個士兵

(BYŁEM ZOŁNIERZEM, 1970)

剛開始的時候，我是以助手的身分進入WFD，可是我從未做過助手的工作。我這輩子從來沒有做過助手，對這一點我十分堅持。他們因爲礙於規定，才以助手的資格僱用我。後來我的職稱就被改爲導演。我想我是我們那一代第一位在WFD內得到導演職位的人。

當時華沙有三家電影工作室：WFD、電視台(Television) ❷、和索勞夫卡（Czołówka）。索勞夫卡專門替軍方代理拍攝紀錄片及影片，內容都在講軍隊、某個特定的營區或是軍營中的生活。我對他們拍的片子不是很清楚。

一九七〇年，我曾經替索勞夫卡拍過一部紀錄片。是部挺不錯的片子。那部片子並不是委任的，片名叫作《我曾是個士兵》，講一羣在二次世界大戰期間當兵而失去視力的男人。攝影師是尼柏斯基（Staś Niedbalski）❸。整部片子裏，那些士兵只是坐在攝影機前講話。我問他們一些關於他們的夢想的問題。那就是影片眞正的主題。

工人(71)
(ROBOTNICY '71, 1971)

　　那個時候，只要是紀錄片的攝影機能夠拍攝的題材，我全感興趣。當時我們感到一種迫切的需要，想去描述這個世界，這使我們萬分興奮。共產黨所描述的，是一個世界理想的狀態，而非眞實的狀態。我們——當時這樣的人很多——則企圖敍述這個世界眞正的樣子。要描述一件從來沒有被任何人描述過的事物，是一件令人神迷的工作，就好像你在賦予某樣東西生命似的，實際上也眞有點這個味道。如果某件事物從來沒有被任何人描述過，那麼它等於還未正式存在。在我們描述它的同時，就等於讓它活過來。

　　《工人(71)》是我最具政治色彩的一部影片，因爲它完全不是以人道觀點來拍攝的。這部片子企圖描述一九七一年工人的心理狀態。那個時候，勞工仍是統治階級，至少當時在波蘭它們擁有這個稱號。我們認爲應該讓大家看到這個階級的確有他們自己的思想，而且當時我認爲他們的思想是正確的。也就是，企圖把民主潮流帶到每一個角落，不僅帶進工作場所，更深入行政地區及國內每一個城市。我們嘗試以非常廣泛的角度來呈現這個至少在理論上屬於我國統治階級的人們，讓大家知道他們的觀點和刊在《*Trybuna Ludu*》❹頭版上的那一套未必相符。

　　我們在一九七一年的時候拍攝此片，一九七〇年的工潮剛剛結束

23,24,25
賽卡德羅和我共同執導
《工人(71)》
(Robotnicy, '71)。

❺。我們試著呈現那些在小村小鎮和在工廠裏工作的人民,是如何組織罷工行動,並且透過不同的政府代表,想向華沙的吉瑞克（Gierek）❻表態:波蘭的人民盼望改革。他們認爲吉瑞克正在做的改變不夠,他們要求更多、更明顯的改變。這是發生在吉瑞克還擔任第一書記任內的情況。關於人民殷切期盼激進改變的情緒,在我一九八一年拍攝的《談話頭》（Gadające Głowy）中描繪得更清楚,這種現象最後終於促使團結工聯的產生,該黨非常明確地表示人民嚮往不一樣的生活方式。

塞卡德羅和我共同執導《工人(71)》,托羅（Tolo）❼的工作小組和另一個工作組也在別的地方拍,還有一個小型的次工作組由「狂人」魏茲尼夫斯基（Wojtek Wiszniewski）❽擔任導演。我們走遍波蘭,想在那段狂熱時代結束以前把它拍下來,因爲我們都知道它終究會結束。我們必須把它記錄下來。

或許某些人想利用那部片子獲得好處,但他們並沒有成功。比方說吧,一位名叫奧佐夫斯基（Stefan Olszowski）❾的黨書記——那個時候他看起來像是個比較傾向自由派的書記,後來卻變得比前任書記更頑固、殘忍,並成爲自由運動更大的敵人——因爲藉助於這部片子和其他的力量,奪取了權位,那麼我將因此感到內疚。但是他並未得逞。或許因爲那部片子根本不是一部可以幫助某人在黨內晉陞的電影。結果我們被迫重拍一個版本,新版的精神與形式我們都不喜歡。被剪的方式尤其厚顏而下流。幸好,反正根本無所謂,無論是當局要求的那一版,還是我們原來提出的那一版,都從未上映過。

當片子快要殺青的時候,我已經有預感事情會演變成那個地步。老實說,如果我是唯一的導演,絕不會允許他們那樣剪那部片子。這並不表示同意的人是塞卡德羅,而我並沒有同意,我絕沒有這個意思。

我們倆都明白我們非同意不可，於是兩人一起做出這個決定。如果片子是我一個人拍的，我絕不會同意，因為我只需要為我自己負責。同樣的，如果片子是塞卡德羅一個人拍的，他也絕不會同意，因為他也只要為他自己負責就好了。但當時的情況是我們必須為對方負責。我必須替他的妻小負責，他也必須替我的妻小負責。這樣的負擔可不輕鬆。

有一天早晨，當我們抵達剪接室之後，發現原音帶不見了——我們在原音帶裏錄下很多沒有用在影片中的訪問內容。之所以把那些訪問洗掉，是因為不想將那些受訪人送入警方或黨組織的手中。那些錄音全不見了。兩天之後，原音帶再度出現，警方把我召去，說我把那些帶子走私出波蘭，賣給自由歐洲廣播電台❿，換取美金。那是他們控告我的罪名，可是他們安排得很差，我從來沒有在自由歐洲廣播電台上聽到那些錄音。我懷疑那只是另一項計劃失敗的煽動行動，大概跟我毫無關聯，有關聯的人跟我毫無干係。我懷疑那件事大概和奧佐夫斯基之流的人士有關。某人在和某人玩遊戲，我對他們的遊戲內容一無所知。我不知道他們玩遊戲的目的是什麼，老實說，我連誰在跟誰玩都不知道。我懷疑那就是使我對一切感到極端厭惡的原因之一。再一次，我明白自己是多麼地不重要！

履歷

(ZYCIORYS, 1975)

　　我想在七○年代的時候，黨內已經有很多人都覺得黨的方向完全錯誤，黨必須革新，去迎合人民的需求。如果我們說共產黨員全是壞人，我們這些人全是好人，這是不對的。共產黨員也跟我們一樣，素質有好有壞，有睿智的，也有愚蠢的。就是那一羣素質好的黨員同意、甚至要求我拍一部像《履歷》那樣的片子。七○年代中期，有一羣黨員想在黨內維新，他們認為藉著像《履歷》這樣的片子，將可對整個黨造成一些影響、作用，讓黨員看到黨做的事不見得全是聰明的，黨必須開始民主化。

　　只有當你描述過一件事物之後，你才能夠對它進行思考。如果一件事物從未被描述過，沒有任何紀錄存在，那麼你就不可能討論它。我們可以用各種形式來描述：一部電影、一份社會學的報告、一本書、甚至只是一段口頭的敍述……在你去處理一件事物或一個狀況之前，你必須先描述它。如果你能了解這一點，就能夠了解為什麼我們必須描述某些異常或腐化的現象。如果你想改革黨，你必須先指出：「黨必須革新，因為有甲和乙和丙這些不公正的現象存在。」關於甲和乙和丙的證據，你應該去哪裏找呢？就是描述！不論是以何種形式存在的描述！當然，黨報告與黨內會議的紀錄也算。總之，你必須握有陳述事實的紀錄。這正是拍攝《履歷》的目的，它並不是黨內任何一

個人請我代拍的，劇本和原始構想都出自我一個人的手中。那部片子的訊息，是想指出黨並不能符合人民的冀望，也不能配合人民的生活及他們的潛能。

《履歷》都是在開黨內會議的時候放映的，因爲這部片子，我也參加過幾次這類的會議。片子後來製作了七十個拷貝，我不知道這樣的黨內試映會——觀衆都只限於黨員，甚至黨內精英——到底曾經舉行過幾次。後來它曾在克拉考電影節（Kraków Film Festival）上放映過，我想大概還在電視上播過一次。

當時能夠參加黨中全會，並且拍成一部片子，對任何人來說都是一件令人興奮萬分的事。眞正能夠掌握波蘭人生活以及國家狀態的決策，全在黨內決定。他們從來不讓我參加任何黨中全會，於是我拍了一部關於黨務控制委員會❶的片子，那個組織在當時權勢也相當大。他們把人趕出黨，或接受新黨員，或是把某人從名單上刪除，他們眞的可以把一個人給毀掉。通常他們都很公正，因爲那些人大部分都是賊。不過不公正的判決也屢見不鮮，像是我片中主角的遭遇。

碰到這種事，有兩種應付的辦法；一種是說：我恨他們，我將對抗他們，直到我死。然後你就去對抗他們！我的態度卻不是這樣，我正好相反；我的態度是：即使有不公正的事件發生，有人表現得很惡劣，以我的觀點來看，我必須試著去了解那個人。無論他們是好是壞，你都必須試著了解他們爲什麼會這樣。我認爲這個方法和對抗一樣有用。

我總是企圖了解這類的人。當然，我並不喜歡黨務控制委員會裏的成員，我想這在我的片子裏已表現得非常明顯。即使如此，我還是試著去了解他們工作的方式，以及他們行動後的動機。如果我看到某人的動機是爲了他們內心所信仰的某種意識形態——比方說，政治上

的意識形態——而不是為了追求生活上的舒適，那麼即使他們站在相對的立場上，也會得到我某種程度的尊敬，不過這種尊敬當然有限度。我不可能去尊敬一個認為應該把別人的眼睛通通剜掉、把敵人的喉嚨全割斷的人。那是我無法理解的，我也不想去了解。我想我很清楚自己的界線在哪裏。它們並不是一種約束，不過對我來說，這些界線的確存在。當然，去拍一個頭腦鈍鈍的官僚比拍一個有他自己原因的人容易多了，但是我對後面這類人比較感興趣。我有很多部電影都是如此，我想對我這樣一個拍電影的人來說，這是唯一的應付方法。

這和替那些人昭雪沒有關係。了解和昭雪之間，並不見得有直接的關聯。以這個案例來說，昭雪在此暗示著我們必須用另外一邊的觀點來拍這部電影。我從來不用另一邊的觀點來拍自己的電影，總是以我自己的觀點來拍。但是我會試著了解另一邊，我不會改變自己的觀點，因為那樣便是虛假的、不誠懇的，而且馬上就會露出馬腳。但我的觀點並不意謂著排除對另一邊的了解。

《履歷》是綜合戲劇與紀錄片形式的典型範例，當時我對這種形式極感興趣。一九七五年我拍攝的另一部片子《人員》（Personnel）也使用了這種手法，將微妙、神祕而盡量減化的動作線與紀錄片結合在一起，帶出人們在面對某些事務時的心思、面部及手部表情和行為表現。在《履歷》中，所有關於黨務控制委員會的一切都是真的，因為那個黨務控制委員會真的存在，片中人物沒有經過特別的挑選，我只是向各個不同的黨委員會提出要求，請他們把全華沙最具啟發性、最自由開放、最慎審的控制委員會推薦給我。於是他們選了這一個委員會，因為它是最好的一個。其實它可怕極了！我故意要求最好的，這麼一來，我就可以知道最壞的會有多可怕。我想讓大家知道，即使最好的委員會也會以這種方式討論黨員的生活，決定他可以做什麼，

26 「在《履歷》(Życiorys) 中所有關於黨務控制委員會的一切都是眞的。」

27 「而關於主角的一切則是虛構的。」

或不可以做什麼，吃早餐時他可以花幾分鐘煮蛋，他到底有沒有權利花三分鐘時間煮蛋……委員會干涉每個人生活最秘密、最隱私的細節。所以說，影片中所有關於控制委員會的各種反應及行為表現，都是真實的紀錄。裏面唯一虛構的東西是那位主角，亦即接受該控制委員會審判的那個男人。他一生的故事，乃由許多人的故事綜合而成——由我撰寫。那個男人是個工程師，他替電話公司服務，作些搭建電話線路之類的事。他在真實生活中，也曾和黨發生過類似的問題。也就是說，他本來是個黨員，可是後來被開除了。他曾經遭到黨的申誡及騷擾。這樣的人正是扮演我片中受到控訴的角色安東尼・葛羅拉克（Antoni Gralak）的理想人選。

後來我常常重複用安東尼這個名字。像是《寧靜》（The Calm）中的主角，也叫這個名字。雖然現在波蘭人不流行取安東尼這個名字，我還是喜歡用它。甚至在《雙面薇若妮卡》（Véronique）裏也有一個安塔克（Antek）——波蘭籍的薇若妮卡的男朋友就叫作安塔克。我也不知道自己為什麼常用安塔克這個名字，大概是因為我很喜歡安塔克・克勞士吧。我還喜歡菲立浦・巴揚（Filip Bajon）❷，《影迷》（Camera Buff）裏的主角就叫作菲立浦。

在我拍成《履歷》之後，我寫了一個同名的舞台劇劇本。我不知道你是不是真能稱它為一部舞台劇，其實它只是把參加黨務控制委員會議的經驗劇場化而已。現在我根本不能忍受去回想這件事——我居然曾寫出那樣的東西！我之所以寫它，是因為某位劇場導演督促我替劇場寫些東西。那不是我的主意，我是在被說服的情況下寫出來的。那是一個很可怕的劇本！大錯特錯！

不過劇院本身倒是棒透了。那齣劇在克拉考的老劇院（Teatr Stary）❸演出。我的演員陣容十分完美：澤瑞克・史都爾（Jurek

Stuhr）**⓮**、澤西‧崔拉（Jurek Trela）**⓯**。所有我鍾意的演員都上場了，劇中主角由崔拉飾演，他曾在老劇院推出的許多經典名劇中擔任主角，同時也曾在華依達與康拉德‧史汶納斯基（Konrad Swinarski）**⓰**導的舞台劇中演出。我各方面的條件都非常完美。只可惜有一樣東西很爛，那就是我自己寫的劇本！

他們給我一個小小的廳。我本來也不想在大的廳裏演出，因爲那齣戲只適合在小廳裏演出。那齣戲可能會有什麼了不得的意義嗎？何況，它演出的時間也很短——大概一個月吧！然後就被換掉了，活該！

那次經驗讓我倒足胃口。我了解到劇場和我的脾性完全不合。兩個月都呆坐在同一個地方，不斷地重複劇中同一個片段……這些都不能滿足我的需要。我現在的耐心已所剩無幾，而且愈老愈容易不耐煩。可是我在那個時候（才三十幾歲吧！）就已經對劇場感到相當不耐。華依達一直對我說：「聽著，去找一個好的劇本，一個別人寫的劇本，像是莎士比亞或是契可夫寫的。然後你就能了解舞台劇其實是多麼美好的經驗。」他說的或許很對，顯然他很喜歡在文字中找尋找各種不同的可能。可是他講的是他自己的感覺，而我了解我的。所以往後我再也沒有碰過舞台劇，我很確定以後我也不會再嘗試。

我大概是因爲自己的野心才拍電影的。每個人其實都只是在爲自己拍電影。電影是個不壞的媒體。它比文學原始很多，不過如果你想講一個故事，那倒是個不壞的媒體，偶而我的確能把故事說得很好。籌措資金並不一定就意謂著你將完全失去選擇自己講故事方式的自由。不過我之所以會拍電影，眞的是因爲我不會做別的事。這是我在過去做過的一個不太明智的抉擇，可是我很可能根本做不出比這更好的選擇。也就是說，我不可能做別的選擇。現在我知道那是個錯誤的抉擇。這是一個非常辛苦的行業，花費不貲，又令人筋疲力竭，而且

你所能得到的成就感，總是和你的努力不成比例！

初戀

(PIERWSZA MIŁOŚĆ, 1974)

快從電影學校畢業的時候，我寫了一篇名為〈現實與紀錄片〉（Reality and the Documentary）的論文，力陳每個人的生活裏都充滿故事與情節，既然現實生活中已經有這些東西，我們何必曲意去創造呢？你只需要去把它們拍攝出來就可以了。那個論題是我自己想出來的，後來我試著拍攝那樣的電影，結果只拍了一部——《初戀》。我認為那是一部不錯的片子。

以前我一直想拍一部講一個人賭贏一百萬羅提的電影。在七○年代的波蘭，那算是很大的一筆數目。當時一棟大別墅大約值五十萬羅提；一部車大概值五萬到七萬羅提。總之，那是一筆大數目，在波蘭，有那麼多錢的人很少。我想拍一個贏一百萬的人，直到他的那筆錢全部消失為止。你可以把它想像成放進煎鍋裏的一塊牛油。你把一塊牛油放進煎鍋裏，它就會慢慢溶化，消失！

在《初戀》裏我用的是另一個中心思想，亦即上面那個想法的另一面——發麵的想法！你把一團麵糰放進烤箱不管它，它自己會發漲。在這個例子裏，我用的比喻是一個女人的肚子，我們可以在它懷孕之後慢慢看著它變大。

我們和那一對夫妻——潔西亞（Jadzia）和羅梅克（Romek）——相處了很長的一段時間，一年。我們認識他們的時候，潔西亞懷

有四個月的身孕，然後我們一直跟著他們，直到小孩長到兩個月大，所以前後差不多有一年的時間。

在那部電影中，我們安排了許多佈局，甚至還故意引起事端。不過那是拍這類電影必要的手段。你不可能讓組員待在某人身旁二十四小時都不離開，那是不可能的事。儘管我們花了八個月的時間攝製完成，不過我估計實際拍攝天數不超過三十或四十天。在那三十或四十天中，我安排那對夫妻遭遇一些其實他們遲早都得遭遇的狀況，雖然他們本來不見得會在那個時候遭遇到，但是我從來沒有安排他們碰上一些如果沒有攝影機在拍攝他們便不可能碰上的情況。比方說，他們想找個地方住。於是他們前往住屋公社去登記，當然我就得帶著攝影機比他們早到一步。那是他們所屬的住屋公社，而他們也真的想得到一間屬於自己的公寓。那個事件不是虛構的，我也沒有替他們寫任何對白。

我希望他們讀一本書，書名大概是《年輕的母親》（*Young Mother*）或《發育中的胎兒》（*The Developing Foetus*）。於是我替他們買了那本書，然後等他們倆讀完，開始討論。這些情況很明顯是我佈置的。那時他們住在祖母家裏的一個小房間裏，決定要把房間漆成藍紫色。好，就讓他們把它漆成藍紫色吧！我在他們油漆的時候去拍他們，然後──這部分就是故意引起事端──我找了一位警察來抱怨他們沒有登記戶口❶，說他們非法居留，可能要把他們趕走。我刻意找了一位我認為無害的警察，不過潔西亞那時候已經有八個月的身孕，事情的確有些冒險──那樣突如其來的造訪很可能會引發早產。那個時候所有波蘭人民都怕警察，沒有登記戶口的人就更不用說了。那個時候可不比現在！

片子裏有很多那一類的事件，不過也有很多是生命本身自己製造

出來的。像是那場婚禮——當時我們帶著攝影機出席！那場生產的戲也是真正的生產——我們也帶著攝影機等在那裏！

我們都知道，生產只能發生一次。下一次至少得等上一年，所以我們爲那一幕準備得特別仔細。我們知道潔西亞會去瑪達林斯其哥街（Madalińskiego Street）我女兒出生的那家醫院生產。我不記得那個小娃兒是在瑪塔之前還是之後出生的，反正是在同一個時期。我曾經站在窗外看著我太太瑪麗西亞，我不記得當我走到窗前時那種似曾相識的感覺是因爲羅梅克在我之前曾經站在那裏，還是因爲我在他之前曾經站在那裏。我想瑪塔的年齡大概比較大一點，而我曾經站在那裏。所以當羅梅克站在同樣的院落、同樣的一扇窗前去探望潔西亞時，我感受到那種似曾相識、再次經歷同樣事件的感覺。

下面的故事可以說明無論你如何精心替一部紀錄片籌劃，無論你多麼有心、事前計劃多麼完備，你還是可能失敗。我們知道潔西亞生產時會住進幾號病房，於是在她預產期前一個星期就去把燈光架好，並裝好麥克風。察內基（Misio Zarnecki）⓲是我們的錄音師，不過那一場戲的錄音工作將由賈沃斯卡⓳（Małgosia Jaworska）負責，所以當時在現場錄音的是女人，不是男人。我們盡量刪減男性的工作人員，連電工都不上場，因爲燈光早已架好了，我們的攝影師帕崔基⓴帶了一小張燈光位置圖，這樣他就可以自己開燈。

潔西亞和羅梅克沒有電話，因此我們的計劃是：一等潔西亞開始陣痛，羅梅克就應該打電話給「鳥嘴」（Dziób）㉑。鳥嘴有電話，所有應該到場的人也都有電話。我們規定這些人家裏隨時都必須有人留守。比方說，如果攝影師帕崔基有事出門，他太太葛西娜（Grażyna）得知道他的去處，萬一有事，隨時可以找到他，叫他趕去產房。我們都知道生產不過是一、兩個小時的事。甚至可能半個小時就完了，我

們不可以遲到。在生產前，我們已經爲這部片子投下五、六個月的時間，絕不可以錯過這一場戲。鳥嘴必須打電話通知我、帕崔基、賈沃斯卡和製片經理，我們不需要其他的人在場。

我們開始等待。過了一星期，沒有消息。每天我都派鳥嘴去查看羅梅克是否忘了打電話給我們。有一天晚上，好呷一杯的鳥嘴酒蟲作祟，再也忍耐不住，於是就出去喝兩杯。他認爲自己不能再一天二十四小時地守在電話旁邊，於是跑出去喝個爛醉，也不知道他是跟誰夥在一塊兒喝的！他自己也不知道自己上哪兒去了。清晨四點鐘，他搭上一輛從奧丘塔（Ochota）開往修德米西（Śródmieście）❷的巴士，人已經爛醉如泥。如果運氣好，華沙的巴士大概兩個小時開一班。鳥嘴爬上巴士以後，當然倒頭就睡。他坐在後排，頭枕在自己膝蓋或手臂上就睡著了。當時巴士上只有他一個人，那是凌晨四點鐘的時候，天還沒亮，我想那時是多天吧！不，已經是春天了，不過晚上還是很冷。突然之間，他覺得有人在搖他的肩膀。他醒來，發覺羅梅克帶著潔西亞也搭上同一班巴士，她在同一天晚上開始陣痛。兩人叫不到計程車，打電話給鳥嘴也沒人接。當然啦！鳥嘴已經醉倒在巴士上了。結果他們上了巴士後看到唯一的乘客，就是醉得七葷八素的鳥嘴。鳥嘴馬上清醒過來，立刻跳下巴士，衝去電話亭打電話給我、帕崔基和賈沃斯卡。半個鐘頭後，我們全部趕到醫院，結果生產的過程長達八個小時，所以我們沒有什麼問題。不過，這種事誰都不能預知。事情常會這樣，一個偶然的意外——像是醉酒的鳥嘴——很可能就會使我們錯過我們最需要拍到的東西。

現在我仍和潔西亞與羅梅克保持聯絡。他們後來搬到德國住了幾年，目前住在加拿大，有三個小孩，不久之前我才見過他們。有一次德國舉行我的回顧展，我說服他們放映《初戀》。當時潔西亞和羅梅克

一家還住在德國，我又說服主辦單位邀請他們全家去參加試映會，他們全都來了。在片中出生的那位小女孩，當時已經十八歲了。大家看後當然都熱淚盈眶。

本來我害怕拍這部片子會造成不好的影響，但結果都很好。我怕他們會被片子的效果沖昏頭，開始覺得自己是大明星。後來我發覺那樣的事不會發生。我選那一對夫妻的原因之一，是因為我注意到潔西亞雖然年僅十七歲，卻非常清楚自己想要什麼，而且會非常積極地去追求。而她想要的東西很簡單：生個小孩，結婚，做個好太太、成為受人尊敬的女人，有一點錢。那就是她的目標，當然後來她全都設法達成了。我知道她不會因此自負地改變自己的人生觀，比方說，從此就覺得自己可以當演員，去演戲。她非常清楚那個世界不屬於她，而她對那個世界也絲毫不感興趣。

那部影片果真沒有改變他們。片子在電視上放映過後的一、兩個星期內，他們得到一些很好的反應。別人會在街上認出他們，跟他們打招呼，或對他們微笑，讓他們感覺很好，不過那只維持了很短一段時間。後來當然大家就把他們給忘了。電視又播放了其他的影片，別人在街上又認得其他的人，對著其他的人微笑和指指點點。不過，這對夫妻也享受過屬於他們自己的好時光，那時大家對他們都很友善。

我想這部電影倒促成了一樁好事。當時在波蘭想申請一間公寓得等上好多年，其實現在也一樣，你可能得等個十五年。那個時候他們也在等，因為他們才剛結婚。羅梅克早已在住屋公社登記註冊，而且已經等了兩、三年。電影中有一場是講他們到公社去詢問什麼時候可以等到自己的公寓，公社的人告訴他們或許再等個五年，他們就可以補上候補名單上的缺額，然後就可以開始等結果。所以在可見的未來，他們等於沒有任何希望！他們一直住在祖母家裏被他們漆成藍紫色的

那個小房間裏，可是生了小孩之後，就不夠住了。他們也不可能搬去任何一個人的父母家裏去住，因爲他們父母的公寓都太小，尤其當他們生了小孩之後，情況會變得太複雜，不適合他們搬回去住。

後來我想到一個很簡單的主意。我寫了一份簡短的計劃，名爲〈伊娃・伊烏妮亞〉（Ewa Ewunia）❷。那個時候，他們的嬰兒已經出世了，我們知道她是個女孩，名叫伊芙卡（Ewka）。我在〈伊娃・伊烏妮亞〉中提議再拍另外一部電影，從伊芙卡出生那天開始，直到她生下自己的小孩爲止。

我把計劃書寫好，呈遞上去。因爲《初戀》是一部用16釐米專爲電視拍攝的一小時影片❷，於是我提議拍一部形式相同的影片。電視在當時──現在也一樣──的波蘭，力量很大，他們覺得我的主意很棒。那是一個長期的、並且令人印象深刻的計劃。如果你可以在一部影片中拍出一個人二十年的經歷，那的確可以令人印象深刻。我眞的想拍一部那樣的影片，甚至還著手拍了一部分，檔案室裏應該還找得到一些在那個小女孩五、六歲時拍的膠片。

於是我去找喜歡這個主意的電視台台長，我說：「好，你希望這是一部樂觀的影片嗎？」他回答：「我們當然希望它是樂觀的。」那次對話我記得非常清楚。我說：「如果你希望它成爲一部樂觀的影片，那我們就得創造出一個樂觀的現實狀況，因爲到目前爲止現實狀況都很悲觀。」「什麼現實狀況？」「他們根本沒有地方住，」我說，「如果在我們的影片裏，伊娃出生在一個破棚裏，然後她在一個可怕的後院裏長大，周圍全是骯髒貧窮、沒人理的小孩，我們怎麼可能拍出一部樂觀的影片呢？我們必須創造出一個樂觀的狀況。」「怎麼樣才叫樂觀的狀況？」「我們得替他們找個住的地方！」電視台運用各方面的影響──黨、還是委員會吧！反正我不在乎──果眞替他們弄到一間公

寓。當那個小女孩半歲大的時候，他們已經有一棟屬於自己的公寓了。很大，狀況很好，四個房間。

　　他們在那間公寓裏住了一段時間，我也在那裏替〈伊娃‧伊烏妮亞〉拍攝了一些膠片。後來我就停止了。首先，我不知道自己是否能夠貫徹始終。或許我可以吧，如果我每隔兩年就去拍一些片段的話！我們不必連續地拍。但後來發生了別的事情，我明白如果自己繼續這樣拍下去，我很可能會惹上跟我後來在一九八一年拍攝《車站》(Dwor-zec) 時一樣的麻煩。也就是說，我可能會拍出一些別人可以用來對付他們的不利證據。我不希望發生那樣的事。所以我就停止了。

　　我個人認為，我們不應該利用紀錄片來影響片中人物的生活，無論是好，是壞，都是不對的。紀錄片不應該造成任何影響，尤其是關於人物人生觀的部分。這一點你必須分外小心，這是紀錄片的陷阱之一。大致來說，我在這方面避免得還算成功。我既不曾摧毀、也不曾抬舉過我紀錄片中的人物——而我拍過的紀錄片著實不少！

醫院
(SZPITAL, 1976)

《醫院》的內容則全是偶發事件。拍電影很難給予人滿足感，不過在拍攝《醫院》的過程中，我至少經歷過兩次令我感到滿足與愉快的經驗，我很慶幸自己有攝影機、燈光及音效在側，讓我能夠拍攝到當時發生的事件。

在《醫院》中發生的情節，有如教人拍攝紀錄片的教科書內容。什麼才是紀錄片？對於你拍攝的題材或人物，你必須做多深刻的認識，才能夠在一定的時間內，捕捉到真正重要的東西？這些問題和紀錄片有關，卻和劇情片無關。

本來我並不打算拍醫生。拍那部片子的原意是想指出：儘管圍繞在我們周圍的是一片紊亂，到處可見人類卑瑣的無力感，人類沒有能力完成任何事，或把任何一件事情做好，可是仍然有一羣人努力完成了我們今天所謂的「成就」。我覺得最重要的一點，是這些人必須在做一些可以衡量的、極有價值的事。我試著找過各種不同的人，其中包括曾經在蒙特利爾奧運會上得到金牌的一個很棒的排球隊。我覺得他們就符合我的想法。後來我又覺得可以去拍礦工救援隊，他們在意外事件發生之後，可以連續忍受數天身體上極端的辛苦，只為了拯救奄奄一息的受難者。

我到處尋找一羣這樣的專業人員，最後終於決定拍攝醫生。剛開

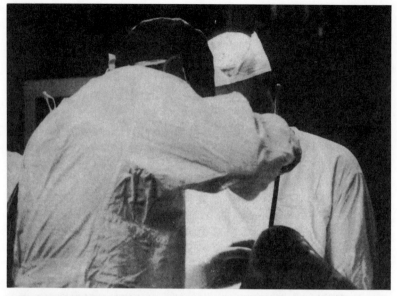

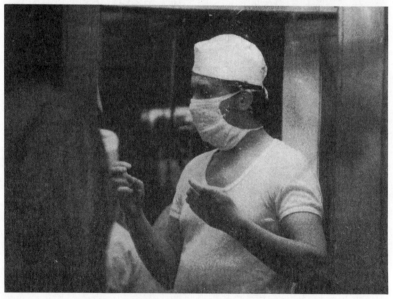

28,29　《醫院》(Szpital)，「他們先值完自己的二十四小時的班，然後再多工作七
　　個小時，等於連續工作三十一個小時。」

始我們找過醫生、外科醫生。最後我發現了一家醫院，裏面的醫生彼此之間的氣氛特別愉快溫馨。我大概做了一年的勘察工作之後才下決定。這並不表示我爲這個計劃每天工作八小時，不過我們隨時都在進行勘察。

然後我開始思考該如何表現他們的工作，後來馬上就決定不正面拍攝任何病人，然後我想過可以順著一天的時間拍，也就是說，我們一個鐘頭一個鐘頭地接著拍，就像教科書上教我們的方法。本來我眞的打算在正午的時候拍正午的戲（而不是五點十二分），然後它就以正午發生的事件，出現在影片中。後來我馬上就領悟到拘泥於如此僵硬的寫實規定是多麼愚蠢的一件事。爲什麼不讓觀眾看發生在五點十二分的有趣事件，反而逼他們看發生在正午十二點的無聊事呢？那個規定在理論上非常好，可是實際用起來卻白癡得很。

那個時候我們拍紀錄片都得寫劇本，我覺得很有道理。雖然你不知道拍攝過程中將發生什麼事，不過因爲我們必須寫劇本，所以才能強迫自己整理思路。我請醫生告訴我各種曾經在他們職業生涯裏、生活中或與病人合作的經驗中，曾發生過的重要和戲劇化的細節。結果整形外科醫生告訴我，每當他們在進行骨科手術時，都必須準備一把榔頭，普通醫院都有手術專用的榔頭，不過他們告訴我在一九五四年的時候，他們還在用普通敲釘子用的榔頭。有一天當他們在替一個男人或女人整形的時候，榔頭突然裂成兩半。於是我就在自己的劇本中寫道：榔頭在手術進行中裂成兩半。

下面這件事是我碰過極少讓我非常有滿足感的事件之一。我不記得我們在那裏站了幾個晚上。他們每週必須輪一次連續二十四小時的班。他們先值完自己的二十四小時，然後再多工作七個小時，等於連續工作三十一個小時，沒有休息。我們也跟著工作三十一個小時，每

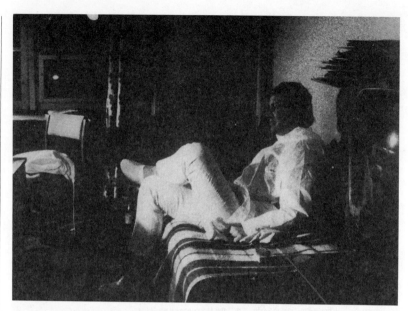

30 《醫院》,「後來我們變成非常好的朋友。」

週都這麼做,大概作了兩、三個月。有時候我們實在忍受不了,就會提早收工。醫生還得繼續對著骨頭敲敲打打,我們卻累得睜不開眼睛,只好先回家去。不過有的時候我們也會熬上一整夜。

　　我們用的35釐米攝影機是個龐然大物,必須兩三個大漢合力才能把它從一個地方扛到另一個地方去,而我們的拍攝地點有好幾處。包括接待室、走廊、另一個房間、一間手術室、另一間手術室和一間小恢復室。你可以在電影裏看見醫生們從一棟建築走到另一棟建築裏。我們當然也得跟著移動,不過在同一個夜晚移動攝影機三次是不可能的事。我們得把它固定在手術室裏,然後它整晚就得待在那兒不動。如有必要,我們可以移動一次,也就是在凌晨時分把它移到旁邊醫生用來打盹及刮鬍子的小房間裏。所以在醫院裏的那六、七個場景裏,我們一旦把攝影機架起來,當然還有燈光、麥克風那些東西,就得拍

完一個輪班班次。

有一次，救護車把製片經理的姑母送進來，非常有意思。有意思的當然不是那位姑母斷腿的事實，而是許多巧合連在一起發生。他們把她送進我們已經架好攝影機、正在裏面守候的那間手術室——又是純粹的巧合。她把股骨摔斷了，在接合股骨的時候，醫生必須用榔頭把一根指頭般粗的金屬籤似的東西釘進靠近膝蓋的骨頭裏。其實那也不眞的是一根金屬籤，而是一根管子，然後你再把金屬籤插進管子裏。於是他們開始敲那根管子。那次手術差不多費時三小時，我們不時地把攝影機打開拍一段。你猜我看到什麼？他們在手術室裏用的榔頭就跟他們告訴我的那種榔頭一樣！所以我當然就把這個榔頭拍下來。如果當時他們用的是另一種榔頭，我大概就會拍到另一種鏡頭。你會在最恰當的地點架好攝影機；把攝影機裝好底片；錄音機也裝好錄音帶；最重要的，還能夠在那個榔頭裂開二、三十秒以前把攝影機打開，我想這非得要有點運氣不可，或許還要靠一點直覺吧！因為那個榔頭果眞就在我們拍攝的時候裂開了！於是我在劇本中描述的情況眞的發生了，事情不應該這麼巧的！同樣的情況上一次發生的時間是一九五四年吶！更巧的是，因為他們告訴我那個故事，我才把它寫在劇本裏。結果大家都以為榔頭事件是某人的把戲。但它不是把戲，純粹只是運氣！碰到那樣的時刻，你會覺得自己好像眞的拍下了十分重要的東西！

那部影片的主題是想表現出凡事都錯置的感覺，讓大家看到時局的艱辛：醫院裏缺少棉花、常常停電、電報打不通、電梯不會動……那就是生活！那就是當時的狀況！

不過那些大夫的態度非常開放，後來我們變成非常好的朋友，他們從來不把我們在那兒當一回事兒。這就是為什麼紀錄片如此耗日費

時，現在大家都不懂這一點，尤其是當今的電視記者。他們跑來在你鼻子下面塞一根麥克風，叫你回答一些問題。你的答案或許非常機智，或許非常愚蠢，但那絕不是關於你的實情。

我不知道
(NIE WIEM, 1977)

　　每次我拍紀錄片，都會盡量體諒片中的主要人物。不過我知道有一個人因為我拍了他而對我心懷怨懟——儘管當初是他自己同意的！那部片子長一個小時，片名叫作《我不知道》，後來從未正式上映過，部分原因是因為我怕對他造成傷害，所以不希望發行那部片子。他自己也竭力阻止那部片子的上映，不過他從來沒有企圖和我合作過，反而自己跑到文藝部去大吵大鬧。他那樣做是很荒謬的，我不知道他到底想怎麼樣。既然已經簽了合約，又拿了拍那部片子的片酬，他當然沒有權利去大吵大鬧。那筆片酬的數目雖然不大，不過他既然收下了，就表示他同意拍那部影片！不過在我這方面，我仍想盡辦法阻止那部片子上映。

　　那部片子是下西利西亞一家工廠廠主的告白。他雖是黨員，卻反對共產黨員在那個工廠和那個區域猖獗的黑手黨作風。後來他們把他徹底整垮了！他看起來很像吉瑞克——那正是吉瑞克當權的時代——塊頭兒很大，剪個平頭，跟其他黨員的官階差不多，可是他覺得那些人做得太過火：他們偷廠裏的皮革，在帳目上作手腳，把皮革賣掉，整天喝伏特加，用公帳買汽車！不幸的是，他並不知道還有階層更高的人——包括省警署和黨委員會裏的人——也牽涉在內。

　　我遇到他之後，很簡單地向他表示我想把他的經歷拍成一部電

影。就這樣。他說：「當然可以。」我們約了時間，我把他的獨白用錄音機錄下來，然後放一遍給他聽，讓他知道裏面的內容是什麼。然後我告訴他我想把它拍成紀錄片。他同意，並且也簽了合約。可是等到我們殺青之後，我明白如果讓這部電影上映，他將會遭到比當時更大的傷害。因爲整個事件在搬上銀幕之後，比光聽他講述的危險性要大得多。所以我把他提到的所有人名都洗掉，我用打字機的聲音蓋在上面，讓那些人名變得含混不清。不過我還是覺得不應該讓那部電影上映。

一九八〇年以後，電視台拿到很多類似那樣的影片❷，他們也想播出這一部，不過我還是沒有同意。所以它到最後都一直沒有在任何地方放映過，連影展也不例外。我知道拍了這部影片對那個人來說是一次衝擊力相當大的經驗，雖然他簽了合約，但是後來他發現自己說的話都非常冒險。那些整垮他的人在一九八〇年的時候並沒有消失。人們只是在外在的行爲表現上暗示當時比較自由，其實不然。情勢並沒有多大的改變。

那是其中一個理由。還有一點，我一直相信如果我對一部片子做了某些更動，在某份文件上簽了我的名字，那麼即使時局發生變化，我也應該堅持到底，不應該就此改變心意。這就是我的作風。比方說，如果我同意把片子的某部分剪掉——我常常同意剪自己的片子——我可不會把剪掉的部分藏在衣櫥裏，或是床底下，等著哪天我可以再把它接回去，展露它原有的魅力！不！如果我同意某部分剪掉，並且在新版本上簽了名（如果我簽了名的話。有很多新版本並沒有得到我的簽名同意，所以才會被放在架子上冷凍好幾年），那麼那個版本就會是最後的版本，那就將是我最終的決定。我不會回頭把剪掉的部分找出來，只爲了給觀眾看那部片子在被電檢人員毀掉以前有多棒。我不

認爲那是專業作風或是有男子氣概的表現。如此而已。

守夜者的觀點
(Z PUNKTU WIDZENIA NOCNEGO PORTIERA, 1978)

你永遠都無法預知一部電影的結果。每部電影都有一道窄閘，我們只能憑著自己的判斷力，決定是否應該跨進去。當我知道自己拍的電影《守夜者的觀點》一旦在電視上播映之後，將會對片中的主角馬利安·奧索區（Marian Osuch）造成傷害，在那一刻，我撤退了！

那名守門人——也就是奧索區——自己看過那部片，他很喜歡。後來該片曾在克拉考電影節上獲獎，同時也在「面對面」❷⑥中充任陪襯費里尼電影的短片，因此很多人都看過那部片子。不過「面對面」的觀眾比較特別。等到一九八○年他們想在電視上播這部片子的時候，我做了和以前一樣的決定——完全不同意，因為我覺得這部片子如果在電視上播出，可能會為那名守門人招來極大的傷害。或許他的親戚、朋友、鄰居、兒女及妻子在看過之後，會嘲笑或羞辱他。我不希望那樣的事發生，特別是我和他沒有任何私人的過節，我只是反對他所代表的那種態度，但那並不意謂著如果他有那種態度，就應該受到圍剿。而且他之所以會拍那部片子，是為了迎合我的要求，是我要他說出他過去的所作所為。他一股腦地全盤托出，只因為他直覺地感受到我的期望，而他想滿足我。

那位守門人不是個壞人。我想他只是個平庸的人，卻碰巧認為當眾把人吊死是件好事，因為那可以殺雞儆猴，遏阻犯罪。我們可以在

31,32 《守夜人的觀點》（Z Punkta Widzenia Nocnego Portiera）。

歷史上找到很多類似的觀點，他只不過是一位代表而已。推究原因，只不過因為他的智商不高，人生觀比較粗俗，從小生長的環境又是如此。我不認為他是個壞人。

或許我曾經建議過一些話題，比方說：「你對死刑有什麼觀感？」或是「你對動物的感覺是什麼？」他說：「我喜歡動物……以前我養過小鸚鵡，後來它們都死了。因為我兒子把它們放出來在房裏到處飛，其中有一隻掉進湯裏，洗了個澡。動物那樣會生病的，你知道。」諸如此類。或許我曾經問他一些問題，但是我並沒有替他寫任何對白。我怎麼可能想得出那樣的對白呢？

當我開始籌備那部電影時，我知道自己想要的是哪一種人。我叫鳥嘴去幫我找一種非常特別的人。多年以來，我讀遍波蘭「人民出版公社」（Ludowa Spoldzielnia Wydawnicza）出版的各種札記，讀那種書的人很少。不過若以社會學的角度來看，它們其實非常有趣。書名都叫作：《我生命中的一個月》、《我生命中最重要的一天》、《工人日記》、《農場二十年》、《農夫日記》……之類。各式各樣的書名都有。其中有一本就是這樣一名守門人的日記。他的觀點，老實不客氣地說，就是反人道主義或是法西斯主義。當時我就覺得應該把那個人拍成一部電影，寫那本書的人在一家工廠裏擔任守門人，等我見到他本人之後，才發覺我們不可能拍他，因為他有太多缺點，你不可能用這樣的人物作電影素材。可是我已打定主意，而WFD也同意了這項計劃，於是鳥嘴開始到處物色合適的人選。他訪遍了華沙五十多家工廠，看過一百五十位守門人。最後他帶給我看其中的十位，我選了這一位。

托羅和我特別選用歐富（Orwo）**❷**的膠片。我們用歐富這家東德電影膠片供應商的膠片，用扭曲的色彩，拍出一個扭曲的世界，這位守門人是一位被扭曲的人類，我們企圖利用奇異的色彩強調他周遭世

33 「那位守門人不是個壞人。」

界的怪誕、可怖。這是托羅想出來的主意，非常好。

　　我拍過的電影，從第一部到最近的幾部，每一部都在講一羣找不到自己方向、不曉得該如何生活、不知道什麼是對、什麼是錯的人──一些迫切在尋找的人們，他們企圖尋找一些最基本的答案，像是：這一切都是為了什麼？早晨為什麼要起床？晚上為什麼要睡覺？又何苦再起床？從這次醒來到下一次醒來之間，該如何打發時間？你該怎麼過日子，才能讓自己在早晨的時候能夠心平氣和地刮鬍子或化妝？

車站

(DWORZEC, 1981)

當我想到《車站》時，就會看到幾個鏡頭：某些人睡著了；某些人在等候其他的人，那些人或許會出現，或許不會出現。那部片子就是在講一羣在尋覓某樣東西的人們。雖然《車站》裏的人物並沒有經過個人化，不過那無所謂，我只想呈現出那樣的一羣人。我們花了十個晚上拍攝他們。

安插一位旁觀者來目睹一切，是後來才加上去的。我甚至記不得劇本裏是不是這樣註明過。當時我們覺得故事線略嫌薄弱，電影因為缺乏任何動機，似乎無法推展，於是就把這個男人放進去，由他去觀察一切，就好像他清楚裏面的每一個人似的。其實他並不認識那些人，他只是自以為自己知道而已，但那部電影並不在描述他。

拍攝《車站》期間，發生了一件事，成為最後一道通牒，使我意外地領悟到自己踏入了是非之地。那時我們在拍攝入夜後的車站，有一天晚上，我們專門在拍人們對寄放行李櫃的滑稽反應。那個時代寄物櫃在華沙還是個相當新鮮的玩意兒，沒有人懂得該如何使用它們。站裏貼了一張很長的告示，告訴你必須先投硬幣，然後再轉開，查看號碼……等等。人們不太懂整個操作程序，尤其是鄉下人，更摸不著頭腦。我們用半隱藏式的攝影機（我們用背部遮掩，或在遠處用望遠鏡頭拍攝）觀察大家對那些寄物櫃的反應，拍到了一些相當有趣的畫

面。那天晚上，我們照例在凌晨四、五點的時候回到 WFD，卻發現警察在那裏等著我們。他們沒收了當夜我們拍攝到的所有膠片及負片。我不知道到底發生了什麼事。不過我們在拍《工人(71)》的時候，也曾經發生過錄音帶被竊的事件。同時在拍其他的電影時，我也曾多次被警察傳訊，有過不少次這類令人不安的經驗，這些事件雖不重要，不過換句話說，《工人(71)》的那次事件其實對我的意義非比尋常，因為它讓我覺得自己濫用了別人對我的信任。一旦我在錄音時承諾我將保密，那麼即使膠片或錄音帶被竊，我還是應該負責任。以前WFD從來沒發生過膠片被竊的事，所以我以為自己這次又拍了什麼政治敏感的題材，他們才會來沒收膠片。但他們不肯告訴我原因。

後來他們非常有禮貌地請我過去，和我一起看拍攝到的內容。兩、三天之後，他們把膠片還給我。上面沒有他們要的東西，膠片完整無缺。他們什麼也沒拿走。

等他們把膠片還給我們之後，我們才知道真相。原來當天夜裏有個女孩謀殺了自己的母親，然後把她大卸八塊，裝進兩個皮箱裏。就在同一天晚上（或許他們認為是在同一天晚上），她把那兩個皮箱放進中央車站的寄物櫃裏。所以他們才來沒收我們的膠片，希望可以在上面指認她。可是我們並沒有拍到那個女孩。她後來被逮捕到案。我也領悟到一件事：無論我喜不喜歡，無論我是出於自願或迫於無奈，我發現自己已經變成了警方的線民──我可從來不想做這種人。他們一聲不吭地沒收了我的膠片，我完全沒有決定權。然後他們又把膠片還給我。

沒錯！我們並沒有拍到那個女孩，可是萬一我們拍到她呢？我們很可能會把她拍進去，只要當初我們把攝影機往左轉，而不是往右轉，就可能把她拍進去。然後會發生什麼事？我就會變成一個和警方串通

34　《車站》（Dworzec），「在尋覓某樣東西的人們。」

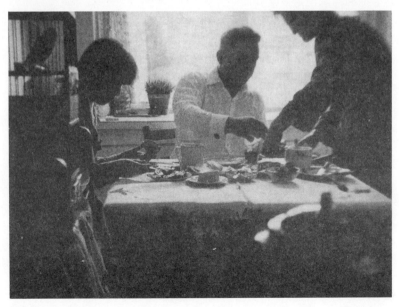

35　《磚匠》（Murarz）。

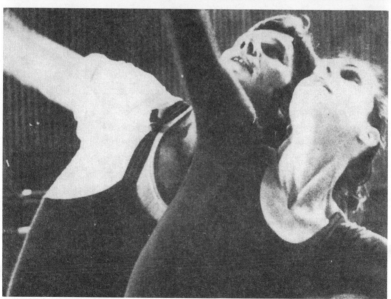

36,37 《七個不同年齡的女子》(Siedem Kobiet w Różnym Wieku)。

的告密者。就在那一刻，我明白自己再也不想拍紀錄片了。那個片刻本身並不重要，因為它並沒有引起任何好或不好的反響。只是那整件事讓我再一次意識到某些人正在為著我毫不知情的理由，轉動著社會的巨輪，而我只是巨輪裏的一個小螺絲。我不知道那些人所為何來，我也不感興趣。

當然，殺人犯被逮捕的是與非其實是另外一回事，也是一個完全不同的論題。有些人的職責就是專門負責逮捕殺人犯。但我可不是其中之一。

並不是每件事都可以被描述的。這正是紀錄片最大的問題。拍紀錄片就好像掉進自己設下的陷阱一般，你愈想接近某人，那個人就會躲得愈遠。那是非常自然的反應，誰也沒辦法。如果我想拍一部有關愛的電影，我總不能在人家躲在房間裏作愛時，跑進他們的房間裏去拍吧！如果我想拍一部關於死亡的電影，我也不可能去拍某人真正死掉的過程，因為那是一個非常私密的經驗，誰都不應該在那個時刻受到打擾。我注意到當我在拍紀錄片時，我愈想接近吸引我注意力的人物，他們就愈不願意把自我表現出來。

這大概是我改拍劇情片的原因吧。上述的一切都不成問題了！如果我需要一對男女在床上作愛，沒問題！當然，要找一位願意把胸罩脫掉的女演員或許有點困難，不過你總會找到一個願意的。如果有人必須死掉，沒問題！下一分鐘他又會爬起來。我甚至可以去買點甘油，滴在女演員眼睛裏，然後她就會開始哭泣。有幾次我拍到了真的眼淚，那是迥然不同的經驗。不過現在我有甘油了。我害怕那些真實的眼淚，因為我不知道自己是否真有權利去拍攝它們。碰到那種時刻，我總覺得自己像是一個跨入禁區的人。這就是使我逃避紀錄片的主要原因。

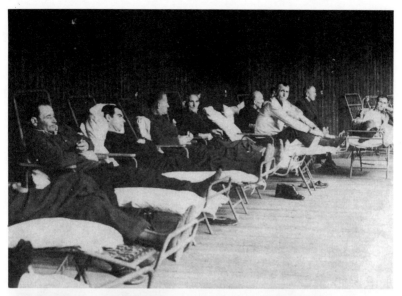

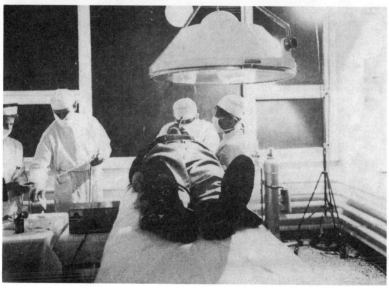

38,39 《X 光》(Prześwietlenie)。

40 《疊句》(Refren)。

注釋

❶皮瓦斯基（Marek Piwowski），生於一九三五年。紀錄片及劇情片導演。紀錄片包括：《蒼蠅拍》（Muchotłuk, 1967）、《心理劇》（Psychodrama, 1969）、《開瓶器》（Korkociąg, 1971）。劇情片包括：《巡航》（Rejs, 1970）、《抱歉，他們打你這裏嗎？》（Przepraszam, czy tu biją? 1973）。

❷在共黨統治時期，整個電影工業，包括電視，都是國有及國營的。財務部負責編列預算給負責製作劇情片的製片廠（主要爲洛茲及洛克妻Wrocław）、紀錄片工作室（主要爲位在華沙的WFD）以及電視台（Television）。電視台用這些錢不僅在自己擁有的攝影棚內攝製影片及電視節目，同時還授權其他的製片廠替它們拍電視劇。一般來說，電視台的審查標準及規定都比其他的製片廠來得嚴格。製片廠有時會因爲負責人作風開明，而給予導演較大的自由。

❸尼柏斯基（Stanislaw Niedbalski）是著名的紀錄片攝影師。也是六〇年代批評紀錄片運動（the critical documentary film movement）的發起人之一。八〇年代他因爲家庭事故喪失一隻眼睛的視力，但仍然繼續工作。

❹Trybuna Ludu爲共黨發行的官方日報。

❺一九七〇年十二月十三日，葛慕卡宣佈將基本糧食價錢調升百分之三十。船廠工人上街遊行抗議，並與警方發生劇烈的暴力衝突。緊接著這次事件的發生，黨中央召開緊急會議，選出吉瑞克擔任黨書記。

❻因爲一九七〇年一連串罷工事件而上台的吉瑞克，後來因爲一九八〇年的工潮垮台。

❼魏道・史托克（Witold Stok, BSc,），綽號「托羅」（Tolo），生於一九四六年。波蘭劇情片及紀錄片的燈光攝影師，現居倫敦。紀錄片包括：與奇士勞斯基合作的《守夜者的觀點》、《七個不同年齡的女子》、《人員》、《車站》。劇情片包括：《光天化日》（W Biały Dzień）、《隱藏的城市》（Hidden City, 1988）、《閉上我的眼睛》（Close My Eyes, 1991）、《一個危險的男人》（A Dangerous

Man, 1991)、《世紀》(Century, 1992)。

❽魏茲尼夫斯基（Wojciech Wiszniewski, 1946-80），綽號「狂人」。紀錄片導演，死於心臟衰竭。

❾奧佐夫斯基（Stefan Olszowski），在吉瑞克時代曾是可能的接班人之一。

❿自由歐洲廣播電台設在慕尼黑。該台反對共產黨，將未經審查的資訊傳送到東歐。很多波蘭人都在偷偷收聽這家電台。

⓫黨務控制委員會是共產黨內的組織之一。具有思想偏差嫌疑的黨員，都必須接受當地控制委員的審判。這些非正式的審判結果，會導致受審人被申斥，或開除黨籍。

⓬菲立浦・巴揚（Filip Bajon），生於一九四七年。劇情片導演及小說家。電影包括：《一名運動員的詠嘆調》(Aria dla Atlety, 1979)。

⓭在克拉考的老劇院（Teatr Stary）是波蘭最偉大的劇院之一。無數令人記憶彌新的名劇都曾在此演出過，其中包括史汶納斯基（Konrad Swinarski）所導的波蘭經典名劇，與米凱爾維奇所著、華依達所導的《祭祖節前夕》。

⓮史都爾（Jerzy Stuhr）。老劇院的固定演員，同時也拍電影。奇士勞斯基很多部電影中都有他的演出，包括：《疤》、《寧靜》、《十誡》、與《白色情迷》。

⓯崔拉（Jerzy Trela）。老劇院的固定演員，同時也拍電影。他曾在許多波蘭經典名劇中飾演主角。

⓰史汶納斯基為戰前波蘭傳奇性的劇場導演。後因飛機失事而英年早逝。

⓱請參照第一章註❺。

⓲察內基（Michał Zarnecki）曾在許多部奇士勞斯基的電影中擔任錄音工作。

⓳賈沃斯卡（Małgorzata Jaworska）為波蘭最出色的錄音師之一。

⓴帕崔基（Jacek Petrycki），生於一九四八年，劇情片及紀錄片的燈光攝影師。曾經和奇士勞斯基合作過無數部影片，包括《影迷》、《寧靜》、《盲打誤撞》，及一些紀錄片。

㉑魏茲比基（Krzysztof Wierzbicki），綽號「鳥嘴」。他在很多奇士勞斯基的電影中（包括劇情片及紀錄片）都擔任第一副導。

㉒奧丘塔（Ochota），是華沙城中心修德米西（Śródmieście）西邊的一個郊區。

㉓伊烏妮亞（Ewunia）與伊芙卡（Ewka）都是波蘭文中伊娃（Ewa）的暱稱。

㉔請參照第二章，註❷。

㉕在團結工聯形成的前幾年，當局對藝術方面比較開放。一九八〇年八月發生大罷工及團結工聯成立之後，上百萬人把自己的黨證交回去，並公開抨擊共黨。圓桌談判達成的協議中有一項即指出自由貿易工會及天主教會有權運用媒體。

㉖「面對面」（Konfrontacje）：每年都舉行的電影季。主辦單位將尚未上映的優秀外國電影與波蘭電影在特定幾家戲院裏一起放映。試映會雖然對一般大眾開放，但需預先購票，又因放映場次有限，時常一票難求。

㉗歐富彩色（Orwo-Colour）是一家東歐電影膠片供應商，以彩色品質低劣聞名。歐富的色彩極誇張，比方說，皮膚色會變成紅色。

41 推軌攝影：《叫座演奏會》（Koncert Życzeń）。

42 與帕崔基拍攝《集合之前》（Przed Rajdem）。

43　《寧靜》(Spokoj)。

44 攝影機後：《洛茲小城》（Z Miasta todzi）。

45 與帕崔基拍攝《初戀》
（Pierwsza Milość）。

46 與史托克拍攝
　《工人(71)》。

47 《工人(71)》。

48 《寧靜》。

49　與帕古斯基(Krzysztof Pakulski)拍攝《短暫的工作天》(Krotki Dzien Pracy)。

50　《無止無休》(Bez Konca)。

3

劇情片

爲了學習

《人行地下道》(PRZEJŚCIE PODZIEMINE, 1973)

拍第一部劇情片時，我選擇了當時在波蘭最普遍、同時也是非走不可的一條路❶：拍一部半小時的電視影片。很多朋友都想辦法避開，我卻自願走這條路，因爲我覺得自己並不懂劇情片的拍法。當時的規定是：如果你想拍劇情片，必須先拍一部半小時的電視影片，然後再拍一部一個小時的電視影片，之後才能拍全長的劇情片。雖然我對紀錄片略知一二，卻不懂該如何與演員合作，也不懂得導演方法。爲了學習，我很願意從短片著手。

我的第一部影片，是與斯拉維克・伊茲亞克（Sławek Idziak）❷合作的《行人地下道》。整部電影在講一夜之間發生在華沙市中心位於傑洛索林斯基大道（Jerozolimskie Ave.）與馬索科夫斯卡大道（Marszałkowska Ave.）交口新落成的人行地下道裏的故事。當時那個地方非常時髦、典雅，現在卻充斥著形容枯槁的俄國小販。故事發生的時間在一九七二年，七〇年代初期。

劇本是我和艾瑞克・艾拉汀斯基（Irek Iredyński）❸共同創作的。那也是我唯一一次和職業作家合寫劇本的經驗。（後來我曾和漢妮亞・克勞爾Hania Krall❹合寫過另一個劇本，不過那次情況不同，因爲《短暫的工作天》Short Working Day乃根據漢娜的一篇報導發展而成，而《行人地下道》讓一切動作都發生在地底下，卻是我的主意。）

我把自己的想法告訴艾瑞克，然後我們一起動手寫劇本。整個過程非常艱苦，我必須跟他約在凌晨五、六點見面，因為那是他整天唯一清醒的時候。他會從冷凍庫裏拿出一瓶已結了白霜的伏特加酒，然後我們就邊喝邊寫。每次在喝醉以前，我們大概可以寫出二到五頁。那個劇本並不長，總共不超過三十頁左右。所以我們大概聚會過十次。每次情況都一樣：天濛濛亮、一瓶剛從冷凍庫裏拿出來的伏特加、凍得油膩膩的酒液。清晨六點鐘，我們開始乾杯，乾杯，乾杯，乾杯，乾杯，直到我們醉得七葷八素為止——至少我醉了。然後我會把我們好不容易寫出來的稿子收拾收拾，打道回府。

然後我開始拍攝。我們有十個晚上的工作時間，我只用了九個晚上就把整部影片拍完。可是在第九天晚上，我突然明白自己拍的東西非常白癡，對我來說，它毫無意義，情節也不合理。我們只是把攝影機固定在某個地方，讓演員出來說幾句話就算了。我覺得拍出來的東西是個不折不扣的謊言。於是在最後一夜，我決定整個重拍。我只剩下一個晚上的時間，不可能重複規定的攝影進度，因為它們都經過嚴格的限制。拍一部全長的電影有五十天的工作時間，因此你總可以想辦法調度一下。可是這類電視短片只有十到十二天，不可能再多了——所謂「專業化」就是這麼回事兒！像這類的限制不勝枚舉。話說回頭，我只剩下一個晚上，卻決定利用那個晚上重拍整部影片。後來我們用一部拍紀錄片的攝影機做到了。我們只有在換膠片的時候才停下來。我想當時我們用的是120呎的膠片鋏，這表示每隔四分鐘就得停下來換一次。那部攝影機非常小巧，可以扛在肩膀上到處走。那個時候Arriflex BL2或BL3還沒發明，我們無法現場收音，因此必須在事後補錄對話。演員們已經把劇本記得一清二楚，畢竟前九個晚上我們都在拍同樣的戲。我們還有足夠的膠片可用，我自己也向一名助理買

了一些膠片。後來我自己剪接，那天晚上我們用紀錄片手法拍攝到的內容，最後至少佔了全片的百分之二十。

其實那等於是即興創作。我對他們說：「聽著，現在情況是這樣的：你是一位店面裝潢師。」泰瑞莎‧巴西絲-克瑞沙諾夫斯卡（Teresa Budzisz-Krzyaznowska）飾演那名女子。安德瑞‧瑟佛瑞（Andrzej Seweryn）飾演來華沙找她的丈夫。以前他們倆在某個小鎮裏當老師，她離開後改行做店面裝潢師。他來找她，因為他仍然愛她，希望能說服她跟他一起回家去。其他的情節我已記不清楚。他們談了一些話；發生了一些事；有一個人來到她在夜裏裝潢的店裏，那個人想要某樣東西；在商店的櫥窗外發生了各式各樣的事件……我對他們說：「聽著，放懷去演。只要你們感覺對，就盡量發揮。我會跟著拍。」

多虧了當時那十萬火急的情勢，那部影片反而因此有了生氣，變得真實許多。能夠拍出在動作及細節各方面都具有真實感的影片，對當時的我來說（其實現在也一樣）意義重大。

除了在電影學校的見習之外，那次是我第一次與職業演員合作。雖然過去我曾經替電視拍過戲劇節目，不過那卻是我拍過的第一部真正劇情片。

生命的隱喻

《人員》(PERSONEL, 1975)

　　《人員》是我拍過第一部較長的影片，差不多有一個半鐘頭，是為電視台拍攝的。它就是我講的那部長一個小時的影片，只不過後來拍得長了一點。那次情況也跟上一部片子一樣，已經開拍之後，我才突然領悟到自己拍的東西很荒謬，從頭到尾都不真實。我打電話給當時製片廠的主管史達斯・洛斯維茲（Staś Różewicz）❺，告訴他我覺得整個計劃一無是處。他請我們把已拍好的底片寄給他看，我們照做，拍攝進度暫停。幾天以後，我再打電話給他，表示我的感覺仍然沒變，覺得自己已經走進了死胡同，趁著還有時間，我們應該取消整個製作計劃。到那個階段為止，我們損失的錢數量有限。他回答道：「如果你那麼不喜歡，就叫停吧！」他的反應非常明智，就和當初我父親送我去消防隊員學校一樣：「你想工作？好，去把消防隊員學校唸完，你就可以當消防隊員，開始工作！」洛斯維茲則對我說：「你想叫停？如果你那麼不喜歡，就叫停吧！沒有關係，我們看過毛片，覺得拍得並不壞，不過如果你想叫停，明天就可以停拍，你回華沙去吧！」我們當時在洛克婁拍攝。正因為他沒有告訴我拍的東西不錯，企圖替我打氣，反而對我說了那席話，我的野心才不允許我半途而廢。反而因此決心把它拍完。

　　我在這種情況下工作過很多次。這也是過去我為什麼曾經同時拍

兩部片子的原因：這樣才可以調度時間、演員與預算……等等。

《人員》的劇本和完成的影片大同小異，其中當然加上一些在拍攝過程中發生的事。影片本身的動作線非常鬆散而自由，也就是說，它很微妙，極端神祕。一名年輕人來到歌劇院當裁縫師傅，突然看清自己對劇場或對藝術的觀念原來這麼天真。當他與藝術家及管理劇院的人接觸之後，他的夢想全化成泡影。在那些藝術家、歌手及舞者的面前，他十分地無助。他覺得異常美麗的那個世界其實根本不存在。那些人只求唱完或跳完自己的曲目了事。到處只見爭執、討價還價、勾心鬥角、喧鬧的場面。藝術已在不知不覺中完全解體。當你夜晚蒞臨劇場，或許能夠把它找回來，周遭變得一片靜謐，帷幕升起，然後你可以享受非比尋常的經驗。可是一旦等你走到幕後去插上一腳，就會發現你必須應付的人和事物是多麼地卑瑣，整個經營過程是多麼地沒有價值。

劇場和歌劇永遠都是對生命的一種隱喻。那部影片顯然是在講我們在波蘭找不到一塊屬於自己的地方。我們對某些理想所懷抱的憧憬與夢想，總會與膚淺、卑劣的現實相互牴觸，而不堪抵擋。我想這就是該片發展的方式。劇本只點出一條動作線的大綱，它開放了各種可能，讓我們可以即興創作一場場的戲。我們即興創作只為了一項非常簡單的理由。我拍那部影片也只為了一個理由——其實不只一個，你總是可以發現好幾種理由的！

不過，我最首要的理由，是想償還我欠劇場技師學院的債。我是因為那所學校，才有緣進入劇場工作一段時間——大概一年左右吧！讀完之後，我去現代劇院（Teatr Współczesny）做服裝師。那是當時華沙頂尖的劇院，每天和我打交道的人，都是才華洋溢的名角兒，現在他們都在我的電影裏出現，我們的感情仍然很好，只不過現在的

關係和從前截然不同。那些演員包括贊帕西維茲（Zbyszek Zapasi-ewicz）、龍尼奇（Tadeusz Łomnicki）、巴迪尼（Aleksander Bar-dini）、瑟凡斯基（E. Dziewoński）──其中許多位現在都在我的電影中演出。過去我曾經替他們拿褲子、洗襪子，在幕後服侍他們，同時觀賞演出，不過我永遠都站在側翼裏。服裝師必須在表演前、後與中場休息時間工作，但在實際演出當中等於完全自由，他可以去折餐巾、整理雜物，也可以到側翼去觀看演出。

以前在劇場學院教過我的一位老師艾琳娜‧羅倫托維茲（Irena Lorentowicz）也在那部影片裏軋上一角。她大概是我這輩子碰過最好的老師。其父即是偉大的波蘭畫家，善‧羅倫托維茲（Jan Lorent-owicz）。戰前她是一位出類拔萃的舞台設計師，後來教我技術性的劇場技巧，在《人員》中，她也飾演一位舞台設計師。大戰期間她移居美國，一直住到一九五六或一九五七年才返回波蘭，然後她替華沙歌劇院設計舞台，並且在我唸過的那所學院教技術性劇場技巧。那就是我想在《人員》裏償清的債務：往昔我曾經遭遇過的一些人物、機構和感情；還有別人引領我尋獲的種種發現。

我拍那部影片的第二個理由，是因為我以前拍過的紀錄片全都短而精簡，總會留下很多我非常喜歡、卻不得不割捨的題材。這些題材在放映時必須佔據相當長的時間，才會顯出它們的趣味性：像是閑談，還有人們各種行為表現的紀錄。當人物開始東拉西扯，令觀眾感到有興味或感動時，紀錄片本身的節奏便會嘎的一聲煞住，因為此時片子背後的中心思想無法繼續展開。後來我想到可以用這些題材充當《人員》中的戲劇手法之一。結果我大概用了十場以上這類的戲，基本上都在表達氣氛，表現人們各種荒謬的舉止（我是指荒謬感好的那一面）……等等。

主角是我自己帶來的，由馬修斯基（Julek Machulski）❻飾演。我還用了幾位電影導演：藍葛倫（Tomasz Lengren）、塞卡德羅。同樣也是電影導演的柯貝克（Mieczyslaw Kobek）飾演工作室的經理，其他的裁縫都是實際在洛克婁歌劇院擔任裁縫的師傅。我們在他們中間走來走去，他們只管埋頭做自己的戲服。碰到拍即興戲的時候，我給他們一個你常會在戲院或那類地方聽見的話題：總會有人坐在那兒東家長、西家短，談論最近發生的事、自己的夢想，現在他們在做些什麼，誰又背著誰偷人或拈花惹草……他們會閒嗑牙。我就是想拍出那個氣氛。

　　因此，在這幾場戲裏，我的演員反而無事可作。因為我想拍的是那些真正的裁縫真正在做衣服時的反應。劇院裏所有的工作人員都留在自己的崗位上，我們隨時都在拍攝他們。我用這一切作為背景，拍出那名充滿憧憬的年輕男孩來到劇院工作，卻經歷幻滅的簡單動作線。我對那幾位導演同事的了解比我對任何一位演員的了解都深。而且，當我讓真正的裁縫和一位導演、一位舞台設計師與不是演員的人共同演出時，效果會比讓他們和演員演出真實很多。因為演員總是在「扮演」某個角色，非演員則不然。我的電影導演們只是試著進入自己的人物，成為那個人物！

　　後來發生各式各樣的小插曲，一再考驗我們一廂情願的思考方式。比方說，我們以為每位裁縫都會在脖子上掛一條軟皮尺。果然有人在脖子上掛軟皮尺，但那些人原來都是我安插進去的假裁縫，沒有一位真裁縫在自己脖子上掛尺。真裁縫都忙著做衣服，我的人只是在那兒裝模作樣。讓非演員和電影導演在一起演別人的組合讓比非演員和演員在一起演別人好多了。我覺得導演比較能夠掌握周遭情況的內涵，並適應外在的氣氛，所以才能達到那樣的效果。

裏面只有一個人是眞正的演員，他演一名歌唱家。結果他很可怕！還好他演的是那個角色，你可以想像讓一堆像他那樣的演員去演那些裁縫嗎？不僅每個人都會在脖子上掛一條軟皮尺，而且不論他們講話或思考的方式，都會各有各的不眞實感，互不調合。因爲那樣的演員總會企圖凸顯自我，電影導演就不會這麼做，因爲他們完全了解我就是不希望看到他們特別突出，正好相反，我希望他們留在背景裏。這就是我們拍出來的氣氛。

一個有瑕疵的劇本

《疤》（BLIZNA, 1976）

　　我的第一部劇情電影《疤》拍得很差，那是一個對社會寫實主義的反諷。社會寫實主義這項藝術運動在一九三〇年左右直到史達林死（1953）之時的蘇維埃，以及五〇年代中期的社會主義陣營諸國，都十分盛行。其要點就是拍一些描述理想而非現實的電影。社會寫實主義本身也就是這麼一回事。在三〇年代的蘇聯及二次世界大戰後的波蘭，如果根據出資拍電影的那羣人的看法，事情的理想境界再簡單明瞭不過：人們應該工作；他們應該對自己的工作感到滿意；他們應該很快樂；他們應該熱愛共產主義；他們對共產主義的前途應該充滿信心；他們應該相信只要大家同心協力，就能使世界變得更美好。這就是所謂的社會寫實主義。那些影片拍得都相當粗糙，因爲在那種前題之下，你必須創造一個好人和一個壞人，讓這兩方發生衝突。好人都站在我們這一邊，壞人站在另一邊，通常他不是和美國情報局掛勾，否則就中了中產階級的餘毒。到最後他鐵定會被擊敗，因爲站在我們這邊的好人對自己的使命及未來都有堅定的信仰，他們永遠都能戰勝壞人。《疤》是對社會寫實主義一個小小的反諷——它甚至還帶有社會寫實主義電影的虛飾作風。所有動作都在工廠、工作室或會議中發生，這些場景都是社會寫實主義的最愛，因爲他們認爲私人生活並不重要。

51-2 《疤》(BLIZNA)。

53-4 《疤》(BLIZNA)。

《疤》在講述一個處在這種狀況下的男人。他不僅沒有因此得到勝利，反而感到痛苦萬分。當他在做好事的時候，同時也覺得自己在犯下極大的錯誤。他無法分辨或衡量到底哪一邊比較重要——是他做的壞事重要，還是好事重要？事實上，他可能已經領悟到自己對人民造成的傷害，遠比他給他們的幫助大。

這部電影拍得不好的原因很多。毫無疑問地，它也和大部分效果不好的電影一樣，瑕疵始於劇本。我是根據一位名叫卡拉斯（Karas）的記者所撰寫的一篇報導所改編的。那則報導本身只不過把一些事件綜合起來，我卻做了相當程度的偏離，因為我必須創造一些動作、情節及人物。可惜我的手法太差。一個中心思想在紀錄片中佔的地位可能性很多，但對劇情片來說，它永遠都是最先成形的東西。我的電影除了根據文學或半文學作品改編的那兩部之外（《疤》與《短暫的工作天》），總是先有一個想法，然後才慢慢琢磨出以這個想法為基礎的敘事內容。也就是先有一段簡單的陳述或宣言，然後我再慢慢地、慢慢地為它摸索出一個表達形式。

紀錄片的推展主要須借助作者的想法；戲劇的推展則須借助動作。我想我的電影一直有一個傾向：推展它們的動力總是想法多於動作。或許這正是它們最大的缺點。無論你做任何事，都應該有一貫性。而我卻從來不擅於描述動作。

在我的研習會中，我們經常會去分析一部電影保留其原有概念的程度。為什麼想拍一部電影？你總是會有一個最早的感覺，然後經過一、兩年，或五年的時間，最後的成品才會出現。這個成品只忠於最早的那個想法，和後來發生的種種事件並沒有什麼關聯。當人物陸續誕生，英雄、反英雄、動作、攝影機先後加入陣營，接著是演員、道具、燈光和其他一千種令你不得不妥協的事物，你必須同意一千種令

人感到不便的情況。這些都和你在寫劇本或構思電影時所想像的完全不同。那個原始想法其實只是一個概念或一個直覺的雛型，能把它牢記在心是件好事，它使你能夠用一句話替那部電影下結論。

我是怎麼寫劇本的？我坐在一把椅子上，拿出打字機（現在是電腦），開始在字鍵上敲敲打打。問題的關鍵在於如何以正確的順序敲擊那些字鍵，那是我唯一的問題。

很久以前我發明了一種對我有用的公式。我不認為每個人都能用它，不過它很適合我。那就是所謂的跳板公式。高空跳水者都需要一個跳板才能跳水，對不對？他先跑過一段柔軟的表面，到了某一點，他必須碰到一塊硬的跳板。我就是運用同樣的原理。我總是先把整個東西先寫出來，從最短的版本著手，通常只有一頁或一頁半。但它代表著一個完整的東西。我從來不先專注於個別的幾場戲、個別的解決方法或個別的角色。那個完整的東西就是我的跳板。

到今天我仍在用的這種寫作方法，是我當初被迫採用的，因為全波蘭都在用它。我剛出道拍電影的時候，寫劇本分成好幾個階段。每個階段都必須經過製片廠的授權同意。這個方法有一個好處，使我們大家都樂於遵行。因為我們在每一個階段都可以拿到報酬。那時大家都賺得很少，每個人都捉襟見肘，所以我很願意充分利用每一個階段——每一個可以賺錢的可能。

寫電影劇本共分成四個階段：首先我們先寫一個長一頁的大綱，這樣可以拿到一千個羅提。然後我們再寫一篇長二十到二十五頁的「短篇故事」。到現在我還是會寫這種「短篇故事」，不過我現在稱呼它為「處理方式」，因為目前我的對象都是外國製片公司。下一步是寫劇本，然後是拍攝腳本。

這套系統和審查制度無關，儘管它最原始的目的或許是為了審查

製作過程中的每一個階段。可是到後來,我替一家非常好的製片廠工作,完全沒有任何審查的問題,我們都十分清楚哪些是可以拍的、哪些是不准拍的。我只是把那整個過程看成是一種賺錢的方法,而且我很快也明白,那個方法的確適合我。你不需要太專心去構思細節,不必把東西打散成很多小的部分。

現在我用的方法比較不一樣。我先寫初稿,不再寫一頁長的大綱,而是用直覺寫出電影的內涵,讓製作人知道這個計劃的指涉。這個大綱並不涉及製作的規模,因為在這個階段我還不清楚這一點。我通常只是把一個想法寫出來。然後我再寫「處理方式」,讓製作人知道製作的規模。這個過程對我格外重要,因為處理方式包含有動作線或是動作線的種子,與重要人物的素描。不過這裏面還沒有對白,就算有,也只是一些對白的片段。有時候它完全只是敘述性的文字。不過,處理方式仍是整部電影的一種版本。通常我會寫二到三份這樣的處理方式,只把最後一份交出去。然後我接著寫劇本,差不多一百頁左右,每一頁約一分鐘。劇本我也會寫二到三個版本。我不寫拍攝腳本,沒有人付我寫它的錢,我也不需要去寫它,因為我根本不需要它。其實沒有任何人需要拍攝腳本。

自然而然地,我到某個階段就非開始寫對白不可。某人走進一個房間,四下看看,他看見另一個人,他走到那個人面前,他非得開口說話不可。現在在你必須填滿好大的一個空白部分:人名、冒號……於是我開始想那個人物在那場戲裏必須說什麼話?為什麼要說那些話?為什麼?為什麼?怎麼說?我會試著想像那個人物,設想他處在這樣的情況下,將如何表達自己?

以前我們在波蘭經常替彼此看劇本。那是一段美好的時光,我們有一羣親密的朋友,經常在一起。那也是波蘭「道德焦慮之電影」的

時期。我們大家都是朋友：阿尼茨卡·賀蘭、華伊西耶·馬傑斯基（Wojtek Marczewski）❼、贊努西、瑟勃斯基、費力克·法爾克（Feliks Falk）❽、奇幽斯基，還有華依達——我們每個人都感覺自己給了其他人一些東西。儘管我們年齡不同，經驗各異，成就不等，卻把自己的想法告訴其他人，在一起討論選角、各種解決方法……等等。因此縱使劇本是我寫的，但是作者卻多得數不清。很多人都替我出點子，更別提那些過去或現在曾出現在我生命中、不知不覺地就給了我點子的人們。

我們給其他人看自己尚未、或才剛開始的初剪。一直到今天，我還保留這個習慣。或許從前的夥伴已不在身邊，我們的關係也不如過去那麼親密，何況大家現在散居世界各地，時間也不多。不過一直到今天，我還是會和瑟勃斯基與賀蘭討論我的每一個劇本。我和皮西雅維茲（Krzysztof Piesiewicz）合寫的三部新片：《三色》，做法更專業。他們同意擔任我的劇本顧問，並且接受酬勞。每一個劇本我們差不多都花兩天的時間一起討論：第一部我們花了兩天時間；第二部也花了兩天；第三部我們花了不只兩天的時間。將來我還會再請教他們，很多、很多次。

接下來演員跟著出現，然後是攝影師，這些人也會改動很多東西。在開拍以前，很多事都會發生異動。所以在拍攝之前，我會重寫一次劇本。但在拍攝期間，又會發生大量的變動。演員常會更改對白，不然就會對我說他們希望在哪一場戲裏出現，因為他們覺得自己應該做某些事或說某些話。如果我認為他們的意見正確，就會採納。他們還經常會說他們不想做某些事，因為覺得和自己演的人物不搭調。如果他們說得對，我也會表示同意。

以前在波蘭，我們拍的每一部影片都有一筆預算❾。拿到那筆錢

之後，我們便可自由運用。至於那部片子是否能夠上映，那是另一個問題。電檢處可以不放行。以前我能夠拍這類影片，全靠詐術。我會在劇本裏摻一些東西，直到最後才提供解釋，或者先假造一場戲，到時候再拍一場略有差別的戲魚目混珠，不然就是更動對白……諸如此類。當時這些手法都非常普遍，並不是什麼了不得的大騙局。可是我們總會玩些小把戲，有時還故意拍一大堆東西讓電檢人員去剪，聲東擊西，分散他們對別場戲的注意力。我注意到很多同事從來不必耽心錢的問題，或電影是否會被觀眾接受。但是我卻常為政治審查及當時已經存在的教會審查❿頭痛，當然我也耽憂大眾是否會接納我的影片。不過我從來不曾為西方人所擔心的事煩惱，像是如何籌措預算、如何保證影片將來有銷售市場之類的問題。在共黨統治波蘭的時期，我從來沒有為那些事擔心過。

我不知道自己的點子都是從哪兒來的，我也不想去分析。因為我覺得一旦你企圖分析或推理，便會失去真實感。點子都是自動出現的，它們打哪兒來呢？是從你接觸過的所有事物那兒來的。我並沒有創造情節，我創造的是一個故事。我感覺自己了解某樣東西，而不是想講一則軼事，軼事是我後來才想出來的。我心裏其實沒有什麼非說不可、不說便會因此焦慮而死的東西。

在某個時刻，我會很想講某個特別的故事，它會以特別的方式推展開來，並表達一些我認為值得表達的想法。我知道十年之後，這個故事就會變得無關緊要，因為我曾經拍過一些直接與現實有關的電影。我有一本筆記，所謂的導演筆記。這是我在洛茲電影學校學到的玩意兒之一。現在我仍然隨身帶著一本。每當我在教導年輕的電影人時，總會奉勸他們也替自己準備一本。我在裏面記下各式各樣的東西：地址、我搭的飛機起飛的時間、別人搭的飛機降落的時間。有時候也

會記下自己在街上觀察到的事物，有時則記錄腦袋裏突如其來的想法。老實講，我並沒有經常回顧過去記下的內容，我猜想如果我去翻翻以前記過的東西，或許會發現自己曾經思索過不少問題。

　　一般的問題或念頭就是這樣。如果你沒有想到它們，就表示你已經把它們給忘了。你之所以會忘記它們，是有原因的。也就是說，你想到別的事了。你認為別的事比較重要；你覺得如果自己想敍述某樣東西，應該透過別的方法、別的軼事，或是完全不同的事件，甚至完全不同的世界。我們記筆記，是因為我們容易把事情忘掉，尤其到了晚上，很多想法和解決方法都喜歡在晚上鑽進你的腦袋裏。我常覺得應該發明一樣東西，讓我們可以不必起床，就把晚上想到的事情記下來，因為晚上的想法特別寶貴，全是些妙不可言的解決之道。可是等你早上醒來，卻什麼都記不得了，於是白天你拼命想：「老天！我是怎麼解決它的？這個問題我是怎麼解決的？」你永遠都記不起來！直到你瞑目的那一刻，你還會深信那些想法永遠不會再回來找你，因為它們已經在你的記憶中消失了！

　　不過我仍然堅信，一旦你想到一個真正好的主意，它一定會留在你的記憶裏。所以說，基本上那些筆記根本是不必要的，因為一切真正有價值、你真正想做或非做不可的事，都會留在你的腦袋裏。而且它們總會想法子在夜晚現身。外界的某些推動力會不斷提醒你。當某件事發生之後，你會突然認清自己曾經思考過的某個問題，和你曾經想到過的一個好的解決方法。

時代劇
《寧靜》(SPOKÓJ, 1976)

　　《寧靜》是替電視台拍攝的。改編自一篇短篇小說，我忘了那位作者的名字。它在講一位剛從牢裏出來的男人。我不太記得故事的情節，反正劇本和原著差別很大。

　　我之所以選擇那個故事，因爲裏面有一個角色，我一看就覺得極適合讓我在拍《疤》時認識的演員澤瑞克‧史都爾來飾演。史都爾的演技出神入化，令我覺得非得專門爲他寫個劇本不可。我絕對應該爲他拍一部電影！因此，基本上，《寧靜》是特別爲史都爾拍的。這樣的情況再完美不過了。

　　《寧靜》和政治毫無關係。它只是在講一個男人所求不多，卻什麼也得不到的故事。他連那一丁點兒都得不到！片中有一場罷工的戲，這當然就是它在波蘭被禁演六、七年的原因。那大概是波蘭首次在銀幕上播放像是罷工這類的事件，也可能是劇情片裏頭一遭拍攝罷工的情況。但那個故事絕不是在講述罷工，罷工和它的主題毫無關聯。那部電影講的是我們的國家和我們的社會制度：在這裏你得不到你想要的東西，即使你想要的只不過是一台電視機和一個老婆而已！他並不要求別的東西——除了這兩樣，那位年輕人眞的一無所求！

　　那位主角是一名剛從監獄裏釋放出來的男子，他自由了，然後他去一個小型的建築工地上工作，囚犯也被押去那裏幫忙。電視台❶對

55,56 在《寧靜》(Spokoj) 中的史都爾。

57 《寧靜》拍攝現場。

這場戲有所顧忌,當時電視台的副總裁是一位精明幹練的人物,他找我去談話,我也知道是為了什麼事。當我快走到電視台中心時,我注意到有許多囚犯在電車道上做工,他們穿著囚服,周圍是荷著步槍、負責監視他們的警衛。我走進副總裁辦公室,他說他很喜歡《寧靜》那部片子,並且給予我一些非常敏銳的批評。他真的完全了解那部片子,而且也真心喜歡它。我覺得自己被奉承得很愉快,等著他的下一步——我知道自己不是被請來聽讚美的!我猜得沒錯,副總裁接著說他感到遺憾,必須剔除影片中的幾場戲,但他不認為這麼做將對影片造成任何傷害,反而能使該片顯得更簡潔有力。在他指出必須被剪掉的那幾場戲中,囚犯到建築工地做工的那一場即包括在內。「因為在波蘭,」那位副總裁說,「囚犯不可能到監獄以外的地方工作。公約明令禁止……」此時他還指出那個國際公約的名稱。我請他走到窗前,他

照做了。我問他看到什麼。「電車道。」他說。「在電車道上呢？是誰在那裏工作？」他小心地看了一眼，「囚犯。」他平靜地說。「他們每天都來。」「所以說，波蘭的囚犯其實有到監獄以外的地方工作，」我強調。「當然，」他說，「這正是你必須把那場戲剪掉的原因。」

　　當時的談話內容大多如此，那一次還算相當愉快。我把那一場戲剪掉，又剪了其他幾場。不過片子仍然被禁演好幾年。等到它終於可以上演時，它已經變成一部時代劇了。世事在波蘭變化很快！

　　我和副總裁的那一席話發生在十四年前。前幾天，我路過一個小城，馬路施工使我減慢車速，就好像從一個爛劇本裏搬出來的情節似的，我看見工人都穿著囚服，手持步槍的警衛就站在他們身邊。現在我可以拍這一幕了！

陷阱
《影迷》（AMATOR, 1979）

　　我想我的《影迷》也是專門為史都爾寫的。《寧靜》毫無疑問是特別為他拍的，因為那時我剛剛發掘他。可是當我寫《影迷》時，史都爾已經繼《寧靜》之後，因為演出《高級走狗》（Wodairej）⓬而聲名大噪。

　　《影迷》中有由演員飾演的角色，但也有存在現實生活中的真實人物，他們用真名飾演自己。贊努西是一位真正的導演，每隔一段時間，他就會去一些小城裏參加「與導演對話之夜」⓭的活動。在《影迷》這部影片裏，他飾演一位跟自己完全一樣的導演，在一次「與導演對話之夜」的活動中，抵達一個小城。過去各地經常舉辦這類的活動，現在偶而還見到一些。（不久以前，我和皮西雅維茲⓮才到克拉考的一家修道院去渡過一個這樣的夜晚，那是他們在《十誡》Decalogue 試映會之後，特別為教會的年輕人舉行的一個活動。觀眾大約有一千人，擠不進來的就站在街上，舉辦單位甚至裝了擴音器。）

　　《影迷》中的主角用8釐米攝影機替自己的初生女兒拍攝家庭電影之後，突然開始迷戀電影。他那種迷戀是非常業餘的迷戀，我從來沒有那樣迷過一台攝影機。我之所以拍電影，是因為那是我的職業，要不然就是我太懶或太蠢（也可能兩者兼具），所以才一直沒有利用適當時機改行。況且在開始的時候，我本來以為那是一個很好的職業，直

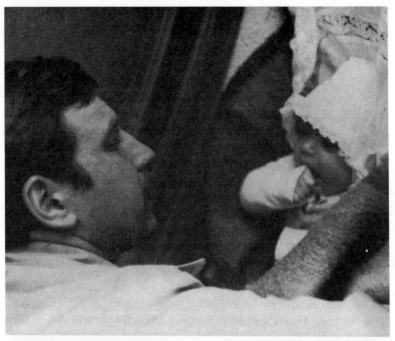

58,59 在《影迷》(Amator) 中的史都爾 (Jerzy Stuhr)。

到現在，我才明白它有多麼辛苦。

我並不認為《影迷》是在反映電影與生活之間的兩難困境，因為電影與生活是可以並存的，它們可以互相妥協——至少你可以嘗試去妥協！當然，這很困難。可是讓我們反過來想，又有什麼事是容易的呢？在紡織工廠做工不見得就比較容易。老是和自己的家人在一起也可能造成很壞的後果，就跟你很少有時間和他們在一起一樣。問題不在於我們可以給對方多少時間——至少這不是唯一的問題——時間與注意力這兩個問題是一樣的。如果你在紡織廠做工，或許你給家人的注意力會比搞電影的人多。不過，或許搞電影的人給家人的注意力會比較強烈深刻，比較明確。因為你——我——會覺得愧疚，覺得自己沒有給她們足夠的時間與注意力。所以一旦我有時間，我會以出奇的強度與深度，利用有限的時間，面對家務。為了補償我不在家與缺乏耐心的時間，每當我和人住在一起，便會把自己的這份愧疚具體化。只要我有一點時間，便會強烈而深刻地付出。我不知道哪一種方式比較好。我想總是在一起或很少在一起這兩種解決方法都有可能成功，愛都可能存在；正如這兩種情況都有可能會缺乏愛一般。這兩種情況也都可能培養出和諧感——一種日常生活般的和諧感、一種同意這樣的命運安排的和諧感；同樣的，這兩種情況也都可能產生不和諧與仇恨。

為什麼那位影迷菲立浦最後把底片給毀了？這有什麼意義？他把自己完成的作品毀掉，這兩件事是一體的。但他並沒有放棄。最後他將攝影機對準自己，身為一名業餘的電影人，他領悟到自己已掉進一個陷阱之中：他以善意為出發點拍下的影片，很可能會被別人惡意地加以利用！

這個情況從未發生在我身上，我從來沒有銷毀過任何底片。但是

如果在拍攝《車站》期間，我能預知他們將會沒收我們拍那些寄物櫃的部分，我也會跟菲立浦一樣，在他們沒收之前，先把鋏子打開，讓底片曝光。這麼做只爲以防萬一，使他們絕對不可能在影片中發現那名謀殺母親的女孩。

機遇或命定
《盲打誤撞》(PRZYPADEK, 1981)

　　我不懂爲什麼別的藝術形式從來不曾把七〇年代的波蘭忠實地呈現出來。我們甚至無法在文學中找到一些比較正確的描述，而文學比製作電影容易多了。雖然個別的作者及出版物也必須接受審查，但整體來說，文學並沒有受到太大的箝制。然而，電影卻提供了對七〇年代的波蘭最佳的紀錄。但是到了七〇年代末，我發現這種敍述形式有它的極限，我們已經走到了盡頭，企圖進一步描述這個世界將會是徒然的努力。

　　這一條思路最後即發展出《盲打誤撞》。它描述的對象不再是外在世界，而是內心世界。它所敍述的是那些會干預我們命運、把我們往這個方向或那個方向推的力量。

　　我想該片最根本的瑕疵也出在劇本上。直到今天，我還是很喜歡這個有三種可能的結局的點子，我覺得它豐富且極有趣味，只是劇本沒能好好地發揮。每天我們都會遇上一個可以結束我們整個生命的選擇，而我們卻渾然不覺。我們從來不知道自己的命運是什麼，也不知道未來有什麼樣的機遇在等著我們。我所謂的命運指的是一個地方、一個社交團體、一份專業生涯，或是我們從事的工作。在情感的範疇裏，我們可以享受較大的自由，但在社會生活的範圍裏，我們卻大大地受到機遇的主宰。有很多事我們非做不可，或者我們必須變成某種

60,61 在《盲打誤撞》(Przypadek)
中的林德(Boguslaw Linde)。

人。當然，那和我們的基因有關，在拍攝《盲打誤撞》時，這些念頭不斷縈繞在我心頭。

片中主角魏台克（Witek）碰到任何狀況都表現得十分正當。甚至當他加入共產黨時，他也表現得很正當。結果，當他發現自己被誘入一個他非做假不可的情況時，他反叛了！結果他表現得仍然很正當。

第三種結局——飛機爆炸——對我而言，意義最重要。因為無論碰到任何狀況，那都會成為我們每一個人的命運。不論是發生在飛機上或床上，結果都一樣。

那部電影的拍攝過程並不順利。我先拍了百分之八十。剪接之後，發覺整部片子的發展方向錯誤，該片無論是拍攝的方式，或是它表達三種可能結局的方式，都顯得薄弱無力，而且顯得機械化。三種結局的點子像是硬生生被插進影片中，整部片子不像個有機體。因此我決定停拍，休息了兩三個月。後來我重拍了差不多一半的內容，然後又補拍了百分之二十新的部分，結果效果改善許多。

以前我經常以那種方式工作(現在仍喜歡這麼做)：我會突然停下來，給自己某種程度的自由，讓自己可以在剪接室及銀幕上檢查影片中不同元素配合的效果。在西方就行不通了，因為每一個製作計劃背後都牽涉到一大筆錢，你很難去調度那一筆錢。以前在波蘭卻很容易，因為那筆錢並不屬於任何人。不過你仍須避免做不必要的浪費，或把電影拍得太昂貴。我在這方面一向非常謹慎。不過，你還是可以調度經費，操縱金錢。我經常那麼做。

共產病毒
《短暫的工作天》(KRÓTKI DZIEŃ PRACY, 1981)

我曾經與一位非常要好的朋友漢妮亞・克勞爾合寫過一個電影劇本。該片改編自她的一篇報導，名叫〈短暫的工作天〉。那部電影拍得很糟，我把它整個糟蹋了。不過合寫劇本的經驗卻相當愉快。那是一部典型的政治電影，一部非常有時效的電影。如果它當時就能上演，或許能夠造成一些重要的影響，不過也未必盡然。現實一改變，人們便不再關心，甚至忘了它曾經存在過。他們忘了過去的景況，不復記憶為什麼過去會這麼痛苦。或許這就是為什麼在所有的共產國家內，都暗藏著一股懷舊的情結(儘管昔日景況實在很糟！)——或許永遠不會有人把它表達出來！人們總是開玩笑地唱著：「共產黨，快回來！共產黨，快回來！」波蘭、保加利亞、俄國……人同此心。人們只記得好的部分。以前我們沒什麼選擇，你知道誰站在你這邊，誰是你的敵人。你知道你可以把罪過推到某人身上，某人有罪——而他也真的有罪！整個社會制度，和所有替這個制度工作的人都有罪，這是毫無疑問的，怪罪他們是一件非常容易的事。他們有屬於自己的黨員證、黨徽和領帶顏色。凡事都明目張膽。現在這一切都不見了，每件事都變得非常複雜。再加上我們還懷念過去自己年輕、精力充沛、滿懷抱負的歲月。這就是原因，我們對論題的態度也是如此。

《短暫的工作天》是為電視拍攝的一部劇情片，因為本來也計劃

要由電影院放映，所以是用35釐米的攝影機拍攝的。幸好，至今它從未在任何地方播過。最早阻止它播出的是電檢人員。當時我利用一部片子的拍攝進度，同時完成了《盲打誤撞》與《短暫的工作天》這兩部影片。殺青日期為一九八一年十二月。

我猜想那部影片效果不好的緣故，是因為我們在寫劇本時就沒有好好地試著去了解那位主角。那部影片根據一則發生在波蘭的真實事件，講一位共黨書記的遭遇，批判的意味很濃。一九七六年，因為物價高漲，暴動及罷工事件四起。當時在距離華沙一百公里外一個不小的城裏暴發了一場規模很大的抗爭事件。最後民眾放火焚毀當地的黨委總部，那名書記一直到最後關頭才逃離現場。本來他想與該建築共存亡，到了傢具開始發燙的時候，警方在線民的協助下，將他搭救出來，否則他很可能會被民眾施以私刑處死。

我想拍一部關於這位黨書記的電影。那篇報導原名為〈一樓的景觀〉（Widok z okna na pierwszym piętrze），因為他的辦公室在一樓。後來片名改為《短暫的工作天》，因為那天的工作時間比平常短，他兩點鐘就得離開那個地方。

我給我自己設下了一個陷阱，因為在那個時候的波蘭（現在更是如此），一般民眾根本不想了解什麼黨書記。大家總覺得當黨書記的人都是黨鞭，通常這種人都是白癡。那位黨書記並不全然是個白癡，我拍的片子主要也在批判他。但是我卻陷入了由無情的輿論所製造的陷阱當中。使我不想去深入那名黨書記的內心或靈魂深處。我覺得難為情。研究一位神父或一名年輕女子還說得過去，一名黨書記？那樣不太好吧！結果，那個人物就變得有些生硬。在這個政治陷阱中，他無法做更有深度的發揮。現在如果想拍一部有關黨書記的電影——無論有沒有深度——更是完全不可能。

62 拍片現場：《短暫的工作天》（Krotki Dzien Pracy）。

　　波蘭共黨時代留下來的那些人物，現在個個都在寫回憶錄或接受訪問。這類出版物到處犯濫。每一位政客、藝術家和電視人物都在寫過去他們如何如何好，你不曉得誰才是壞人，你找不到一篇訪問或一本書裏，有人承認自己犯了某種罪過。每個人都是無辜的，政客是無辜的，藝術家也是無辜的。當你公開表達自我，依你自己的觀點來看事情，你總是對的。但是你是否能坐在鏡前面對自己，承認自己這輩子犯過的種種錯誤？那又是另外一回事。我從來沒有看過任何一個人公開寫道自己該為什麼錯誤負責，或自己曾經做過一些愚蠢而無能的事。

　　在報章、書籍及電視上發表各種談話的主人翁，都是你覺得應該替那四十年的共產時代負責（或至少負部分責任）的人物。從沒有一個人說：「我有罪！」「因為我，才造成……」「由於我缺乏效率，由

於我的愚蠢，由於我的無能，甲事件和乙事件才會發生。」結果正好相反，每個人都在說：「我拯救了這個！」「因為我，我們才能夠……」於是沒有人知道罪人都到哪裏去了。那些說「是的，就是我！是我造成不公、痛苦與貧窮！」的人在哪裏？這種人根本不存在。更何況這些人之所以寫書，不就是為了替自己辯解嗎？如果我們能夠知道這些人寫書的目的，到底是為了在別人面前替自己辯護，還是為了在自己面前替自己辯護，一定很有意思。這就是我為什麼會感興趣的原因。可是我們永遠不可能知道。這其實是一個牽涉到邪惡的基本問題。邪惡的本質到底在哪裏？如果它不存在我們的心裏，那麼它在哪裏？邪惡不在我們體內，它永遠都在別人體內！

我覺得這些人不見得在說謊。根據他們的看法，經過情形就是如此，否則這就是他們「認為」的情況。或許他們的記憶力只會凸顯那些他們曾經努力過、表現得比別人好或比別人高尚的片斷、事件及情況。這又是相對論的問題。絕對的判斷標準到底存不存在？這就是我們大家目前面臨的問題。所有的事都變成相對的，不是嗎？

今天，波蘭的輿論認為所有共黨活動分子都只是一羣賊、一羣騙子、一羣圖謀不軌的人，事實並非如此。當然對其中某些人而言，這個看法很公正。但並非每個人都如此。共產黨員也是人，他們之中也有聰明人和蠢人；有懶人和勤奮的人；有善良的人和惡毒的人。是的，就連共產黨裏也有懷著善意的人。他們並不全是壞人。

所以說，無論是當時，亦或是現在，想拍那樣的影片都是不可能的事。或許那部電影的缺失（或更明確地說，我的失敗）在於我低估了那個陷阱的重要性。於是我拍出一部一無是處、枯燥乏味、導得爛、演得也爛的影片。

本來我想請菲立浦斯基（Filipski）飾演主角，或許那部片子就會

改善很多。可是我怕他，我害怕跟他合作。菲立浦斯基是一位演員，後來成爲導演。在波蘭他以傲慢聞名遐邇。他自信到無禮的地步，自覺高人一等。同時他也以公開反猶太的姿態出名。對於這個問題，他非常殘酷，在當時的劇場中參與過許多反猶太的演出。不過他卻是一名非常出眾的演員，性格強烈。那名書記實在應該由他來演。如果我請了他，或許片子的品質會好很多。因爲這麼一來，我就必須不斷地與他抗爭，也會隨時對他有所畏懼，因爲我怕他這個人！他很討厭我，就跟他討厭每一個人一樣。我得承認自己也不喜歡他。不過他毫無疑問是一位光芒四射的演員。

那部影片於一九八一年被冷凍。上映絕無希望，即使在電視上也一樣。我不記得電視台後來是否和製片廠把債務算清楚。那部片子爲製片廠造成一個很大的財務問題。不過我想後來他們大概把帳算清楚了。

一九八一年十二月，在戒嚴法頒佈之前，我剛好完成《盲打誤撞》與《短暫的工作天》的剪接工作。才十一月，嚴冬就已來襲。在戒嚴法實施前一個或一個半月之內，天氣開始變得他媽的冷透了。剪接室凍得像冰窖。我請我們在威托尼亞（Wytwórnia）製片廠裏的團結工聯代表去處理暖氣的事，因爲我以爲這是工聯該負的責任。如果你覺得冷，房間裏的暖氣爐又壞了，工聯應該負責找人去修，或者派人去買電暖爐，安裝在剪接室裏。我們每天都得在那裏挨十二個小時的凍，可是他們卻告訴我團結工聯必須爲更重要的問題費心勞神。那一刻我便了解此地非留我之處！

這和我徹底懷疑工聯能爲藝術家解決問題的態度無關。的確，我認爲對藝術家以及所有與文化藝術有關的事業而言，工聯是個特別壞的解決方法，它簡直就是一場災難！到最後，它會讓清潔工，而非圖

書管理員，去管理圖書館，只因爲清潔工人數比較多。經營電影製作的人也不再是導演、製片或攝影師，而是技工、電工和司機。我認爲工聯的精神與藝術家的天性背道而馳，藝術家的天性是想創造出與眾不同、富於創意的東西，這正是藝術的精髓。可是管理工聯的人卻把目標朝向剛好相反的方向，他們希望能夠不斷重複同樣的事物，因爲那樣做最簡單。工聯的會員都是好人，我完全不反對他們，相反地，我尊重並且熱愛他們每一位。可是我不懂爲什麼應該由他們來管理我。我不能苟同這一點。

我了解到這又是另一個謊言，另一項詐欺。何謂詐欺？或許這個字眼不對，那並不是一項詐欺。當然，他們原本著善意的初衷，這很顯而易見。可是當我們講到一個工會（團結工聯本來就是一個工會）實際上卻別有所圖時，就會令我十分不自在。他們別有所圖，也是顯而易見的事！當然他們當時不能明講，否則就要分崩離析了。但這一切都架構在一個謊言上，而我不能想像自己活在這個謊言裏。經過那次事件之後，我很快就辭職了。接下來，因爲戒嚴法的關係，我每天都在家裏睡覺，大概睡了五個月，快半年！

剛開始實施戒嚴法的時候，我以爲自己將採取非常不同的手段，不再使用攝影機，而是用步槍或手榴彈之類的東西！結果，事實證明波蘭沒有人準備好這麼做，波蘭沒有一個人想死，沒有人願意爲所謂的崇高理想捨身取義。事態到一九八二年初即已明朗化。

我試過當計程車司機，因爲我除了會拍電影之外，只會開車。後來我發現自己近視得太厲害，而且我持有駕照的時間也不夠長。你必須持有二十年才算有資格吧！戒嚴法實施期間，誰也別想從事我這一行，也沒有人指望有工作做。不過，經過一段時間之後，我們都開始試著作別的工作。

當時的戒嚴法極端戲劇化。現在回顧覺得很滑稽，事實上，它的確很滑稽。不過從當時的觀點來看，它很戲劇化。我以為人民絕不會原諒當局做出這種事，他們會採取某種行動，於是我馬上開始簽署各種反對戒嚴法的請願書或聯名信。我太太不能忍受我的作為，她覺得我應該為她及孩子負責。她說得對。但是當時我覺得自己同時也必須為其他的事負責。這個例子正好可以說明你永遠無法做出正確的選擇，如果你做出一個以社會角度來看是正確的選擇，那麼以家庭的角度來看，你做的選擇就是錯的！你總是必須權衡兩害以取其輕。取其輕的結果就是我每天上床睡覺，跟頭熊一樣！

當局禁演《短暫的工作天》很多年，現在卻極想把它拿出來放映，但是我反對。我自己是電檢人員！我試著不讓他們播出，因為我知道那部片子有多糟。另外還有一個理由：現在共產黨已經不存在了，可是從前的共產黨員還被安插在各個工作單位裏，總有人無時無刻不在計劃將共產主義斬草除根，並且把所有共產黨員逐出政治體系，使他們盡量遠離具有影響力的職位。我覺得打落水狗是一項極無品味的舉動，在道義上也令人不快。我絕不想作這種事。不讓那部片子上映的理由十分充足，但他們還是想播它。這些人想蒐集各種證明共產黨員無惡不作的證據。《短暫的工作天》即是證據之一。這點倒不假。

共產黨的檔案現在成為波蘭的問題之一：誰曾經當過UB❿的特務？誰不是？誰曾經是SB⓰的特務？誰不是？說起來容易：你們這些特務通通滾出去，其他的人站到另一邊！現在我們把你們分開，分成好人和壞人。多麼簡單！但是你得替當初身不由己的人想一想。最近我才讀過一封由這種人寫的信。他只是個普通人，他的名字從未上過任何名單，將來也不會上任何名單。他只不過是個理髮師，或是某

個辦公室裏的辦事員，不然就是一名在火車站卸貨的工人。他寫信給報社，說他以前做過的事都是迫於無奈，別無選擇。他沒有別的出路。但他從來沒有透露任何消息給UB，從未說過實話。相反地，他暗示自己常提供警方假情報，讓他們為打擊莫須有的地下組織窮忙。這位平凡、簡單的人寫道：「我會遭到什麼下場？我算是壞人嗎？我從未傷害過任何人，從來沒有告過誰的密，從來沒有提供任何可能對別人造成傷害的消息。但是我的確曾經在UB的一份名單上簽過名。我會遭到什麼下場？如果一個人在UB簽過一份名單，卻沒有傷害過任何人，算是罪過嗎？那麼那些沒有簽名、卻替UB作線民的人呢？還有那些沒有簽名、沒有告密、沒有拿過錢、卻背叛了自己同事的人呢？哪一種人罪過比較大？」這些罪如何衡量？如果由我來批判這些案例，我一定會三思，因為我們的知識都有限，智能又不完美，永遠不可能對現實，或對罪惡的嚴重程度及影響範圍作出正確的判斷。

波蘭人崇拜道德判斷，熱愛批評，喜歡把自己認識的人，甚至不認識的人通通拿來分類，貼上標籤。我總是要問：抱歉，是誰在作道德判斷？誰在評斷別人？他憑什麼比我更有資格批判？他為什麼要批判？他知道真相嗎？我實在很不喜歡波蘭人的這一點特性。不幸的是，他們除了愛批判別人之外，還習慣對比自己強的人避而遠之。

對於批判別人，我十分謹慎。當然，偶而我也無法避免。不過我想我都在私底下批判，從不公開做這件事。我常感到十分驚異，為什麼人們能夠這麼隨便地到處給人扣帽子、下斷語！當然，每個人都逃不過被別人評斷的命運，那是正常現象。但是特意迴避鄰人也是波蘭人的民族性之一。你可以在街上、商店裏看見，每個人對別人都沒有禮貌，沒有任何人說「請」或「謝謝你」。在路上開車，你也可以感覺到，無處不是如此。這是個人主義者無法與他人融洽相處的癥候。當

然，我也是一個個人主義者。或許這跟家教與傳統價值觀有關吧！我相信每個人都應該設法壓抑自己對其他人的敵意及侵略性。你必須試著別把它表現出來。在波蘭聽某人罵某人是特務、王八蛋、共產黨或流氓，是件司空見慣的事。

一般人都滿懷怨憤，因為民族的希望不斷被摧殘。每次有一點光亮出現，馬上就會被某人、某事或歷史撲滅。我不認為這是最近幾年的事，幾百年來一向如此。如果你翻開波蘭古典文學，就會發現同樣的主題一再重現。波蘭人會很樂意地把另一名波蘭人淹死在一杯水裏！

其他還有一些明目張膽、厚顏無恥的事，也令我萬分訝異。比方說，牆頭草的心態，尤以今天的政客為甚。不過最令我感到到驚訝的還是那些不屬於政界的人物，現在波蘭有很多位居要職的人士，過去也曾替前任政府做過事。他們接受工作機會，接受權勢。

過去有一位名叫史佛根（Waldemar Świrgoń）的人，在戒嚴法實施期間，被升為文化部書記❶。他是一位年輕、有才幹的政客，除了態度有點冷峻之外，還挺討人喜歡的。我想我見過他兩次。他總會先請我喝一杯酒，我告訴他我開車，他說他的司機會跟在我的車後面，萬一有需要，可以把警察擺平。但那並不能改變我的態度，我請他不要派司機跟著我，並告訴他我不想跟他共飲一杯伏特加。當然，那不是他想見我的日的。原來他們希望我能接管一間製片廠（zespol film-owy）❶。在七〇及八〇年代的波蘭，製片廠握有不小的權力。那樣的職位無論在財務及社會地位各方面都很誘人。當然，我並沒有接受他給我的製片廠，我不想接受他給我的任何東西。他藉機找過我兩三次，最後才告訴我希望我接管那家製片廠。後來我有一位同事接受了。

無論打開任何一份報紙，你都會看見各種控訴。人們交相指責某

某人過去與現在的言論不一致。我並不反對這種人，因為我明白人是會變的，你甚至可以因此而贖罪。但是如果這種人反過來指控別人也犯了同樣的罪，我想那就不對了。

現在有很多積極的反對論者，過去在五〇年代，或大戰結束後、共黨統一前的四〇年代，都曾經狂熱地鼓吹共產主義。其中不乏睿智而高潔的作家。我想我可以了解他們當初的那一股迷戀。他們迷戀的不是邪惡，而是良善。當初人們並不知道共產主義會變得如此邪惡，即使他們知道史達林為了收回曾經發放出去的土地而謀殺了數百萬的農民；即使他們知道這一點，或許仍會相信黨最終的目的仍是好的。因為根據馬克思、恩格爾，甚至列寧的論述，共產主義的原則及理論是如此令人興奮——它能讓每個人都得到公正、平等的待遇。你必須有非常敏銳的判斷力，方能看清這個理想根本不可能實現。許多人到今天還在發表言論及著作企圖為自己辯護。像是康威奇（Todeusz Konwicki）⓳、西西皮歐斯基（Andrzej Szczypiorski）⓴與早期的安德瑞耶斯基（Jerzy Andrzejewski）㉑。很多人都曾是支持共產主義的狂熱分子，但他們並不企圖隱瞞，我也不覺得這有什麼丟臉。這並不是一種羞恥，只不過是個錯誤而已。只因為你沒能及時領悟這個理論其實是不可付諸實行的，而且它終將招來邪惡的作為。

共產主義不是傳染病，但有史以來卻有數不清的人在生命的某個階段受到感染，不過也有為數不少的人似乎對這個疾病具有免疫的能力。雖然我也和其他人一樣，暴露在它的影響範圍之內，但很幸運地從未被感染。

共產主義就跟愛滋病一樣，你必須和它一起入土。它是不治之症！這一點適用於每一位和共產主義有關聯的人，無論你站在哪一邊，無論你是親共、反共，亦或完全中立，每個人的下場都一樣。如果他們

暴露在這個制度下的時間和波蘭人一樣長久——四十年——那麼共產主義就會變成一種思考方式、一個生活方式、一套價值系統，永遠都會留在他們體內，永遠無法驅除。他們可以把它趕出自己的腦袋，說自己的病已經無礙，甚至說自己已經完全痊癒。但那卻不是真的。它還留在裏面，它仍然存在。你沒有辦法擺脫它。我並不特別為此感到煩惱。我知道自己帶著它，也知道自己將與它一起入土，如此而已——我不會因它而死，而是與它一起死去。只有當你形銷骨毀時，它才會消失。就跟愛滋病一樣！

我們全都低頭了

《無止無休》（BEZ KONCA, 1984）

　　一九八二年九月或十月，也就是戒嚴法實施半年之後，我決定呈遞幾個拍攝計劃給WFD。這是在拍完《車站》以後的事。我雖然不願再拍紀錄片，但是當時想拍劇情片等於癡人說夢。

　　在戒嚴法實施期間，我想到可以把那些在牆上塗鴉的人拍成一部影片。那時候每個人都在牆上塗鴉：反對戒嚴法、反對賈魯塞斯基❷、反對共產黨……等等。'WRON won za Don'是最常見的一句。WRON代表國家拯救軍事委員會（Wojskowa Rada Ocalenia Narodowego），'Won'是俄語的「滾蛋」，'za Don'表示頓河以外，亦即滾出波蘭之意。'WRON won za Don！'當時到處可見這一類的塗鴉文字及漫畫。軍方積極掃蕩這些塗鴉，甚至為此編派特勤小組。我不知道他們派哪些人去執行這項任務。那時我想拍一部名叫《畫家》（Malarz）的影片，講一位專門負責用油漆把這些塗鴉掩蓋起來的年輕軍人。他們真的會在塗鴉上塗油漆，不然就是把它們洗掉或改成別的圖樣，還會把文字塗改成歌頌共產黨的字句。整件事都非常滑稽。我認為應該是很有趣的影片題材。

　　除了那個構想之外，我還想拍一部講法庭的影片。當時的法庭動輒為一些小事判決重刑。塗鴉、持有地下刊物、罷工或任何形式的抵抗，都有可能被判處兩三年的有期徒刑。因此我想拍一部全片都發生

在法庭內的影片，裏面只有兩張臉孔：原告與被告。換句話說，這部片子將討論「待罪之人」（加引號的原因是因為這些人根本沒罪！）及原告的故事。

我並不認識法律圈裏的人，而且在八〇年代初期想說服別人接受拍攝，比我們在七〇年代拍《工人(71)》時更困難，因為大家都厭惡電視。因此首先我必須贏得法律圈內人士的信任。

我花了很長一段時間，大概兩個月，先得到當局的同意。在我們申請交涉——並指望如願獲准——的同時，我已經開始想辦法結識在這個圈子裏具有影響力的人，主要對象是律師——為那些因為雞毛蒜皮的小事被判決兩三年徒刑的被告辯護的那些律師。克勞爾告訴我她認識兩位這樣的年輕人，他們在戒嚴法實施後不斷替那些人擔任辯護的工作。以前他們也做辯護律師，曾經為各種組織服務，其中包括工人保護委員會（KOR）❷與波蘭獨立聯盟（KPN）❷。她說她不知道哪一位對我比較合適，不過「先試著見其中一位吧！」於是她安排我和皮西雅維茲見面。我向他解釋自己想拍一部什麼樣的影片。老實說，他並不信任我。但因為我是克勞爾介紹的人，而且他也看過我的一些作品，所以我才能克服他的排拒感。他們顯然極不願意讓任何人紀錄、拍攝或公開這些內情。我設法向皮西雅維茲解釋，說我的目的是想為那些被判刑的人辯護，並且使那些執行判決的人曝光，將這些胡鬧行為作成紀錄，留作證據。

不幸的是，核發准許的時間超過我的想像，我們一直等到十一月才開拍。我獲准在一般法庭及軍事法庭內拍攝。到那個階段，我和皮西雅維茲已經很熟了。他大概了解我想拍什麼，也代表他的幾位客戶同意接受拍攝。等到我開拍之後，怪事就發生了：法官突然不再判處被告任何徒刑，而給他們類似緩刑的處置。老實說，那不會造成任何

痛苦。

　　形成這個現象的原因有兩項：第一，法庭當時普遍變得比較寬容，因為戒嚴法已經實施將近一年的時間（當時是一九八二年十一月）；第二個理由讓我覺得非常有意思，那是法官們面對攝影機時最基本的人性恐懼。剛開始我還沒領悟過來，後來很快就想通了。那些法官不想在自己判決不公時被記錄下來，因為他們知道一旦我把攝影機打開，或許在三年、十年或二十年後的將來，某人會發現這部影片，然後他們就會看到自己。當然，他們必須在各種文件上簽名，自己的名字會出現在那些文件上，可是在一張紙上簽名和本人在判處不公的情況下出現在銀幕上，完全是兩回事！

　　接著，更怪的現象出現了。開始的時候沒有人願意讓我們去拍法庭內的審判過程──尤其是被告律師及被告，只一味地回拒，後來他們卻求我們去拍。我後來忙得不得不僱用第二組攝影師，到處趕場。一旦法庭裏架上一台攝影機，法官鐵定不會判刑。所以我根本不需要在第二台攝影機內裝任何膠片。那台機器純粹擺著好看，用來嚇阻法官的。

　　我花了差不多一個月時間在各個法庭裏往返奔波，不知道曾經參加過多少次審判，總有五十到八十次之間吧！可是我拍攝的底片卻不足一公尺。每次我都會在法官開口說「我謹以波蘭共和國之名，判處公民……」之前打開攝影機，但每次都沒有人真正被判刑。我想我大概拍了總長七分鐘的底片吧，在銀幕上，你可以看見攝影機在打開之後，立刻停止，打開，又停止……我就是這樣認識皮西雅維茲的。是他先察覺到事態不尋常之處。

　　後來發生了一件非常不愉快的事件。老實講，我到現在還不確定自己是如何脫身的。在那一個月或一個半月的拍攝時間裏，我們畢竟

還是有開工，每個人都有工作做：電工、助理⋯⋯每個人都花了時間！於是我寫了一封信給WFD，說明我已拍攝了超過一個月的時間，僱用了各種工作人員（在此我列出名單，其中包括製作片經理的名字），請他們支付薪水給這些人。影片未能成形，是因為我拍不到我想要的題材，不過那些人確實有工作，請付給他們應得的報酬。我放棄自己的報酬，因為我沒有理由領錢，我也不想領錢。可是我希望同事們能夠拿到薪金。為此我必須在信中指出我沒能如約得到自己想拍的內容。影片的主題非常明確，劇本也交上去了。我在劇本中註明我們假定法院將判處各種刑期，然後我便可以拍下原告與被告的臉孔。可是在我參與的審判中，沒有任何人被判處任何徒刑。這就是我去函的內容。

　　我把信交給WFD核准影片的部門，只隔了一天，電視台的總裁就召見我。他以前當過文藝部副部長，專門負責管理電影業，所以我認識他。我發現他想見我並不是因為他剛剛升官，當上了電視台的總裁，而是因為他想叫我在電視上發表一項聲明，說波蘭法院在戒嚴法實施期間從未判決任何人刑責，我當然一口回絕，我寫那封信的目的，不過是想替幾個人爭取幾千塊羅提的薪金而已。但事情並沒有因此結束，那封信後來輾轉傳到季斯札克（Czesław Kiszczak）㉕手中。他把那封信唸給幾位有事找他說項的波蘭知識分子聽，然後說：「你們在說些什麼呢？你們看看！就連你們自己的人，奇士勞斯基，都寫道法院在戒嚴法實施期間從未判處過任何刑罰。」

　　顯然他在斷章取義。戒嚴法實施期間社會團體的意見在華沙的力量非常強大，因為我們沒有別的意見發表管道，報紙、電視，全是傀儡，唯一真正存在的是大眾的意見。突然之間，我發現自己周圍開始形成一種真空狀態，人們把我當作是線民或是警方及法院的走狗看待。

我們全都低頭了　一九一

我立刻把那封信拿去給聽到季斯札克唸它的那一羣人看——贊尼亞夫斯基（Klemens Szaniawski）㉖與華依達。他們倆是波蘭當時最具權威的知識分子。我給他們看完整的內容，他們了解到自己受到季斯札克的利用，我這才扭轉局勢，搏回自己在我們這個圈圈裏，也就是我的世界裏，原來擁有卻岌岌可危的地位。這是極危險的遊戲，當時我真的面臨被同行排斥的危機。

結果事情還沒完。中央委員會的文化部秘書史佛根也召見我。他是掌管波蘭文化事業的最高長官，是真正握有決定大權的人物。他說他願意給我一間製片廠，或任何我想要的東西。他覺得我應該得到一些報償。當然，這跟那一封信有關。他們大概以為只要給我一點好處，我就會在報紙和電視上講戒嚴法有多麼棒，沒有人判任何人徒刑，每個人都非常友善，彬彬有禮……之類的話。

對於實施戒嚴法的當局來說，能得到正面的意見非常重要，尤其是西方人眼中的意見。他們希望能給別人一種戒嚴法十分寬容、明察秋毫、沒有侵犯任何私人財產的印象。其實這並非全不屬實。的確，有許多人都為戒嚴法賠上自己的性命，不過跟不實施戒嚴法的情況比起來，流血事件仍然少了許多。當然，有很多人也因為囚禁、拘留及與親人離異而受了很多罪。那段時間真的很慘，我以為他們也想抓我去坐牢，還好，他們沒有這麼做。現在有很多人寧願當時自己坐過牢，因為這會使他們的資歷好看很多。我很高興自己沒坐過牢。有一陣子他們好像真的想抓我，我住的地方的管理員警告我，說他們在找我。於是我在外面躲了兩三天，後來他們就放棄了。那是在戒嚴法剛開始實施時發生的事。時間是一九八一年十二月十五日左右，所以和那封信引發的事件發生在不同時期。

在我見過史佛根幾天之後，警方傳喚我去。這一次他們用那封信

敲詐我，同時再一次提起以前我把錄音帶賣給自由歐洲廣播電台的事。他們要求我針對那封信發表意見，並允許當局公佈那封信的內容。他們當然可以隨意印他們想印的部分，只不過我說的和他們說的互相矛盾，那封信因此失去任何利用的價值，那些想令我在同儕面前信譽掃地的人根據那封信發明出來的各項理論也都變得毫無用處，因為大家都已經明白事情的真相。

這就是那次事件的經過。我就是在那個時候認識皮西雅維茲的。我連那部影片的名稱都忘了。《臉》（Twarze）？不可能！絕對不是《臉》，太矯柔造作了。我絕不會用那樣的片名！我記不得了。

我在那些法庭裏、走廊上、房間裏混了一個半月，結識了許多律師與法官。其中很多人都是正派人物。我想拍出法庭內及審判進行時的氣氛，還有兩邊壁壘分明的情況。劃分兩方面的界線絕不是原告與被告之間的差別。那一條仇恨的界線存在別的地方！

那個時候我覺得——現在仍然這麼認為——戒嚴法實在是一個互輸的局面。每一個人都是輸家！在戒嚴法實施期間，我們全都低頭了！我想直至今日，我們仍在為當時低頭的姿態付出代價。因為我們全都喪失了希望。我的那一代即使在一九八九年重新得到政權之後，也從未把頭再抬起來過。這一代想表現出我們還擁有一些精力與希望的形象，但是我再也不會信任我們這一代的希望！

後來我決定為這個想法拍一部電影。我想出一個含有隱喻成分的主題——隱喻的部分是該片的濫觴，它在講一位已經死亡的律師，我們從他死掉的那一刻開始拍。等我著手寫劇本以後，很快就發現自己雖然了解這種氣氛，對法律事件也略知一二，但是我對派系內的情況、造成人們那些行為表現的真正原因及真正的衝突，所知仍非常有限。

我所目睹的，只是衝突的片斷與它在法庭內造成的結果，我並沒有觀察到它們真正的內涵。於是我去見皮西雅維茲，建議我們合寫劇本。後來拍成了《無止無休》那部影片。我們的合作關係就此展開。

最早我們想拍一部發生在法庭裏的電影，講一位死去的律師，和他留在人間那名女子的故事。她後來發現原來自己愛他的程度比他在世時自己想像得深。關於那部電影其餘的部分我就不知道了。那部片子拍得非常散漫而冗贅，因為它其實是三部片子合在一起的。你可以看得很清楚，縫合的部分手工並不是很精細，那部片子缺乏融為一體的感覺。其中最散漫的部分在講一名年輕工人；另一部分在講那位寡婦的生活（由葛西娜‧察波勞斯卡Grazyna Szapołowska飾演）；然後最具隱喻意味的部分則在講由那名已不在人世的律師身上散發出來，留給他身後一切的表徵及信號，這三個部分不願意合而為一。當然，有關它們的一切線索及想法都互有關聯，但我想我並沒有成功地使它們一氣呵成。這是那部電影的瑕疵。儘管如此，我還是喜歡它。

對我而言，最重要的一條線是隱喻的部分。很不幸，它的效果並不好。不過，只要是對講故事有興趣、並想表達某種社會或政治觀點（亦即：我們全是輸家；大家都低頭了！）的人來說，電影隱喻的那一部分絕對具有同樣重要的地位。這麼說來，其實這也算是一種陷阱。每部電影都是一個陷阱，你一方面想表達某個觀點，另一方面又想拍一些不太一樣的事件。

現在我慢慢在嘗試克服這個難題，靠著單一的、清晰的推動力量，我可以避免犯同樣的錯誤。《十誡》便是個很好的例子。每部片子都很短，因此背後的推動力能夠以清晰、突出的方式表達出來。

在《無止無休》裏飾演那位死掉的律師的人是拉濟威洛維茲（Jurek Radziwiłłowicz），我們拍了很多他演的部分，非常多！可是

最後他卻只以鬼魂的身分在片中出現了四次而已。那部電影不是專爲他寫的。可是到了某個階段，我發覺那個角色非他莫屬。他在華依達的《大理石人》（Man of Marble）❷及《鐵人》（Man of Iron）❸中擔任主角。結果便成爲道德純眞與誠實的象徵。我知道自己非請他來演這個角色不可，只爲了讓觀眾明白這個男人的內在非常乾淨、純潔而清澄。我知道拉濟威洛維茲一定可以傳達這種感覺，倒不是因爲他正是這樣的人（其實他私底下的確是這樣的人），而是因爲一般人會把他和這些美德聯想在一起。這是演員被定型的一個好例子。

怎麼樣才能把一個極有良知、卻在一九八四年的波蘭一籌莫展的人表現出來？這是我們在拍這部電影時一項極有趣的挑戰。我們覺得非讓他死不可，因爲這是表現出一個人無力感的最大極限——他根本不存在了！他死了！像那樣具有良知、雙手一塵不染的人根本毫無機會。你怎麼表現他毫無機會呢？你讓他們不再存在！他們必須死亡。他們不屬於這個時代；他們不具備倖存的條件。一旦他們的純潔與清明和這個時代發生衝突之後，唯一的後果就是他們必須消失。

《無止無休》原來的名字是《美滿結局》（Szczęśliwy Koniec），因爲最後女主角和她死去的丈夫攜手離去。我們知道他們倆已經找到一個比我們所屬的世界好一點的地方。但是叫它《美滿結局》似乎略嫌粗糙、太缺乏想像力了！

我對參加任何降靈儀式都不感興趣，不過我認爲每個人的內心都有一種需求——不只是需求，更是一種基本的感覺。我們覺得那些自己曾經愛過、對自己十分重要、卻已離開我們的人，其實一直都在我們的周圍及心中。我指的不是招魂，而是說他們存在我們心裏，能夠評斷我們的作爲。儘管他們的人已經不在了，儘管他們已經去世了，我們卻仍然尊重他們的意見。我常覺得父親就在我附近，無論他是否

63 在《無止無休》裡的阿塗·巴塞斯 (Artur Barcis)。

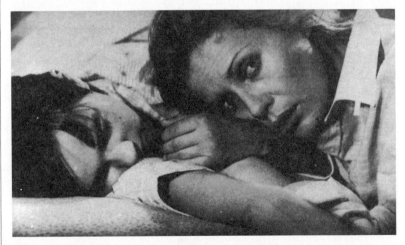

64 在《無止無休》裡的葛西娜·察波勞斯卡 (Grazyna Szapolowska)。

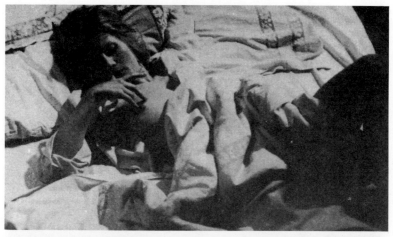

65,66 《無止無休》裡的葛西娜·察波勞斯卡（Grazyna Szapolowska）。

真的存在，只要我在乎他對我行事及想法的評語，就表示他的確存在，我母親也一樣。每逢我處事猶豫不決之時，我會想：父親會怎麼說？如果我認為他可能會說「不」！那我就不會去做那件事。即使他已經不在了，我還是尊重他的意見，而我也多少了解他將會抱持什麼樣的意見。這些人都在召喚我們良善、正直的一面。他們是存在我們內心中的道德體系。我們對自己說：「父親會不高興的。」然後我們就不去做某件事。其實，那只是我們善良的一面在說：「不要選擇那個方向！不要做那件事！那是不對的！你不應該那麼做！最好試試別的法子。」至於我們是否會把這些選擇歸功給我們所敬愛的人，那並不重要。我想我們永遠都會尊重那些已經無法再給我們意見的人的意見！

我有一個不太流行的觀念，我認為人性本善。人天生都想做好人。問題來了：如果人性本善，那麼邪惡從何而來？我並沒有一個十分合乎邏輯、又有道理的答案。我的理論是：一般說來，邪惡之所以會滋生，是因為人們總會在某個階段發現到自己沒有能力行善。邪惡的因是挫折感。無論人的改變是有意識、或無意識的，我們也不可能對人為什麼會無力行善作出結論，因為理由太多了，有成千上百種不同的理由！

有一句俗諺說：「地獄是由善意鋪成的。」無論在社會、政治或生活各方面，這句話不無道理，但卻不見得適用於每個人的私生活。不過這確實是我個人對生活充滿失敗論、悲觀論及滿懷怨憤（程度非常明顯）的原因。每次我都本著善意的初衷，到頭來卻都成了惡意。不過我天生就很悲觀，我父親也一樣，想必我那素未謀面、也沒有任何印象的祖父也如此。當然，我父親病得很重，他不能養家。我猜想他有很好的理由感到悲觀，覺得一切都沒有意義。不過我認為他的病，和其他一切理由，都只進一步驗證了他的悲觀論而已。發生在我身上

的經驗也進一步驗證了我的悲觀論——儘管我也遭遇過不少好事。我不能、也不想抱怨。正好相反。

《無止無休》經過半年的時間仍無法上演。等到它終於播出之後，波蘭各方的反應都非常惡劣。可怕極了，我從來沒有為一部影片這麼難過。當局的評語很差；反對黨的評語也差；教會的評語更差。也就是說，波蘭的三大勢力通通討厭它。我們為了這部片子，著實被刮了一頓。唯一沒有說壞話的是觀眾。

他們發行這部電影的方式極其惡毒。如果報上說《無止無休》將在某某戲院上映，那麼你可以保證，當你抵達那家戲院之後，就會發現他們根本不會放映《無止無休》，而是放映其他的片子。如果報上登某家戲院將放映其他的電影，那麼那家戲院一定會放《無止無休》。你根本找不到我的電影。放映它的戲院有好幾家，通常都是我堅持避免的電影院。我不希望自己的電影由那些戲院來放映，因為我知道它們要不是地點太偏僻，就是觀眾層次不一樣。那些戲院都是大人帶小孩去玩，或是專看美國娛樂片的年輕人光顧的地方。我不願看到自己的電影在那樣的地方上演。當然，他們就專挑這些戲院發行該片，而且還給它冠上不同的片名。

自從由贊耶茲高夫斯基（A. Zajaczkowski）與察達高夫斯基（A. Chodakowski）合導、影射我的《工人(71)》的《工人(80)》（Robotnicy '80）㉙上映之後，這種手法屢見不鮮。那部片子在當時總是被冠上《所有演出暫停》（Wszystkie seanse zarezerwowane）這個片名。先是電影院名稱，冒號，接下來就是一行：所有演出暫停。《工人(80)》就是在這種情況下上演的。人們都蜂擁到電影院去觀看《所有演出暫停》！

然後，有一家戲院突然在七月初、暑假第一天開始放《無止無休》，

整整兩個月，那部電影都在同一家戲院上映，每場都爆滿。到了八月末，也就是暑假結束的那一天，電影下片，從此未再重映過。那部電影就這樣被剝削利用掉了。

唯一沒說壞話的是羣眾、一般人民。首先，他們都設法去看那部電影。然後，他們寫信並打電話給我。我這輩子拍過的電影就屬《無止無休》的反應最熱烈。他們每個人——我沒有接到一個罵人的信件或電話——每個人都說我所描述的戒嚴法是實情，正是他們經驗的寫照！情況正是如此！片中沒有坦克車、槍擊或暴動的片段。它形容的是我們的內心世界與希望，而不講外面的世界有多麼寒冷、我們如何被拘禁或被槍擊……等等。

當局無法給予該片任何好評，因爲該片反對戒嚴法。戒嚴法在那部片子裏被描述成是執法者的失敗，同時也是所有被波及的人的失敗。《*Trybuna Ludu*》❸⓿說它是反社會主義顛覆分子的最佳代表；說它含有對地下活動分子的指示。這些在當時都算是十分嚴重的指控。所謂「指示」，包括鼓勵人民伺機而動，因爲在電影中，有一位律師曾經說過：「你必須伺機而動……現在你必須降服。以後，我們等著瞧吧！但目前你必須降服。」好幾家蘇聯報社也對此片發表評論，而且馬上就被波蘭新聞界轉載：含有對地下活動的指示！一部含意極深的反社會主義電影！

同時，反對黨也發表正好相反的攻擊評論，說這部電影是當局授權拍攝的，只因爲它在描述失敗，它描述兩邊都失敗了。反對黨不喜歡扮演失敗者的角色，他們相信他們已經勝利了——就算現在還未得到勝利，勝利也在望！一九八九年，他們證明他們是對的。可是勝利之後又如何？這是我最常問的問題。你在得到勝利之後的情況是什麼？還在繼續得勝嗎？你有足夠的精神、力氣、希望與理想，能在勝

利之後引導國家走上正確的方向嗎？

　　在我們之中，最優秀、最聰明的人得勝了。這一點是毫無疑問的。可是你還能對前途充滿希望；還能繼續留在波蘭嗎？我想不可能吧！雖然他們是我們的同胞，甚至是我們的朋友，我們也從不懷疑他們的作為皆出於善意，但是這些仍嫌不夠。

　　我想我現在和以前一樣，為波蘭感到憂心忡忡。或許更憂心吧！因為我們的理想又再度幻滅。這是無法避免的事。我們有幻滅之感，因為覺得國家總是不能如我們——或我——所想像地組織起來，變得正當、可以忍受、睿智——或許睿智這個形容詞並不恰當——變得不再那麼愚蠢！我目睹充滿善意的人努力不懈，幾世紀以來情況一直沒變。他們企圖組織這個國家，讓它重新站起來，使它變得偉大、高貴……但是從來沒有人成功過。每次我們因為懷抱著希望，便產生一股渴望秩序、規矩與合理生活的天真的、生氣勃勃的憧憬。我已經活過五十多個年頭，也時常懷抱這樣的希望，但是希望卻愈變愈小、愈變愈小，每經歷一次失望，它便縮小一點。無論這股希望是被誰燃起的：是一九五六和一九七〇年的共產黨、一九八一年的工人，亦或是一九九〇、一九九一年的新政府——都沒有分別。每一次我們都認清這股希望只不過是另一次的幻滅、另一個謊言、另一場夢，而非真正的希望。你一直往杯子裏倒水，你一直倒、一直倒、一直倒、一直倒、一直倒……突然之間，水溢出來了。杯子滿了。

　　我不懂什麼是自由的波蘭。自由的波蘭根本是不可能的事，只因為我們的地理位置太差。但這並不表示我們不能明智地把國家組織起來。這絕對有可能！不幸的是，我們看不到一點智慧的徵兆。它的組織和過去一樣愚蠢！唯一不同的是這次著手組織的人是我們自己！這才是最令人傷感的部分。

67 與斯拉維克‧伊茲雅克（Slawomir Idziak）及阿尼茨卡‧賀蘭（Agnieszka Halland）攝於坎城，一九八八年。

68 與瑟勃斯基（Edward Zebrowski）攝於瑞士。

很多關係都宣告破裂：友誼、私人感情、事業關係。老實講，過去四、五年來我在波蘭還見面的朋友，我用一隻手的手指頭就可以數完。並不是因為我沒有時間，而是因為我並不需要見到他們，他們也不需要見我。這些關係都斷了線。有一段時間，我和華依達非常親密，幾乎每天都見面。但是我已經四、五年沒看到他了。有一次我在一場首映會上碰見他，我們互相擁抱一下，如此而已。「打電話給我！」「打電話給我！」如此而已。

我和瑟勃斯基還保持緊密的聯繫，或許因為我們一起工作，也可能因為我們喜歡對方。我和贊努西也保持密切的聯繫，但是我們現在見面的次數愈來愈少，因為機會愈來愈難得。我與賀蘭保持聯絡，因為她也在巴黎，不過，即使在波蘭，我們仍會想辦法會面。我常和我的攝影師馬索（Marcel Łoziński）**㉛**見面。大概就是這幾個人了。所以我還保持聯絡的人極少。一切關係都在戒嚴法發生後開始破裂。

或許有人對我心懷怨懟。比方說，我記得自己曾和電影學校的一位非常要好的朋友發生過一些問題。一九六八年，他本來在黨中位居高位的父親被開除黨籍**㉜**，雖然後來他重新回到某部會擔任另外一項要職，但一直沒有再回共黨內工作。他的兒子是亞當‧米區尼克（Adam Michnik）**㉝**，當時面臨很多問題。他從電影學校畢業之後，一直找不到工作。

當時我在拍一部紀錄片，邀請這位朋友作我的助理，他沒有別的事可做，就答應了。

後來這部影片在克拉考電影節上獲獎，有一位年輕的影評突然跑來指著我鼻子罵我是屁眼，說我不請我的朋友和我一起上台領獎，卻一個人獨享榮耀。他認為我應該和朋友分享那個獎。剛開始，我還以為那是他個人的意思，後來我才發現原來那是我朋友的意思。這就是

我朋友的想法。我不能理解。因為電影是我拍的，劇本也是我寫的。
的確，我朋友因為當我的助理，所以我們經常一起討論拍電影的事，
他甚至四處旅行，為我物色可以拍攝的人物，然後告訴我這個人比另
一個人合適，於是我們就會去找他推薦的人選。他盡了第一助理該盡
的職責，但這並不足以使他變成該片的共同作者。再加上其他一些個
人的誤會，我這位朋友直到今天還對我耿耿於懷。我沒有能力幫朋友
多大的忙。我的狀況不比他強多少。我只是一名年輕的導演，他在政
治上被排斥，我能做什麼呢？或許我本來可以做更多的事，但話說回
來，我從來沒有普渡眾生的野心，我之所以幫助這個人，只因為他是
我的朋友。

　　我也心懷怨恨。我怨的是過去、現在及未來都圍繞著我的生活。
它就是這個樣子，每件事都很可憐。沒有真相，只有幻滅，我指的是
波蘭。以往我被詛咒必須屬於它，今後，毫無疑問地它也將是我了此
餘生之地。我怨這個生活，我怨這個我生長的國家，我無法逃脫，因
為這是不可能的。我也怨我自己是組成這個國家的一分子。我並不怨
它的人民，國家是由個人組成的，這個國家則由三千八百萬個個人組
成。但這三千八百萬個人的共同意志，一起決定了生活將朝這個方向，
而非另一個方向發展。

　　我們波蘭人幾次企圖否定自己的歷史定位——我們當俄國及德國
夾心餅干的位置：自己的國境是人家每一條新路的必經之地，每次戰
爭都打敗。當我想到波蘭與波蘭人目前的處境；我們不願受奴役、受
征服的氣節是多麼可歌可泣；我看到華沙醜陋的市容、馬虎的規劃和
白癡一般的公共交通網路與建築設計。我想到國家會變成這個地步，
正因為我們的民族性使然。然後我便會懷疑我們有這樣的民族性到底
是不是一件好事？或許屬於另外一個國家反而好些。在二次世界大戰

的風暴過後，街道的規劃完善，十九世紀的石造建築仍屹立不搖，而且它們將會一直被保留下去。或許像法國那樣的國家反而好，他們接納了德國人，姑且不論他們的態度是否溫暖，但是後來並沒有發生任何劇烈的改變，每樣東西都得以保存。而我們當初的表現，卻使華沙完全被摧毀。我真懷疑，到底哪一種選擇比較好？為了尋求安逸而忍受自由的剝削及污辱？還是士可殺，不可辱？那是最基本的選擇，沒有別的了。

當我說我怨我的國家時，其實我怨的是歷史，或是怨使我們遭受到過去種種坎坷待遇的地理位置。毫無疑問地，那是情勢使然——我們必須受答罰。我們企圖離開自己的地方，但永遠不可能成功。那是我們命中注定！但它令人感到疲憊。它令我感到疲憊。

最近我讀到一位英國歷史學者諾曼・戴維斯（Norman Davies）評論波蘭首屈一指的歷史學派：克拉考歷史學派（Krakowska Szkoła Historyczna）的書。「在他們的觀念裏，」戴維斯寫道 ❸，「"Liberum Veto"（個人阻礙社區整體意志之權利）、"Liberum Conspiro"（謀叛當局之權利），以及 "Liberum Defaecatio"（詆毀對手之權利）全都是波蘭不幸之傳統中的民族特性。」多年以來，在波蘭國會裏 ❸，任何一位眾議員或參議員都可以依據 Liberum Veto 反對一項法案，即使其他每一個人都同意，該項法案也不得通過。那就是波蘭 Liberum Veto 的原則。戴維斯接著指出克拉考學派的歷史學家「認為舊共和國之毀滅乃順應自然潮流之舉，任何再興之企圖皆屬徒然。」

這是一位英國歷史學家的意見，他應該夠客觀。他也注意到波蘭人擁有這些民族特性，其肇端大概是波蘭不幸的地理與政治位置，使我們永遠不可能擁有一個積極樂觀的政府。當波蘭人面臨外侮威脅與被擊敗之後，全國立刻會團結起來，他們會在逆境與苦難中團結，可

是一旦碰到達成協議的機會，他們卻永遠不懂得把握。就連最有智慧的人，一旦進入政府工作，他的精力、耐力、才幹與其他一切能力，都會喪失殆盡。因爲他不可能達成任何合理的協議。

這即是政治的弔詭。當然政界需要有智慧的人才，難道法律界就不需要他們嗎？它可能需要！藝術界也可能需要他們！或許醫藥界、文學界、電影界、法律界、醫院管理界沒有這些人便無法發展。當然，我們可以把所有聰明、善良、睿智、平和、正直、誠實、高貴、活力充沛的醫生全派到衛生部去工作。那麼，誰去照顧病患呢？其他的行業也一樣。依我來看，花了幾年時間搞政治的華依達就犯了一個很大的錯誤。他在不值得他投資的地方投下了他的才華。他沒能改變任何形勢，或完成任何成就。雖然他做了無數的事情，卻不能造成任何改變。唯一的結果，就是他在從政期間沒有拍一部電影。就算他現在打算拍吧——我衷心祝福他拍一部美麗的電影——只怕這部電影將被他在玩政治時所產生的怨恨心理給污染了！

總而言之，反對黨認爲我的《無止無休》對他們造成極大的傷害，因爲我沒有把勝利拍出來；我覺得我拍的是眞相；教會對該片的評語當然也很差，因爲女主角在片尾自殺，而且還在片中脫過幾次褲子！自殺是極惡之罪，而且她又丟下一個小嬰兒不管。教會認爲這完全不能接受。只有那麼做，她才能得到平靜。在一場戲裏，我把她在自殺之後感到的輕鬆與快樂表現出來，她終於替自己找到一個比較好的地方。

十誡
(DEKALOG, 1988)

　　這些事情還未結束，我又碰巧在街上撞見跟我合寫劇本的那位律師。他到處遊蕩，無事可幹，或許他有時間思考。過去幾年他一直很忙碌，因為戒嚴法的關係，他經常涉及波蘭的政治審判事件。但是戒嚴法結束地比我們預料得早。有一天我湊巧遇見他，那天天氣很冷，在下雨。我遺失了一隻手套。「有人應該拍一部講十誡的電影，」皮西雅維茲對我說，「應該由你來拍。」真是個可怕的想法！

　　皮西雅維茲不會寫，卻很能說。他不但能言善道，還擅於思考。我們常花上個把鐘頭聊我們的朋友、太太、小孩、雪屐、車子……不過我們總會把話題繞回可以幫我們創造故事的點子上。皮西雅維茲常異想天開，提出一些根本無法拍成電影的想法，我當然得自我防禦。

　　八○年代中期，波蘭被紊亂與脫序主宰著──它主宰著每個地方、每件事，以致於每個人的生活。緊張、無望的情緒，以及對更惡劣的未來的恐懼，呼之欲出。那時我已開始不時出國轉轉，觀察到整個世界也普遍瀰漫著猶疑的感覺。我指的不是政治，而是一般人的日常生活。我感受到大家在禮貌的微笑背後隱藏著對彼此的漠然；還有一種迫人的印象，覺得自己看到愈來愈多不知為何而活的人們。所以我想皮西雅維茲或許說的很對，只不過把十誡拍成電影將會是一件十分艱鉅的任務。

應該把它拍成一部影片？數部影片？或是十部影片？作為連續劇，還是一個以十部各以一誡為主題的單元劇組成的劇集？到了這個階段，必須開始設想如何寫劇本，那時我還沒有考慮導演的問題。促使我開始工作的原因之一，是我一直在擔任托爾製片廠（Tor Production House）藝術總監贊努西的代理人。贊努西大部分的時間都在國外工作，只負責一般性的決定，而製片廠平日的管理問題就落在我的肩上。製片廠的功能之一，是幫助年輕導演拍出處女作品。我認識很多應該得到這個機會的導演，也明白籌措經費的困難。長久以來，波蘭的電視台一直是新導演初試啼聲最自然的家。電視影片比較短，又比較便宜，風險自然比較小。困難的地方在於電視台對單元劇不感興趣，他們要的是連續劇，如果你極力遊說，也可以推銷劇集。於是我想到如果我們寫十個劇本，作成一個名為《十誡》的企劃案，便可讓十位新導演上場。有好一段時間，這個想法一直在推動著我們創作劇本。一直到很後來，等到所有劇本的初稿都完成之後，我才自私地發覺自己並不願意把它們拱手讓人，因為我對其中幾部已產生了感情，若是放手，必定會感到遺憾。我想自己執導，而且根據形勢來看，顯然十部都會由我一個人來導。

一開始我們就知道這將會是現代劇。有一段時間我們曾經考慮用政治界作為背景，但是八〇年代中期的我們，對政治已不再感到任何興趣。

在戒嚴法實施期間，我領悟到政治其實並不是這麼重要。當然，從某個角度來看，政治決定我們的角色，准許我們做某些事，或不准我們做某些事。但是政治並不能解決最重要的人性問題。它沒有資格干預或解答任何一項攸關我們最基本的人性或人道問題。其實，無論你住在共產國家或是富裕的資本主義國家裏，一旦碰到像是「生命的

意義為何？」「為什麼我們早晨要起床？」這類的問題，政治都不能提供任何答案。

即使我的電影在講述與政治有關的人物，我也總是試著去發掘他們到底是怎麼樣的人。政治環境不過是個背景。即使像是以前的那些紀錄短片，也都在講人，講他們是什麼樣的人。它們並不是政治電影，政治從來不是它們的主題。就連在《影迷》中出現的那位代表另一邊的工廠監督，他把主角拍的影片拿來剪掉幾場戲，但他仍是一個人。不單單代表一羣頭腦鈍鈍、整天剪片的官僚。他同時也是一位企圖解釋自己干涉立場的人，他就跟從前在華沙經常把我的影片剪得七零八落的那位電檢人員一樣。透過《影迷》，我想探討、發掘在他行動背後的動機。他只是個頭腦渾鈍、執行決策的人？他忮求安逸的生活？還是他有自己的理由。或許我並不同意這些理由，但那還是理由啊！

我對波蘭的現狀厭煩透了。因為每件事都無視我們的存在，在我們無法觸及的層面上自然衍生，令我們完全束手無策。皮西雅維茲和我都相信政治無法改變世界，遑論「改善」世界！而且我們直覺地猜測到《十誡》可以找到國外市場，於是決定不碰政治。

因為波蘭民生疾苦——其實簡直到令人無法忍受的地步——我必須把一部分生活實況拍進電影中。不過，我仍然在很多地方饒了觀眾，沒讓他們看很多在日常生活中極令人不快的事物。首先，我沒有逼迫他們去看像政治這麼可怕的東西；第二，我沒有把商店前的購物長龍拍出來；第三，我沒有拍出配給卡——那個時候很多貨品都是用配給的。第四，我沒有拍一些無聊乏味的傳統，我試著呈現一些在面對困境的人們，而這些與社會及日常生活有關的一般困境，只是背景的一部分。

《十誡》嘗試描述關於十到二十個人的十個故事。這些人各自面

69 《第一誡》(Dekalog I)。

70 《第二誡》(Dekalog II)。

71 《第九誡》(Dekalog IX)。

臨特殊的狀況而作掙扎。這些狀況都是虛構的,但它們也可能發生在任何一個人身上。這些人領悟到自己在繞圈子,他們並沒有得到自己想要的東西。我們每個人都變得太自私、太愛自己和自己的需求,其他人便在背景中消失了。照理說,我們都爲所愛的人付出很多,可是當我們回顧過往,就會看到自己雖然付出了這麼多,卻從來沒有花精神或時間去擁他們入懷,對他們說句好聽的、溫柔的話。我們無暇談論感情。我想那才是真正的癥結所在。或是我們沒有時間感受與感情有密切關係的激情。於是我們的生命就這樣從我們的指隙間流逝了。

　　我相信每個人的生命都值得細心審視,都有屬於自己的祕密與夢想。人們羞於談論自己的生命,因爲覺得難堪,不願揭開舊創,否則便是害怕自己顯得守舊、多愁善感。因此,我們希望在每部影片的開始都暗示主角是被攝影機隨意挑中的。我們想到在一個有成千上萬觀眾的大運動場裏,將焦點對準其中一個臉孔。也想到在擁擠的街道上隨意挑出一位行人,然後用攝影機一直跟蹤她/他到影片結束。最後我們決定將場景放在一棟大型的國宅裏,第一個鏡頭就拍那上千個一式一樣的窗戶。我選擇它的原因,是因爲它是華沙最美的一棟國宅,你可以想像其他的國宅是什麼德性。所有角色都住在同一棟建築裏,這是他們之間的連繫。有時候他們會碰在一起,然後說:「我可以借一小杯糖嗎?」

　　基本上,我這些人物的表現和其他電影裏的人物沒什麼差別。不過在《十誡》中,我把重心放在他們內心中,而非周遭的世界。以前我所處理的題材經常都是外在的環境,陳述周遭發生的事件,以及這些事件如何影響人羣,然後人羣又如何影響這些事件。現在,在我的作品中,我經常把這個外在世界拋開。愈來愈常出現的題材,是那些回到家裏,把門關起來面對自我的人們。

我認為每一個人——不論他處在什麼樣的政治系統中——都有兩張臉。一張是他們走在街上、在辦公室裏、電影院裏、公車裏或轎車裏的樣子。在西方，這張臉是一張活力充沛、代表成功或成功在即的臉。那張臉適合在外面的世界戴，戴給陌生人看。

我認為「誠信」是一種極其複雜的組合。我們永遠不能十分篤定地說：「我很誠實」或「我不誠實」。我們所有的作為與曾經面臨過的狀況，都是我們沒有其他出路的結果。就算有別的選擇，那也非比較好的選擇，而只是和原來那個選擇比起來顯得好一點而已。換一個方式講，就是兩害取其輕的選擇。當然，這即是所謂誠信的定義。我們都想百分之百的誠實，但我們辦不到。每天你必須做各式各樣的決定，永遠無法百分之百地誠實。

許多看來像是罪魁禍首的人，其實都很誠實，否則他們便是別無選擇。即使他們的說詞可能是真的，但這又是另一個陷阱。政治的情形肯定如此，你不可能無咎。只要你在政治圈，或任何公眾事業中工作，就必須為公眾負責，這是沒有法子的事。你永遠必須受其他人的監視——就算不被報紙監視，也必須被鄰居、家人、朋友、相識、所愛的人，甚至陌生人監視。不過，我們每個人的心中都存在著一種像是氣壓表的東西，至少在我的身上，這個作用非常明顯。當我做一切的妥協及錯誤的決定時，我都可以感覺到那條非常明確、絕不能跨越的界線。我試著不去做將會跨越那條界線的事，當然，偶爾我不能避免，但是我一直試著不要做。這和所謂的對錯標準毫無關係，卻和你每天必須做的日常決定有關。

我們在構思《十誡》的時期，常常想到這些問題。什麼是對？什麼是錯？什麼是謊言？什麼是真相？何謂誠實？何謂不誠實？它們的本質為何？我們又該以什麼樣的態度來對待它們？

我認為能夠提供絕對仲裁的標準的確存在。不過當我說我想到的是上帝時，我指的是舊約，而非新約裏的上帝。舊約裏的上帝是一位要求很多、很殘酷的神。祂毫不寬貸，殘忍地要求子民服從祂定下的一切規矩；而新約裏的上帝卻是一位蓄著白鬍，寬容而善良的老頭子，任何事都能得到祂的原諒。舊約的上帝賦予我們極大的自由與責任，祂觀察我們的反應，然後加以賞罰，想求得祂的寬恕是不可能的事。祂是永恆、明確、絕對（而非相對）的仲裁。一個仲裁的標準理當如此，尤其是對像我這樣不斷在尋覓、懵懂無知的人而言，更應如此。

　　罪惡的觀念和我們常稱之為上帝的這種抽象、絕對的權威密不可分。不過，對我而言，還有一種自覺的罪惡感和前者的意義相同。通常，它源於我們的懦弱。我們不能抵抗誘惑：貪求更多的錢、逸樂、想擁有某個女人或某個男人，或想掌握更大權勢的誘惑。

　　另一個問題是：我們是否應該活在對罪惡的恐懼之中？這又是個完全不同的問題。它源於天主教及基督教的傳統，這個傳統又和猶太教的傳統不盡相同。這也是我為什麼提出舊約及新約上帝的原因。我認為這樣的權威的確存在。有人說過：如果上帝不存在，人類也會創造一個上帝。但我不認為這個世上有絕對的正義這回事，我們永遠不可能得到它。唯一的正義存在我們心中的那把秤上，而我們的秤非常微小。我們既卑微、又不完美。

　　如果你因為感覺自己做錯了事，心裏老是犯嘀咕，那就表示你本來可以做正確的選擇。你有自己的一套標準及價值觀。所以我才認為每個人都能夠分辨對與錯，我們有資格為自己心中的那個羅盤定位。但是很多時候，我們即使知道該怎麼做才算誠實、正確，我們卻無能為力。我不相信我們是自由的，我們總在為爭取自由而奮鬥，也果真

掙得了某種程度的自由——尤其是外在的自由——至少，西方世界的自由限度比東方大多了。在西方，你可以自由地去買一支錶或一條褲子。只要有需要，便可以去買。你可以隨意去任何一個地方，有選擇居住地的自由，也有選擇生活條件的自由。你可以選擇某一個社交圈，不介入另一個社交圈；選擇和這一羣人交往，不和另一羣人交往。即便如此，我仍相信我們是自己激情、生理狀況與生物現象的囚徒。就和幾千年前的情況沒有兩樣。同時，我們也是所有複雜、且經常是相對的分界的囚徒：哪一樣比較好、哪一樣更好一點、哪一樣又會再更好一點、哪一樣比較差……我們不斷地想為自己找一條出路，但又永遠為自己的激情與感覺所禁錮。你沒有辦法拋開它們。無論你的護照可以讓你出入所有國家，或是只准你待在一個國家裏，都沒有分別。和地球一樣老的那句諺語說得一點不錯：自由自在人心。真是千真萬確！

當人們出獄之後——尤其是政治犯——開始面對生活，會感到無助。他們會說：只有在牢裏，才有真正的自由。在裏面他們是自由的，因為他們已被判決必須和某個人同住在某間囚房內，每天只能吃幾樣固定的食物。離開監獄之後，你就有了選擇的權利：你可以選擇義大利餐、中國餐或法國餐。你是自由的。囚犯沒有選擇食物的自由，只能吃人家丟在你飯盤裏的東西。囚犯沒有自由，因為他們沒有做道德或情感選擇的可能。他們的選擇少之又少，不必面臨每天都會落在我們肩上的日常問題。他們沒有愛的機會，只能擁有對愛的渴望。他們沒有滿足自己的愛情的可能。

因為監獄裏的選擇少，所以他們對自由的感覺反而比出獄的那一刻強烈。理論上，一旦你步出牢籠，便可自由地吃你想吃的東西，但在情感的範疇內，在你自己的激情的範疇內，卻猶如踏進一個陷阱。

很多人都寫過這種感覺，我完全能夠理解。

現在我們在波蘭爭取到的自由，其實並沒有帶給我們任何好處，因為我們並不能就此得到滿足。我們沒有辦法在文化上得到滿足，因為我們沒有錢，根本沒有多餘的預算搞文化。我們也沒有錢去做許多比文化更重要的事。其中的弔詭是：以前我們有錢，卻沒有自由；現在我們有自由，卻沒有錢！我們不能表現我們的自由，因為我們沒有能力。不過，如果錢是唯一的問題，那倒還好解決。總有一天可以籌到錢的。但問題其實不只這一點。文化，尤是是電影文化，曾經一度在波蘭具有極大的社會意義。你拍什麼樣的電影，非同小可。當時在所有東歐國家內，情況都是如此。大眾盼像華依達、贊努西這樣的導演的下一部作品。長久以來，電影人不能接受現狀，於是他們設法表達自己的態度；整個國家也不能接受現狀。從這個角度來看，我們受到的待遇其實非常特別、非常奢華。正因為有電檢制度的緣故，我們在波蘭才如此重要。

我們現在什麼都能說了，但大眾卻不再關心我們終於能夠講出來的那些話。電檢制度對作者的約束和對大眾的約束是一樣的，大眾知道電檢制度的規則，等待著那些規則被巧妙閃躲的信號。他們對這些信號有著完美的反應，懂得去研究、玩賞。電檢制度代表著一個機關，在裏面做事的都是辦事員。他們抱著規章和禁令手冊，把不准在銀幕上播出的詞句及情節找出來剪掉，但是他們卻不能剪那些沒有寫在規章裏的字眼，也沒有辦法處理老闆沒有提過的情節。我們很快就找出他們還不懂的事，而大眾也絲毫無誤地認出我們的意圖。於是我們可以在電檢人員的頭上溝通。觀眾知道我們所說的鄉村劇場，其實指的就是波蘭；當我們拍出一個小鎮男孩無法滿足自己的夢想時，其實在講這些夢想無論在首都或任何地方都難以實現。我們和大眾手攜手，

因為我們都厭惡這個我們無法忍受的體制。今天，這個將我們團結在一起的包袱已經不存在了。我們少了一個共同的敵人。

提起電檢人員，我想到一個很好的故事。我有一位在克拉考搞平面藝術的朋友，他是一名漫畫家，名叫莫拉茲可（Andrzej Mleczko）❸⑥。他是一位非常聰明、有機智的人，當然也常成為電檢人員的靶子，他們會沒收他的畫。電檢制度被廢除之後，有一天莫拉茲可需要找一名木工來把欄干弄平，結果你猜誰來了？當然就是其中一名電檢人員。他開始用鉋子鉋欄干。莫拉茲可走到他旁邊說：「我不能讓它通過！」於是第二天那名電檢人員又來鉋欄干。莫在一旁監督，又說：「我不能讓它通過！」後來那名電檢人員破產了。

當初波蘭有電檢制度的這項事實——雖然這不是個聰明的制度，但效果其實不壞——未必造成我們的自由飽受限制。畢竟當時在那裏拍電影，比現在在西方這樣的經濟電檢制度下拍片容易多了。經濟的電檢意謂著一些自以為了解觀眾想要什麼的人做的電檢工作。而今波蘭也和西方一樣，受制於相同的電檢制度——亦即觀眾的電檢。唯一不同處是波蘭的觀眾電檢完全不具專業水準。製作人及發行人根本沒有資格討論觀眾的需求。

我把《十誡》所有的劇本完成之後，即呈交電視台，並得到一筆預算，可是我發覺我們的資金仍嫌不足。當時波蘭的資金來源只有兩處：一是電視台，一是文藝部。於是我拿著《十誡》中幾個劇本到部裏，我說：「我可以替你們拍兩部非常便宜的電影，唯一的條件是其中一部必須是第五集。」——因為我非常想拍第五集——「不過你們可以挑選另外一部。」結果他們選了第六集，然後給我一些錢。雖然不多，但足夠了。之後我寫了比較長的電影劇本版本，等到實際拍攝時，我每一部都拍兩個版，一是電影版，一是電視版。最後當然都混在一

塊兒，為電視拍的戲跑到電影版裏；替電影拍的又跑到電視版裏。不過，在剪接室裏的工作永遠都像是有趣的遊戲，那是最過癮的時刻。

　　為電視拍的影片和為電影拍的影片有何不同？首先，我不認為電視觀眾比電影觀眾笨。今天電視節目會變成這副德行，不是因為觀眾遲鈍，而是因為編輯認為他們遲鈍。我想這是電視台的問題。這個情形在英國電視就不存在。它不像德國、法國或波蘭的電視節目這麼蠢。英國電視一方面偏愛教育節目，同時喜歡播出有關文化的意見及事件。這些主題在英國電視上被廣泛而嚴肅地處理，尤其以 BBC 及第四台作得更好。他們能這麼做，完全得力於涵蓋層面廣泛而精確的紀錄片及探討人性的影片。但是大部分的國家——包括美國——的電視節目都非常白癡。因為編輯認為大眾是白癡。我不認為大眾是白癡，所以我以同樣嚴肅的態度對待這兩種觀眾。因此，我不覺得專為電視拍的影片和專為電影拍的影片在敘事方式及風格上會有太大的差異。

　　有一個不同的地方：拍電視影片的錢總是比較少，因此時間相對的也比較短，所以拍電視影片的速度必須比較快，不能這麼仔細。導演導戲必須比較簡單，近的鏡頭多，遠的鏡頭少，因為鏡頭拉得愈遠，搭的景就愈多。電視的近鏡頭理論便是這麼發展出來的。當我看見電視影片裏出現非常寬廣的鏡頭，甚至像美國大成本的製作，那些鏡頭在小螢光幕上顯得很好看，或許你不能看到每一個細節，但是感覺是一樣的。你對大小尺寸的印象是相同的。但是《大國民》就不能通過電視的測驗，它在電視上看起來會很不對勁，因為它需要比較大的密度，而小螢光幕無法提供這一點。

　　電影及電視觀眾之間的區別非常簡單：看電影的人都是成羣結隊的，電視觀眾則是孤獨的。我還沒見過哪一個人在看電視的時候握著女朋友的手，但是這在電影院裏卻是最常見的現象。我個人以為電視

意謂著孤獨，而電影卻代表著社區。電影院裏的張力是銀幕與整個觀眾羣之間的關係，不只是你與銀幕之間的關係。這中間的差別極大。所以說，認為電影是機器玩具的人錯了！

眾所周知的理論說電影裏每一秒鐘都有二十四格畫面，而且電影永遠都一樣，這並不是真的。即使用同一卷影片，拿到一家大型電影院，放給一千名觀眾看，配上各種完美的條件：完美的銀幕、完美的音效，所製造出來的那種張力，和把它拿到一間又小又臭的鄉下戲院，放給四個觀眾看，其中可能還有一位在打鼾，它就會變成一部完全不同的電影。不是因為你的經驗不同，而是因為它就是不一樣！從這個角度來看，電影其實是手工藝品。儘管一部影片可以重複播放，因為你用的是同一卷膠片，但每一次放映都將會是不可重複的經驗。

這些就是電視影片和電影之間的分別。當然，電視影片還具有人物的特定性，因為電視觀眾會對某些東西特別習慣。我並不是說他們笨——絕無此意——而是因為電視讓大眾培養了一些習慣。比方說，每天晚上，或每週一次，同樣的電視人物就會來拜訪他們。這是電視影集的傳統，觀眾習慣了，也變得喜歡和這些人物見面。就像每週日去拜訪家人，或是每週日和老朋友共進午餐一樣。當然他們必須先對這些人物產生認同感。美國人想盡辦法讓他們的電視人物討人喜歡，即使你無法完全接受，還是會喜歡他們。

因此，電視影片的敘事方式必須在某方面滿足觀眾這種想看到老朋友的需要。這是一般的傳統，我想也是我在《十誡》裏犯的錯誤。《十誡》是由幾部獨立的單元劇組成的，同樣的人物很少重複出現，你必須非常專心觀察，才能認出他們，同時看出這些單元劇其實互有關聯。如果你一個星期才看一部，就無法注意到這些事。所以每次如果我對電視台播出這些影片的方式稍為具有一點影響力，必定會要求

他們每週至少放兩部，讓觀眾有機會分辨人物之間的關聯。這表示我犯了一個不遵循傳統的大錯。或許今天我還會選擇犯同樣的錯誤，因爲我覺得讓這些影片各自獨立有它的道理。但就觀眾的期望來說，那的確是一項錯誤。

提起傳統，我還想到一件事。每當你去看電影，不論電影院好不好，你都會全神貫注地觀賞，因爲你花了錢買票，花了工夫去坐公車，如果外面下雨，你還得帶兩傘，幾點鐘必須出門……等等。於是，因爲你花了錢和精神，就會想獲得一些特別的經驗。這是很基本的事。因此你對比較複雜的人物關係和比較複雜的情節會有心理準備。看電視的情形就不一樣了。當你在看電視的時候，你同時也感受周遭發生的每一件小事：炒蛋焦了、開水滾了、電話鈴在響、你的兒子不肯做家庭作業、你得逼他去看書、你的女兒不願上床睡覺。你的腦袋裏同時在想自己還有什麼事情要做，明天早上必須幾點鐘起床。看電視的同時，你還經歷這麼多事。所以說——這也是我拍《十誡》犯另一項錯誤——在電視上演出的故事必須進行得慢一點，而且必須重複幾次。讓觀眾可以去泡杯茶，或是上個廁所，回來時仍能趕上新的情節發展。雖然我認爲這是我犯的一項錯誤，不過如果我今天能夠重拍，或許仍然不會考慮這個因素。

我在拍《十誡》時所想出最好的主意，就是每部影片都找不同的燈光攝影師來拍，因爲我覺得這十個故事的敍述方式應該彼此稍有不同。結果棒極了。我讓以前跟我合作過的攝影師自己挑選影片，至於首度合作的那幾位，我試著找出我相信會比較適合他們、或令他們感興趣的點子，甚至影片。好讓他們全力發揮自己的技巧、創意、聰明才智……等等。

那是非常有趣的經驗。只有一位攝影師拍了兩部影片，其餘每一

部都是不同攝影師的成績。其中最老的攝影師大概有六十多歲，最年輕的不過二十八歲，剛從學校畢業。他們來自不同的年代，經驗迥異，專業手法也完全不同。但是，儘管這些影片各不相同，最後拍出來的視覺效果卻出奇地一致。有的影片用的是手提攝影機，有的則需三角架；這一部用移動的攝影機，另一部卻用靜止的；有的用這種燈光，有的則用另一種燈光。即使有這麼多差別，影片的感覺卻都很類似。對我來說，這似乎證明或意謂著，劇本精神存在的不爭事實。無論攝影師使用何種器材與方法，只要他夠聰明、有才華，就能掌握那股精神，使它自然流露出來。無論攝影技巧及燈光多麼不同，這股精神卻能決定影片的精髓。

　　我從來沒有像拍《十誡》時給燈光攝影師如此大的自由。每個人都可以隨意去搞，抑或是我已筋疲力竭了!?我信任出於自由的才幹及能量。如果你給某人諸多限制，他就不會有任何能量。但是如果你給他自由，他的能量就來了。因為他會面臨各種可能，他會試著找到最佳的選擇。所以我給我的燈光攝影師極大的自由。每個人都能自行決定放置攝影機的地點及方法、怎麼用、怎麼操作。當然，我也有不同意的時候，不過我幾乎接納了他們對操作、結構及走位的所有建議。即使如此，每部影片仍然非常神似，真有意思！

　　波蘭的演員我認識很多，不過不認識的也很多。拍《十誡》讓我有機會首次結識許多位演員。有些人我其實永遠都不要認識還好些，因為他們不是我的演員。我經常會碰到本來以為很棒的演員，等到開始工作之後，才發現對方根本不懂何謂工作，不然就是他的腦波和你的沒有交集。於是，你們在一起合作的結果就變成純粹的資料及需求的交換。我請他這樣表演，他那樣表演，不然就是做點不一樣的事。完全得不到效果。同樣的，我也碰到很多我早就該認識的演員。在我

首次啓用的演員當中，我分別經驗了老一輩和年輕一輩的演員。

影片裏有很多重疊之處，因爲演員的關係，也因爲各種有關製片及組織的因素。我們籌劃得非常仔細，大家都知道，某一天我們將拍攝，比方說，將在三部影片中重複出現的一幢建築物內的走廊，於是當天三組不同的攝影師會同時出現，安裝自己的燈光，然後我們連續拍三場不同的戲。這麼做的原因是因爲同時請三組攝影師，甚至換三次燈光，都比租同樣的場景三次、拆與搭三次景容易。

我們的工作方式如下：燈光攝影師會在事前接到通告，某一天他必須工作，因爲他必須在某一個內景裏拍自己影片裏的一小段戲。所以他就會出現。我們也經常在拍攝進度中稍作停頓，爲什麼呢？比方說，我們在拍《十誡》第五集中間就休息了一陣子。我們在拍到一半之後停下來，攝影師斯拉維克大概在忙著拍另外一部片子吧。於是我們在拍到差不多一半進度的時候休息了兩到三個月。在這段期間，我們先拍別集，然後再回頭拍第五集。當然，你很難在西方運用這樣的方法，因爲經費都屬於某人，不像在波蘭，這些錢是屬於國家的，等於不屬於任何人。所以在這裏困難比較多，不過我仍會嘗試運用這種策略。《十誡》就是最好的例子，我可以操縱時間，如果我在剪接室裏發現到有幾場戲不太對勁，還可以重拍，或另外拍別的戲來補。我可以做一些改變，也會知道爲什麼必須改它，和如何去改它。這麼做容易多了。

事實上，我這輩子都在拍這些試試看的片段。突然之間，試試看的片段拍完了，電影必須剪接完成。這就是我一貫的工作方式。我很難在紙上寫出一部最後拍出來會一模一樣的電影。結果永遠不會是那個樣子，它總是會有點不一樣。

《十誡》的拍攝爲期一年，中間休息了一個月，所以總共是十一

個月。同一段時期，我還去柏林主持研習會。有時候我會在週日或晚上去。比方說，我會在晚上出發，然後早上回來拍片。

　　以前我常會得個流行性感冒什麼的，可是我在拍片期間從不生病，我也不知道為什麼。過去你在生活中囤積的精力，到那個時候便可以拿出來用──因為你迫切需要它。我想一般人也是如此吧。如果你真的需要某樣東西，真的很想要它，那麼你就會得到它。拍電影時必要的精力和健康體能也是如此。我從來不記得自己曾經在任何一次拍片期間生過病，支撐著我繼續工作下去的，是我自己的精力，再加上像在拍《十誡》時想知道下一步會發生什麼事的好奇心，只因為明天將和一位新的燈光攝影師，或一位不同的演員合作。會發生什麼事呢？會產生什麼樣的結果？

　　當然，到最後我整個人都散了。可是每件事我都記得清清楚楚。我拍了幾次；在第四集或第七集或第三集或第二集或第一集裏的某個鏡頭我到底重拍了幾次，直到我剪接室裏的完成階段。那一方面我沒有任何問題。

　　在所有影片中你都可以看到一個男人在到處閑逛。我並不知道他是誰，大概只是一位旁觀者吧。他旁觀我們的生活，對我們不甚滿意。他來到此地，觀察一陣子，然後又走了。他在第七集裏沒有出現，因為我拍他的感覺不對，必須把他剪掉。他在第十集裏也沒有出現，因為那一集裏有一個關於賣腎的笑話，我覺得或許這不應該讓那樣的人看到。或許我錯了。或許我也應該讓他在那一集裏出現。

　　劇本裏本來沒有那個男人，當時我們的文學指導魏台克・贊拉夫斯基（Witek Zalewski）❸⑦是一位聰明絕頂的人，直到現在，我還非常信任他。當我們在寫《十誡》的劇本時，他不斷對我說：「我覺得好像少了什麼東西，克里斯多夫，少了東西！」「少了什麼呢，魏台克？

你覺得少了什麼？」「我說不上來，但是我們少了一樣東西，劇本裏找不到。」我們一直討論、討論、討論、討論、討論，最後他告訴我一個關於波蘭作家威漢・麥克（Wilhelm Mach）的小故事。這位麥克先生去參加一次試映會，後來麥克說：「我非常喜歡這部電影，尤其是墓園裏的那一幕，」他說，「我真喜歡那個在葬禮上出現的黑衣男子。」導演說：「很抱歉，不過裏面並沒有什麼黑衣男子。」麥克說：「怎麼可能？他就站在畫面前景的左邊，黑西裝，白襯衫，黑領帶。後來他走到畫面的右邊，然後就走掉了。」導演說：「裏面沒有那樣的人。」麥克說：「有！我看到他了。他是我在這部電影裏最喜歡的東西。」十天之後，麥克就死了。贊拉夫斯基在告訴我這個小故事、這個事件之後，我就了解他覺得缺少的是什麼。他指的是那名穿著黑衣、並非每個人都看得見的、就連那名年輕導演也不知道他出現在自己電影中的男子。可是有人看到他了！這位旁觀者對於正在發生的事件不具任何影響力，但是如果被觀察的人注意到他的存在，他就代表著某種徵兆或警告。那時我終於了解魏台克覺得缺少的東西，於是我創造了這個角色。有些人叫他「天使」，但是載他去拍攝現場的計程車司機卻叫他「魔鬼」！但是在劇本裏，我們總是稱他為「年輕人」。

　　波蘭對《十誡》的收視率調查（或所謂的收視率調查）成績很好。有一個特別的機構專門負責算收視率百分比。開始時第一集得到52%，到了最後一集就變成64%。這表示有一千五百萬名觀眾看過《十誡》，這個數目很大。這一次影評也不壞。雖然他們戳了我幾下，不過很少戳在我腰帶以下的要害部位。

殺人影片

(KRÓTKI FILM O ZABIJANIU, 1988)

這個故事在講一個年輕男孩殺了一名計程車司機，然後法律殺了那位男孩。甚實那部影片的敍述內容沒什麼可說的，因為我們並不知道男孩為什麼要殺那位司機，我們知道整個社會殺那個男孩在法律上的理由，但我們並不知道真正的人道理由，我們也永遠不可能知道。

我想我拍這部影片的原因，是因為這一切都以我的名義在進行，因為我是這個社會的一分子，是波蘭這個國家的國民之一。如果在這個國家裏，有人在另一個人的脖子上套上一個繩圈，然後把他腳下的凳子踢開，他是以我的名義在做這件事。而我並不希望它發生，我不願意看他們做這件事。我想這部影片並不真的在討論死刑，而在指涉一般的殺戮。無論你為什麼理由殺人、殺的對象是誰、誰去動手，都是錯的。我想那是我拍那部影片的第二個理由。第三個理由是我想描述波蘭的世界：一個可怕而乏味的世界。在這個世界裏，人們對彼此毫無憐憫之心，他們彼此仇視，不但不互相幫助，反而互扯後腿。在這個世界裏，他們彼此厭惡。一個孤子者的世界。

我想，無論你住在哪裏，一般來說，每個人都很孤單。我經常目睹這種情況，因為我在國外工作，和許多國家的年輕人都有接觸：德國、瑞士、芬蘭和其他許多國家。我看到人們最大的困擾，以及使他們自欺最主要的原因——因為他們都不願意承認——就是孤寂。事實

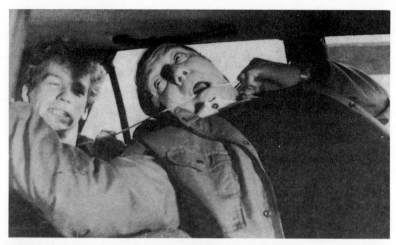

72-3 在《殺人影片》（Krotki Film o Zabijaniu）中的米羅斯拉夫·巴卡（Miroslaw Baca）。

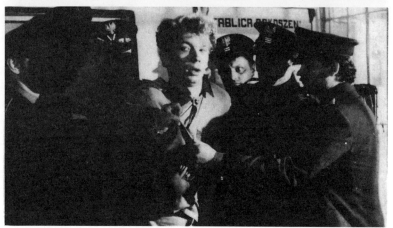

74-5 在《殺人影片》（Krotki Film o Zabijaniu）中的米羅斯拉夫·巴卡（Miroslaw Baca）。

是，他們沒有可以談論重要話題的對象。事實是，因為現代生活愈來愈舒適，反而抹殺了許多過去對我們十分重要的事：交談、寫信，與另外一個人作真正的接觸。每件事都變得太過虛浮。我們不再寫信，改用電話代替。我們不再旅行，以前這本來是非常浪漫、極富冒險性的活動，現在卻淪落成到機場去買一張機票，飛到另一個看起來大同小異的機場去罷了。

我還有一個愈來愈強烈的印象：雖然人們都寂寞，其弔詭卻是大部分的人都想發財，以便享受遠離他人、獨自一人的奢侈生活。他們想住在一個遠離人羣的大房子裏，去那些大得沒有人會坐在他們旁邊、聽得到他們談話內容的餐廳用餐。同時，人們又極端害怕孤寂。當我問：「你真正怕的是什麼？」我最常得到的答案是：「我怕一個人！」當然，也有人會回答他們怕死，可是大部分的人現在都會說：「我怕寂寞！我怕一個人！」可是每個人又都渴望獨立。在《殺人影片》裏的每一位主要角色都獨自生活，事實上，他們也沒有能力做什麼，除了能夠決定自己的命運之外，對什麼都無能為力。

我不知道波蘭人要什麼。也不知道他們怕什麼。他們害怕明天！因為他們不知道明天將發生什麼事。如果明天他們的首相被謀殺了，將會發生什麼事？在英國會發生什麼事？我們假設IRA的恐怖分子成功地刺殺了首相，你的生活會發生什麼改變嗎？早上你還是會搭同一班公車或開同一輛車去同一間辦公室上班，你的同事和老闆都會等在那裏，每件事都會和往常一樣，你或許還會去同一家餐廳吃午餐。但是在波蘭，如果首相被殺了，每件事都會在一天之內面目全非，我不知道我還會不會擁有這間製片廠，我不知道電話還通不通，我不知道錢還值不值錢，或許它會變成廢紙，因為他們可以在一夜之間改變幣制。所以說，任何情況都可能在波蘭發生，每個人都非常害怕壞事會

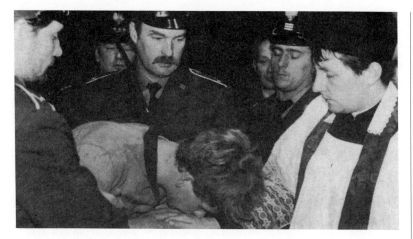

76 在《殺人影片》(Krotki Film o Zabijaniu) 中的米羅斯拉夫‧巴卡 (Miroslaw Baca)。

發生，所以每個人都今朝有酒今朝醉。這是極危險的。

　　《殺人影片》裏的事件發生在華沙，城市本身及其周遭的景致都以特別的手法呈現。這部片子的燈光攝影師伊茲亞克使用了他特製的濾光鏡──綠色的濾光鏡，使得整部片子都顯得特別綠。綠色本是春天的顏色、是希望的顏色，但是如果你替攝影機裝上綠色的濾光鏡，世界就會變得更殘酷、乏味，而且空虛。每樣東西都透過濾光鏡拍攝，那是攝影師的主意。他製作了六百個濾光鏡，因爲近鏡頭、中鏡頭、雙頭鏡頭通通需要不同的濾光鏡。如果有天空的部分，需要特別的濾光鏡；拍內景，又需要不同的濾光鏡。通常攝影機內都裝有三個濾光鏡，有　次它們掉下來，效果非常奇異！那場戲是男孩用一根棒子敲擊計程車司機的頭，後來司機的假牙掉出來──令人非常開心的一幕！總之，我們必須拍攝這副假牙。於是攝影師拿著攝影機彎著腰拍，我則把這副天殺的牙齒往泥巴裏丟。十五次！老是丟不準！最後，我終於丟中了。就在那一刻，濾光鏡掉下來！我們先在銀幕上看到，才

搞清楚到底發生了什麼事。濾光鏡一旦掉下來之後，只看見一副完全正常的假牙躺在完全正常的泥巴裏，可是在這之前，你什麼都看不見。既看不見那副牙，也看不見泥巴。我那時才發現我們做的事很恐怖。我認為攝影師在這部影片裏的風格很適合本片的主題。那個城市空虛、骯髒、悲哀。人們也一樣。

使用這個技術之後，在製作拷貝時需要極大的精確性。如果你在拷貝過程中砸了鍋，這些濾光鏡的特殊效果便會顯得爛如糞土。比方說，如果你在電視上看《殺人影片》的電影版，就會覺得它看起來像出了什麼技術問題似的。如果你把它錄下來，用錄放影機播放，會看到濾光鏡開始形成圈圈，為什麼呢？因為電視的明暗度對比比較大，因此亮的地方會顯得更亮，暗的地方則顯得更暗。這些濾光鏡本來應該製造出一種循序漸進的層次感，可是反而像是中間被割開一道窗口似的，效果當然很爛。《十誡》第五集（《殺人影片》）的電視版，是用比較柔和的中間負片製作的，所以那份拷貝比較柔和，連帶它的明暗度對比也比較柔和。一旦拿到明暗度對比較強的電視上播出，看起來效果就會和在大銀幕上看電影版差不多。

那部影片中有兩場謀殺戲：男孩謀殺計程車司機那一場長約七分鐘；法律謀殺男孩那一場則為五分鐘。一位專門研究恐怖片的美國人告訴我，我打破了電影史上謀殺戲的紀錄，比上一部紀錄保持電影長了十三秒到十六秒。那是美國人在一九三四年時拍的影片。

我們還碰到一個問題：蒙住計程車司機頭部的那條毯子下一直看不見一滴血。應該流出血來的那幾條管子老是出毛病。因為工作人員都不怎麼喜歡演計程車司機的那位演員，所以他們極力遊說我真把他塞到毯子下面去，那就鐵定見血了！不過我們畢竟沒有做得那麼過分！

行刑的那一場非常難拍，因爲它其實是一個鏡頭直拍下來的。經過情形是這樣的：我把那場戲寫好之後，在片廠裏搭了一個監獄內部的景，也請來演員，他們都知道該說什麼及做什麼，攝影師把燈光打開，換句話說，一切就緒。我請他們排演一次。當他們在排演進行之中，我注意到每個人都成了軟腳蝦，包括我在內。整件事眞的就那麼令人無法忍受。每樣東西都是我們自己搭建的，可是電工的腿發軟，特技人員的腿也發軟，攝影師和我的腿全發軟，每個人都一樣！那是早上十一點鐘的事，我不得不收工，等到第二天才把那場戲拍完。即使只是假的執行死刑的場景，仍然令人無法忍受。

　　該片是對暴力的一項控訴。置人於死地大概是我們能想像到暴力最高的極致。死刑同樣是在置人於死地。我們以這種方式把暴力與死刑連結在一起。那部影片反對死刑這種暴力形式。

　　結果，那部電影發行的時間湊巧碰上輿論爲死刑爭辯不休的那段時期。這是當初我們寫劇本時始料未及的。那個時候你甚至不能談論這個話題。後來人們開始爲這件事展開辯論，那部電影當然算是發行得適得其時。一九八九年，新政府終於決定暫緩執行死刑五年。

愛情影片

(KRÓTKI FILM O MIŁOŚCI, 1989)

　　《愛情影片》大概是我在剪接室內改動最大的一部影片，我和燈光攝影師艾登麥克（Witek Adamek）一起拍了大量的膠片——各種描繪日常生活的戲。這個外在世界強行擠入劇本之中，實在是個大錯。等到我把外在的現實部分全部裁剪乾淨之後，才對該片感到滿意許多。

　　影片很短，我認爲它是前後連貫，言之有物的。我覺得有意思的地方在於它的敘事觀點。我們總是透過愛別人的人（而非被愛的人），的眼睛去看世界。我們先透過那名男孩湯瑪克（Tomek）的觀點看事情。他愛上一名女子，瑪格達（Magda），但我們卻對她一無所知，我們只看到他眼中的她。只有一刻，我們看到他們倆在一起。接著敘事觀點完全改變。瑪格達開始對他有了感覺——起先是憐憫，後來或許是良心不安，然後還帶一點喜歡。於是我們開始透過她的眼睛去看世界，再也看不到他了。他消失了，因爲他割腕後被送至醫院。我們一直沒有去醫院和他在一起，只透過她的觀點來看每一件事物。

　　敘事觀點的轉換發生在整部片子進行到三分之二的階段——差不多剛好在第二個轉捩點的地方。這是一種非常有趣的結構性調停手法。我們透過愛人的人，而非被愛的人，的觀點來觀看，被愛的人只是一些碎片、一件物品。這份愛對那位男孩，以及後來對那位女人來

77 在《愛情影片》(Krotki Film o Milosci) 中的葛西娜・察波勞斯卡 (Grazyna Szapolowska)。

78 在《愛情影片》中的奧勒夫・路伯森可。

說，都很辛苦。所以我們一直透過受折磨的人的眼睛來看這份愛。這份愛也一直與磨難、和不可企及緊緊相繫。湯瑪克窺探瑪格達，然後是瑪格達試著尋找湯瑪克。毫無疑問地，她是受到愧疚感的驅使，因為她記起自己也曾經走過這個階段。她曾經是純真的，並且相信愛情的存在。然後她大概被焚燒過，她碰過某樣東西，被深深地傷害過，因此決定再也不要去愛，因為她明白愛的代價太高。然後這一切又浮現出來。至於這個結構是否達到了預期的效果，那是另外一回事。

最大的問題是女主角。我一直到最後一秒鐘才決定非用察波勞斯卡不可。我們在開拍前三天才詢問她的意願。察波勞斯卡和我在合作過《無止無休》之後關係變得不太好，我不確定自己是否真想再與她合作。可是當我看過所有試鏡片段，和考量當時在波蘭可用的女演員之後，明白察波勞斯卡才是最佳人選。當時她在海邊，我派了一位助理帶著劇本去找她，他拿給正在海灘上的她看，讀完之後，她便答應參加演出。

當我們知道她將擔綱演出之後，事態變得非常明顯，那個男孩應該由奧勒夫·路伯森可（Olaf Lubaszenko）來演。他是艾德華·路伯森可（Edward Lubaszenko）的兒子，也是來自克拉考一位非常優秀的演員。我認為他是一個能令人極感興趣的人，不過他的聲音對他的年齡來說實在太低——他才十九歲，卻有一副男低音或男中音的嗓音——還好這並沒有造成任何問題。他們倆是非常相稱的一對。

等我們開拍之後，察波勞斯卡告訴我她對劇本有一點懷疑。她覺得今天的電影觀眾會想看一個故事。她直覺地認為人們在不久的將來，或現在已經開始需要具故事性的情節。他們不見得要快樂的結局，但必須要有一個故事。她覺得我們應該引進某種傳統形式，明確地指出這不只是一個對生活赤裸裸的紀錄，更是一個寓真理（或一種觀念）

79 在《愛情影片》中的察波勞斯卡及路伯森可。

於傳統形式的故事。故事總和大家耳熟能詳的傳統形式有所關聯。它
總是以「很久以前，有一個國王」開始，諸如此類。

有些事，或電影裏的某些解決方法，不見得是演員或攝影師想出
來的主意，卻是因為他們對某件事提出質疑或構想，後來或許被直接
採納——這種情況經常發生——不然就被加以改造。我認為察波勞斯
卡有很好的直覺。她是個女人，所有女人的直覺都比我們強烈。所以
我相信她。於是皮西雅茲維茲和我便為《十誡》第六集的電影版想出
這個像故事般的結局，我覺得它挺有魅力，我喜歡它的另一個原因，
是因為它讓我想起《影迷》的結局。史都爾把攝影機對準自己，從頭
開始拍攝。《愛情影片》電影版具有各項可能，因為它的結局看起來像
是一切都還有可能——儘管我們都知道什麼事都不會發生。你可以說
那是個比較樂觀的結局。

電視版的結局非常無趣，簡單明瞭。瑪格達去郵局，湯瑪士告訴

她：我不會再窺伺妳了！我們知道他真的不會再窺伺她，或許永遠都不會再窺伺任何人！有一天，輪到他被別人窺伺的時候，他也會像瑪格達傷害他一樣去傷害那個人。電視版的結局跟我對現實生活的看法比較接近。

拍這部電影的時候，我一直有個非常強烈的感覺，覺得幹自己這一行十分荒謬。基本上，這個故事在講一個男人住在一棟公寓的某一層樓裏，一個女人則住在對面的公寓裏。在讀劇本或以觀眾的角度來看這部片子時，我就在想：我們應該怎麼拍這部片子呢？是不是租兩間公寓，一間他的，一間她的，再加上一些樓梯吧。無論如何，都應該會是一部便宜的影片。但事實上，為了拍它，我們用了十七個不同的內景。這十七個內景合起來才讓觀眾覺得這是兩間面對面的公寓。湯瑪士和瑪格達偶而會到街上或去郵局，如此而已。等於沒有其他的景。

在這十七個內景，也就是瑪格達的公寓中，有一個是在一棟非常醜陋的預鑄建築裏。你可以看到在華沙二、三十公里以外有一堆那樣的建築。你想像不出有比它們更醜的房子，就好像把一大塊水泥丟在空地上似的。我們發現那些房子的窗戶和我們拍其他場景的那棟建築的窗戶很像。所以說，瑪格達的公寓根本不在公寓大廈裏，卻在距離華沙三十公里的一棟一樓的小房子裏。

為了拍攝湯瑪士眼中的這間公寓——我們必須透過兩個觀點來看它，先從他的觀點去看，然後才從她的觀點去看——必須搭一個高台，因為那個男孩的公寓應該比她家高一、兩層樓。既然瑪格達的公寓在一樓，我們搭的那個高台的高度差距看起來必須像是以湯瑪士的角度用望遠鏡從上往下看，而我們也必須由上往下拍瑪格達的公寓。那個兩層樓高的高台還必須搭遠一點，這麼一來，我們用長鏡頭拍300釐

米、甚至500釐米的鏡頭，感覺才像是透過望遠鏡在看。

　　每天晚上，我們差不多十點鐘到那裏，因為我們需要安靜，而且那都是晚上的戲。然後我們爬上那個高台，所有工作人員都躲到我們在隔壁租的房子裏去，不是睡覺，就是看色情錄影帶。只留下艾登‧麥克和我像兩個傻瓜在高台上，一待就是六到八個小時，直到天亮。那個時候天七點鐘才亮，氣溫在零度以下，凍得要死，因為高台與那棟房子之間相隔六、七十公尺，除了用麥克風之外，我無法和察波勞斯卡溝通。我拿著麥克風，然後替察波勞斯卡在屋子裏裝設一個對講機。

　　我們就那樣孤苦伶仃地在嚴寒中耗了一個星期，加上攝影助理和我自己的一名助理。那種情景實在荒謬：一棟黯淡的郊區小房子，一扇亮如火炬的窗戶，兩個白癡站在兩層樓高的高台上，其中一個對著麥克風不斷重複說：「把那條腿抬高一點！腿放下！現在到桌旁去！快啊，把撲克牌拿起來！」我只有在排演時才用麥克風發號施令。攝影機一旦打開就不再講話了，因為我們用同步錄音。

　　每當我離開那個地方，去吃點東西或做點別的事情時，便會突然感到整個情況的荒謬性。一棟假裝是摩天大樓的小別墅，燈光大亮——我們用的長鏡頭光孔很小，所以需要極強的光線——四周一片漆黑。它是唯一的一柱亮光，周圍一個人也沒有，夜晚，還有一個荒謬的兩層樓的高台，我可以想自己站在上面，對著麥克風窮吼：「把那條腿抬高一點！」那個麥克風當然又有點毛病，我不得不用吼的，房子裏的對講機才收聽得到我講的話。

　　整個星期我都有一股非常強烈的白癡感覺，覺得我幹的這一行實在荒謬。

純粹的感情

《雙面薇若妮卡》

(LA DOUBLE VIE DE VÉRONIQUE)

(PODWÓJNE ZYCIE WERONIKI, 1991)

通常我最先想到的就是片名。我知道該片應該取哪個名字，而且它永遠不會改變，像是《寧靜》、《盲打誤撞》，或是《影迷》，都是一開始的片名，劇本原始的名稱。

但這部電影不一樣。從開始寫劇本時，我們就不斷苦思應該取什麼名字才好。在波蘭，如果你一開始尚不確定片名，比較好應付，因爲影片的宣傳工作並不是如此重要，所以我可以等到剪接完成後，再替它想一個片名。至少到那個階段，我知道片子到底在講什麼，想片名也會容易些。可是在這裏，片名必須儘早確定，製作人氣我不決定片名是有道理的。劇本原來的名稱是《唱詩班的女孩》(Chórzystka)，雖然它明確地指出女主角的職業——她在唱詩班裏唱歌——但這個名字實在不太響亮。而且在法國還有不太好的含意。有個人在看到這個名稱之後說：「老天，又是一部波蘭天主教電影！」

主角的名字叫作薇若妮卡 (Weronika/Véronique)，一開始我就感覺她的名字可以是一個很好的片名，可是這個選擇也不可能列入考慮，因爲這個字的結尾 "nique" 在法文裏指的是男人和女人不時會在一起作的一種活動，而且它還是個不太文雅的字眼，我們只好又放棄了。該片製作人是個爵士樂迷，老是提出一些極富詩意的爵士樂歌名：《未完成的女孩》(Unfinished Girl)、《有伴的孤單》(The Lonly

Together）……我覺得都有點造作，所以也不予考慮。我在筆記本裏寫下五十個片名，沒一個真的喜歡。製作人在一旁催逼，每個和片子有點關係的人都絞盡腦汁。我太太和女兒提出各種建議，助理們則勤讀莎士比亞的十四行詩，因為他們覺得那位詩人頭腦不錯。我打城裏經過、讀海報、告示及報紙時，無時無刻不在尋覓一個聰明的片名。同時我也召集工作人員舉行取名字比賽，獎金頗高。最後我們決定用《雙面薇若妮卡》。它無論用波蘭文、法文或英文講都不難聽，若不看影片內容，會覺得它蠻商業化，看過之後又會覺得它和內容頗為一致。它只有一個缺點：我和製作人都不是很滿意。

那部片子在討論感性、預感和人際關係，全是非理性的東西，很難命名，把它們拍成電影也很困難。倘若我說得太露骨，神祕感就消失；倘若我說得太含糊，又沒人看得懂。我在露骨與神祕之間不斷拿捏，尋求平衡，或許這正是我在剪接室裏剪出各種版本的原因。

《雙面薇若妮卡》是一部典型的女性電影，因為女人對事物的感覺比較清晰，有比較多的預感與直覺，比較敏銳，同時她們也把這些東西看得比較重要。《雙面薇若妮卡》不可能拍成一部講男人的電影。以前在波蘭他們常常批評我，說我塑造的女人都是平面人物，說我不了解女人的本質。在我早期的電影中，女人的確都不是主角。《人員》中沒有女人，《寧靜》、《影迷》、《疤》裏也都沒有女人，即使有，人物刻劃也很糟。在《盲打誤撞》裏的那個女人其實只是主角生活上的伴侶而已。或許這正是我野心勃勃地對自己說：「好！我這就拍一部以女人的觀點、以她的感性、她的世界觀為經緯的女性電影」的緣故。我第一部關於女人的影片是《無止無休》，接著在《十誡》中，我想我分配得很平均，有些影片在講男人，有些在講女人，也有講男孩和女孩的。我的三部曲《三色》，分配得也很平均，第一部在講一個女人；

第二部在講一個男人；第三部則講一個男人和一個女人。

　　拍《雙面薇若妮卡》的時候，我沒有女主角人選。那是我第一次在西方世界拍片，不懂他們的選角制度。那個角色很難演，但是我想像任何人都可以演那個女孩。當時我想到一位我現在仍然非常喜歡的美國女演員，安蒂・麥克道爾（Andie MacDowell），想找她演這個角色。我們見了面，她也願意參加演出，連合約都準備好了，可是我的製作人因為完全沒有經驗，認為合約既然已經準備好了，等一陣子應該無妨。結果事情發生了變化，因為那部影片是歐洲製作，合約裏的預算比較少，對美國人來說，價錢太低。即使如此，她的經紀人還是同意了。我的製作人忽略了簽合約這件事，那個時候我非常氣憤，因為我覺得如果合約已經寫好，他又能把價錢壓低到那位女演員的經紀人本來要求的一半，自然應該當天坐飛機去把它簽好。但他認為大家都是同行，應該會履行口頭上的承諾。結果口頭承諾根本不算一回事。一家大製片廠邀請安蒂拍片，她立刻接受，否則就是她的經紀人立刻接受，因為那是一部美國片，她是美國人，那是她的世界，她的價碼，她的生活，我覺得她接受是理所當然的事。我的製作人絞手大哭，因為他是義大利後裔，所以他有權大哭！不過，整體來看，我其實很高興事情演變的結果。我高興的原因，是因為到那個時候我已經領悟到我不應該請一位美國人來演法國人。我想那將是個錯誤。法國人大概會大發雷霆，而且他們也很有理由生氣。他們會說：「什麼？難道你連一位法國女演員都找不出來，非得讓一個美國人來演法國女人嗎？這是什麼玩意兒？我們國家是沙漠嗎？」他們的國家意識非常強烈。其實英國人也一樣。就這方面來說，每個國家都一樣，每個國家都覺得其他國家的人是一羣白癡，程度大同小異。於是我開始物色女演員，從一般的試鏡開始。

我決定任用伊蓮・雅各（Irene Jacob）飾演主角。她那時二十四歲，看起來更年輕，不高，很瘦長，在瑞士出生、長大。我喜歡瑞士，所以這一點對我來說是個好兆頭。我問專家她的法文如何，「如果她演一位鄉村女孩就沒有問題，」那位專家這麼說。她曾經在一些低成本的短片中演出過，製作費都非常微薄，靠津貼之類籌款。她還在一部非常美的電影裏演過一個小角色——路易・馬盧（Louis Malle）的《再見童年》（Au revoir, les enfants）——我到現在仍然很喜歡那部電影，也因爲那個角色對她有印象，所以才邀請她來參加試鏡。

　　我們開始籌拍《雙面薇若妮卡》時，安蒂・麥克道爾三十歲，伊蓮・雅各二十四歲。我本來怕她太年輕，後來證明非也。我一直覺得薇若妮卡應該是一位年輕女人，而伊蓮其實還只是個女孩。至少在這部電影中，她是個女孩。等一切就緒後，我發覺這部電影的確是在講一個女孩，而非年輕女子的故事。

　　《雙面薇若妮卡》的男主角本來將由義大利導演納尼・摩瑞提（Nanni Moretti）演出。我很喜歡他，也喜歡他的電影。他有陽剛之氣，卻又非常細緻。他不是演員，只在自己的電影中演主角。奇怪的是，他卻很爽快地答應爲我演出。我在距離開拍還有很長一段時間的時候就和他見過面，我想那次會面非常愉快。我們安排了日期，還決定他在電影中應該穿什麼樣的夾克（是他自己的夾克），我們也談到一些更重要的事情。可是壞消息從巴黎傳來，納尼不能參加演出，他生病了。他的角色將由菲立浦・伏爾泰（Philip Volter）代替。那位法國演員我也喜歡，他曾經在吉哈德・柯爾布（Gérard Corbiau）的《音樂老師》（Le Maître de Musique）中演出。他人很好，並不介意我本來屬意摩瑞提。

　　接下來我和其他的演員進行面談。我不懂這裏的市場。我們討論

生命，有時候他們會唸片中人物的對白片段。製作小組把我放在一個辦公室裏、一張桌子後面。我覺得坐在桌子後面怪彆扭的，可是我又能坐在哪裏呢？我不能到咖啡廳裏去工作，那裏太吵。我想把那張桌子弄走，可是又沒有地方擺我的文件、筆記和劇本，於是我就待在那個蠢位置上。來面談的演員們一定都覺得好像來參加考試似的。所以每當面談開始，我得先打開僵局。如果我問他們前天晚上做了什麼夢，我也會把自己的夢告訴他們。我想真的認識他們，不單只是知道他們的長相及技巧而已。因此我們的談話內容常會帶領我們走進不可預期、充滿興味的領域之中。一位三十歲的女演員告訴我，當她感到悲哀時，便會跑到街上去和人羣在一起。我在法國聽到這樣的故事不只一次，對我來說，就跟文學小說一樣。於是我請她告訴我細節，她為什麼要出門？一個悲哀的女孩到街上去可能會碰到什麼事呢？她告訴我一次真實的經驗：她記得在六年前發生的一件事，當時她崩潰了，跑出去，後來在街上看見著名的法國默劇名丑馬歇‧馬叟（Marcel Marceau）。他現在已是一位老人了。她經過他身邊之後，回頭看了他一眼，他也回頭，並且突然對她微笑。他微笑地站在那兒幾秒鐘，然後才轉頭走開。「他拯救了我！」那名女演員說。就在此時，小說結束了，因為她十分認真，我相信她說的話。我們沉思了一會兒，想明白馬歇‧馬叟是否活著只為了拯救那名年輕的女演員。或許他做的每件事、每場表演以及他在觀眾心中激起的所有情緒，都比不上這一件事。「他知道他對妳有多麼重要嗎？」我問。「不，」女演員回答，「我再也沒有見過他。」

　　我想找一位三十歲以下的男演員，結果來了一位非常高大、六呎以上的英俊男子。我向他解釋那個角色是一位老師，他點頭說好，有何不可呢？我們唸了劇本中的對白片段，他顯然很出色。他問這會不

會是一位體育老師，我說是的。他又點頭。我補充說，那是一位在鄉下小鎮裏的體育老師。我們將前往克萊蒙費宏（Clermont Ferrand）拍攝。這次他笑了。我問他笑什麼。「因為我曾經在克萊蒙費宏的一間學校裏當過三年的體育老師。」他答道。緊跟在他後面的是一位非常優秀的老演員，我記得他在貝特杭·塔維尼（Bertrand Tavernier）一部美麗的電影《鄉村的禮拜天》（Un Dimanche à la campagne）中的演出。我想讓他演一位音樂老師，所以我問他和音樂有沒有淵源，會不會彈鋼琴、讀譜。「會的，」他平靜地答道，「我是一位職業指揮，曾經替馬賽歌劇團擔任十年指揮。」碰到這麼多巧合，我感覺那部片子一定會成功。只是不敢確定這次預感是否真能應驗。

晚上我在電視上看到我那位來自克萊蒙費宏的體育老師，他訴說著關於一種新除臭劑的好處。我非常遺憾地想到他與嬌小的伊蓮搭配顯然太高。我沒法用他。

當我們在替女主角尋找一個職業，或者說她投注熱情的對象，也就是屬於她的世界時，我們想到在《十誡》第九集中出現過半分鐘到一分鐘左右的一個女孩。她露面的時間如此之短，實在是個遺憾，因為整體來看，那是個非常好的角色。但她的戲份沒有理由加長，因為那部影片在講別的東西。她的出現只是主角的一扇窗口，一次偶發事件。不過既然我們已經創造了那個角色，她已經存在，我們很自然地將她的慾望轉移到某樣事情上，讓她喜歡唱歌。她受到病痛的限制，有志難伸，雖然有副甜美的歌喉，卻不能做自己真正想做的事。於是我們把這份喜好變成《雙面薇若妮卡》中女主角的職業，她的熱情所託。

原則上，《雙面薇若妮卡》同時也是一部講音樂或歌唱的電影。所有關於音樂的細節都詳細地寫在劇本中：何處有音樂響起、是什麼樣

80 與齊畢尼夫·普里斯納（Zbigniew Preisner）攝於巴黎。

的音樂、何種性質的音樂會……等等。這些細節都有極詳細的描述。但其實文字的描述並不能造成任何分別，因為還是要等作曲家將文字轉換成音樂。你如何才能描述音樂：非常美？莊嚴？繞樑三日？神祕？你大可把這些形容詞全寫下來，但是你還是必須等作曲家去發現那些音符，然後又必須等樂師們把那些音符演奏出來。而這些音樂必須能夠與你前先寫下的文字彼此呼應。這些全讓齊畢尼夫·普里斯納（Zbigniew Preisner）給出神入化地辦到了！

　　普里斯納是一位非常獨特的作曲家，因為他樂意從頭開始參與一部電影的工作，而不是只看剪接好的版本，再去構思如何用音樂去詮釋。這不正是一般的規矩嗎？你把自己的電影給作曲家看，然後他用音樂把空隙填滿，但他也可以嘗試用別的方法，他可以從一開始就思索音樂的部分：它的戲劇功能是什麼？它該怎麼表達影像所沒有說出來的東西？有些東西即使在銀幕上看不見，但一旦樂聲揚起，它們便

開始存在。能夠汲取那些不單單存在於影像或音樂之間的東西是極耐人尋味的一件事。當你把兩者合而爲一，某種特殊的意義、價值觀，以及能夠營造特殊氣氛的東西便突然開始存在。美國人從頭到尾都把音樂塞得滿滿的。

　　我一直夢想著能拍一部有交響樂團在裏面演奏的電影。第一次實現這個夢想是在拍《盲打誤撞》的時候。我聘請了華伊西耶・基拉（Wojciech Kilar）。在那之前，我用的都是早已存在的音樂。《守夜者的觀點》中的音樂原是贊努西《照亮》（Illuminacja）一片的配樂，非常美，但那個音樂早已寫好，我只不過把它拿來闡述我自己的電影罷了。下一部電影《無止無休》便由普里斯納負責音樂部分。從此之後，我總是與他合作。最近我們才剛剛一起拍完《三色》。第一部《藍色情挑》（Bleu）的音樂性非常濃郁，甚至凌駕《雙面薇若妮卡》。

　　在《雙面薇若妮卡》我們選用但丁的詩句與音樂搭配。那不是我的主意，是普里斯納的意思。那些詩句和電影主題毫無關聯。全用古義大利文吟唱，就連義大利人也未必聽得懂。但普里斯納卻認爲他有必要了解自己作的音樂與那些詩句眞正的涵意，他弄來一份翻譯，或許正是那些詩句及其文字的涵意給予了他作曲的靈感。我們花了很多心思在音樂上。對普里斯納而言，樂器的譜曲安排和旋律同樣重要，加上古義大利文的音韻是如此之美，電影原聲配樂帶在法國總共銷售了五萬張。

　　那位男朋友亞歷山大的職業完全是靈機一動的結果。我們本來毫無概念。有一個人——我忘了是皮西雅維茲還是我自己——曾經在電視上看到過一場木偶戲的片段，精采極了。演出時間大概只有三十秒或一分鐘吧。在寫《雙面薇若妮卡》的兩三年以前，我，或他，走進一個房間，看到這場戲的片段，然後就把它給忘了。可是等到我們需

要它的時候，這段記憶又湧入腦海之中。我們開始想那到底是什麼戲碼？為什麼會在波蘭電視上播出？原來那是木偶發明人吉姆‧韓森（Jim Henson）製作的一個電視專輯，專門介紹一些自己製作木偶的木偶戲演員。布魯斯‧史瓦茲（Bruce Schwartz）即是受訪者之一，韓森播出了一段他的表演，後來我請製作小組去幫我找錄影帶。全部看過之後，我覺得他是裏面最好的一位。

我們打電話給史瓦茲，才發現原來他已不再演木偶戲了，因為他無法靠此為生，當時他四十七歲。這個世界變得何其愚蠢，一位在自己那一行裏頂尖拔萃的人物，居然無法靠此糊口。只因為那一行是在玩木偶嗎？他不得不改行去掛畫。我和他談過話之後，他說：好，他會先讀劇本。如果他認為值得一試，就願意回頭。我們把劇本寄給他。他在讀完之後慨然允諾。

我們在劇本中寫了一齣木偶戲，內容在講一位芭蕾舞女伶摔斷腿之類的故事。結果你猜怎麼著？史瓦茲早已作了一個芭蕾舞女伶的木偶，而且我們需要的木偶他通通都有。他建議我們採用一個裏面有一隻蝴蝶的故事，因為他有一隻木偶蝴蝶。

史瓦茲加入我們的行列，又替伊蓮‧雅各做了一個木偶，因為我們在最後一場戲裏需要用到。也就是說，他替她做了兩個木偶，其中一個由製作小組保留，因為合約裏規定史瓦茲及製作小組必須各保留一個。然後他來參加拍攝工作。當他輕輕拉出那些娃娃，我們立刻明白為什麼他會在錄影帶中如此搶眼。

一旦他開始牽動那些娃娃，須臾之間，一個全新的世界就此展開。他最與眾不同的一點，是他不像別的木偶戲演員用手套把自己的的手藏起來，或是用線或木桿這類的工具。相反地，他讓你看到他的手，不過只消一、兩秒鐘的時間，你便忘了那兩隻手的存在，因為即使你

隨時都可以看見他的兩隻巨掌，那個娃娃卻擁有自己的生命。你不會去注意他的手，只會看見曼妙的舞姿，那個木偶舞得美極了！我認為那雙手是不可或缺的，它們代表著某人在操縱某樣事物的一雙手。

然後發生了一件非常感人的事。這一段戲是我們在克萊蒙費宏的一所學校裏拍攝的。主要在講學校請來一位帶著自己的木偶劇團在小城之間流浪賣藝的木偶戲演員來表演。整個學校都來看那場表演。「有個問題，」史瓦茲說，「我這輩子從來沒有為孩子們表演過，我的觀眾一向都是成人。我非常緊張、擔心。」這位布魯斯・史瓦茲先生是一位極其敏感又細緻的男人，一向都在三、四十名左右的小型觀眾前表演，我們卻找來兩百名小孩，整個節目都將在學校的體育館內舉行。他堅信演出效果一定奇差無比。當然，結果是孩子們都比大人更了解他一百倍！

那場演出我們總共拍攝了好幾遍，因為我們必須先拍觀眾，然後拍舞台，再在近距離拍攝舞台，然後得拍一些細節，和觀眾的近鏡頭，所以整個過程很長。第一場我們用拍紀錄片的方式專門拍孩子們的反應，因此攝影機只對準孩子們。我們試著找出表情特別的臉孔，拍到了許多非常美的反應，真美！後來我不得不把它們剪掉，因為那場戲容納不下這麼多鏡頭。但那些底片實在好極了，美麗的臉龐與奇妙的反應！當我們拍攝完畢，中間有一段休息時間，孩子們立刻重重包圍他，那時我看到一個快樂的人。就在那一刻，史瓦茲是一位真正的、全然快樂的人。經過這麼多年，他重拾舊業，在極端怯場的情況下，一方面畏懼孩子們不了解他，一方面怕他們對這種玩意兒已不再感興趣，只喜歡電腦和芭比娃娃之類的東西。然而，這個浪漫、纖細、描述一位悲劇性芭蕾舞女伶的故事，卻能夠深深感動孩子們，有些孩子甚至哭了。整整半個鐘頭，那些小孩追問史瓦茲各式各樣的問題——技

81 在《雙面薇若妮卡》（La Doublr Vie de Veronique. Podwojne Zycie Weroniki）
中的伊蓮・賈可布。

82 在《雙面薇若妮卡》中的菲立浦・伏爾泰。

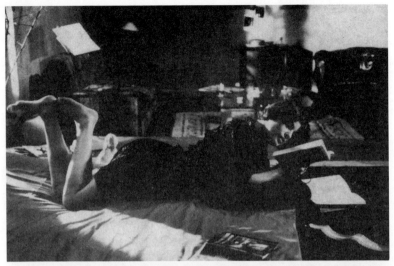

83,84 在《雙面薇若妮卡》中的伊蓮‧賈可布。

術上，還有藝術上的問題。他們告訴他他們了解那個故事，因爲那個故事不用語言敍述。那一場表演實際上比電影中長很多，差不多十分鐘（在電影中只剩下三分鐘）。他們完全了解，領悟力甚至超越他的期望。於是，我看到了一個眞正快樂的人。

那樣的時刻實在令人欣慰。那名男子本來只打算來玩玩木偶便離去。但那並非重點，重點是他來了之後，突然發現了自己的過去，以及自己在過去曾經擁有過、然後又失去的喜悅或快樂。他本以爲這種喜悅永遠不會再回來，但藉著我們的電影，它回來稍作停留。這一點非常重要。理論上，如果我在拍攝時有沒有那些小孩在場，你對那場戲的感覺應該是一樣的。事實卻並非如此。那場戲的每一項細節，甚或整個氣氛、感覺，都維繫在一項簡單的事實上：布魯斯・史瓦茲那天很快樂，因爲他的觀眾了解他！

我猜薇若妮卡不會和亞歷山大在一起生活。片尾，你看見她在哭，當他把自己寫的書讀給她聽的時候，她哭了起來，而且她看他的方式不帶任何愛意。因爲他利用了她的生命，他把自己對她的一切了解自私地加以利用。我想影片結尾時的她比開場的她聰明很多。亞歷山大使她意識到其他事物和另一位薇若妮卡的存在。是他發現了那張相片。薇若妮卡在自己成打的照片中，並沒有注意到那一張，是他注意到的。或許他了解連她自己都不了解的事。他在了解之後，便加以利用！就在那一刻，她明白或許他根本不是自己熱切等待的男人，因爲這件事被揭發了——這樣她曾經擁有、只要不被公開便如此私密地屬於她一人所有的東西，竟然就這麼自動地被人利用了。一旦被別人利用之後，便不再屬於她，而且不僅不屬於她，還不再神祕，不再隱私。它已變成一個公開的祕密。

當然，我們拍了許多顯示她心臟有病的戲，不過我覺得這些暗示

的戲在整部電影中佔的比例還算對稱。我們用鞋帶暗示薇若妮卡的心臟疾病。其中的影射是當你的心臟停止跳動時，心跳偵測器螢幕上那條線會變成一直線。有一刻，薇若妮卡把鞋帶拉成一直線，然後她突然領悟到其中的含意，於是她放手！我想那是斯拉維克的主意。伊蓮後來懂了。比方說，當她扮演波蘭的薇若妮卡時，鞋帶老是繫不緊。她真的就這麼演。後來，我把這些戲剪掉很多，因為它們佔的時間太長。不過，這是個很棒的點子。這類小事能激發你的想像力，至於你能不能把它們留在電影中，那並不重要。這表示我們羣策羣力。老是在鞋帶上出問題是伊蓮想出來的主意。每次當她心臟病發作後所做的第一件事，不是搗住心口，卻是鬆鞋帶。每當她踩進水窪或跑步時，她的鞋帶一定會鬆。

薇若妮卡不斷面臨自己是否應該和波蘭的薇若妮卡走同樣一條路的抉擇。是應該臣服於藝術家的本能，忍受與藝術並存的不安感；還是臣服於愛情及與愛情有關的一切。基本上，這是她的選擇。

影片中波蘭的部分比較活潑，因為那位女主角比較活潑。一般來講，這兩段用的是不同的敍事手法。波蘭部分的敍事手法係由一個事件跳接到另一個事件，女主角一年半的生命在半個鐘頭之內（確實長度是二十七分鐘）很清楚地被交待完畢。然後接著一個轉折點。對於一部長一小時三十七分鐘的電影來說，這是正確的結構。藉著那二十七分鐘，我描述了波蘭薇若妮卡的一大段生命，其他的事都不提。我只集中描繪導致她死亡最根本的幾場戲，其他一律不談。

《雙面薇若妮卡》波蘭部分的敍事手法可說是一種綜合法，把一段特定的時間綜合在一起。敍述法國的薇若妮卡手法就不同了。首先，她的注意力都在自己身上。這有幾個理由，其一，可能是因為另外一位薇若妮卡已經死了，所以法國的薇若妮卡感覺到一些和她的死有

關、會令人失去自制力的事情,同時她知道應該多關心自己。第二點,整個法國部分的敍事手法都是分析式的,和波蘭部分的綜合法正好相反。我們在分析薇若妮卡的心理狀態,因此不能透過獨立的人物羣,和連續幾場戲來表達。每場戲都很長:一條通道、一道走廊、一個奔跑的人、對一種氣氛的一瞥……然後再銜接另一場長的戲。

這也是爲什麼我必須找出一種視覺影像上的統一性,使得這兩種截然不同的風格仍能融爲一體。我相信法國的部分長了大概五、六分鐘,可惜我沒有時間把它再修短一點,當然劇本本身也有瑕疵,勢必會在完成的電影中露出破綻——尤其是法國的部分,裏面有很多小毛病。比方說,我引進那條非常短的故事副線,就是一項明顯的錯誤,但是我不得不保留它。那條副線在電影裏佔據時間很短,但在劇本中其實很長,我爲了它拍攝了很多場戲,那是有關薇若妮卡的朋友的那條線。在劇本裏它涉及的範圍很廣,結構不錯,我們本來以爲它可以推動整部電影三分之一的動作,後來才發現它根本不是一股夠強的推動力量,應該被剪掉。等我把它整個剪掉之後,又發覺女主角因此顯得不夠腳踏實地,好像總是飄浮在半空中似的。對她來說,真正存在的東西,只有靈魂、預感和一些魔法而已。爲了把薇若妮卡拉回現實生活之中,我不得不把那場離婚的戲重新接回去,讓她同意上法庭去作僞證對付某人。這樣她才能再度變成一個凡人。那場戲完成了那個使命,但對整部電影而言,仍是一條相當牽強的故事線。不過至少在那一刻,你會覺得自己可以作薇若妮卡的朋友或鄰居。她不是一個永遠活在雲端的人。

在《雙面薇若妮卡》裏,我們只用了一個非常基本的濾光鏡——金黃色的。有了它,《雙面薇若妮卡》的世界才趨於完滿,足堪辨識。濾光鏡能夠製造一種統一感,這一點非常重要。斯拉維克用濾光鏡拍《雙

面薇若妮卡》的外景還不是這麼重要，但是濾光鏡在《殺人影片》中卻非常重要。因為加上那一層詭異、寒冷的色彩之後，世界變得更殘酷，華沙也變得更令人作嘔。同樣的原理也適用於《雙面薇若妮卡》，只不過其效果正好相反。在這裏，世界變得比現實更美好。大部分的人都覺得我們所敍述的這個屬於薇若妮卡的世界充滿了溫暖。這份溫馨感當然也和女演員及演出方式有關，但主宰整部電影的那種金黃色調也是肇因之一。

我從來沒有忘記那些認為這個世界一切正常的觀眾們。這部電影是拍給所有人看的。如果我需要講一件事，有所指涉，或讓人了解某樣東西，我必須運用各種有關戲劇理論、演員，甚至濾光鏡的技巧。唯一的問題是如何選擇正確的技巧。或許有些人會覺得濾光鏡令人生厭，這很有可能。但一般來說，這些技巧的確有助我表達該片的涵意。

白天拍攝，夜晚剪接。製作小組運送一張剪接桌到克萊蒙費宏。剪接師賈克‧魏塔（Jacques Witta）也來了，他是一位討人喜歡、個性沉靜的好人。這一點非常重要，因為我必須和他日夜共處三個月時間。一開始語言是個問題，賈克不會講英文，我不會說法文。在執行剪接這份親密的工作時，我們需要一位口譯員在旁邊，馬辛‧拉泰婁（Marcin Latallo）勝任愉快。他很年輕，經過一整天拍攝工作之後，他會在剪接室裏打瞌睡，讓我覺得很有意思。雖然現在的年輕人在小時候喝了這麼多柳橙汁，吃了這麼多水果和蔬菜，卻沒有什麼耐力。這一代比我們那一代美麗、健康許多，教育程度又高，可是我們卻能工作得更長，忍耐更多。誰知道呢？或許每一代都應該經歷一些辛苦、貧窮與磨難吧！不然這就是個性問題。

有一個階段，我們本想替每一家發行《雙面薇若妮卡》的電影院製作一個不同的版本。比方說，巴黎發行該片的電影院共是十七家，

那麼我們就製作十七種不同的版本。當然，這會很昂貴——尤其在後製階段：製作中間負片、個別重新錄音⋯⋯等等。但是我們對其中每一種版本都已有了極明確的想法。電影是什麼？我們想。理論上，它是一卷經過放映機投射出來、每秒鐘有二十四格畫面的影片。實際上，電影術的成功在於重複，也就是說，無論你是在巴黎的大電影院，或是馬拉瓦（Mlawa）的一家袖珍型電影院，還是內布拉斯加（Nebraska）一家中型電影院裏，出現在銀幕上的東西都是一樣的。因為，放映機在以同樣的速度放映同樣的一卷影片。於是我們想：難道非這麼做不可嗎？為什麼我們不能說電影其實是一種手工藝品，每一版都各有不同。00241b版與00243c版將會稍有不同，或許結局不太一樣，或許某一場戲比較長，另一場戲比較短，或許這場戲在另外一版裏根本沒有出現，諸如此類。這是我們的想法，劇本裏也這麼寫，我們拍攝了足夠的內容，讓這個想法可以付諸實行，以發行手工藝品的觀念來發行這部電影。因此，你若到不同的電影院去，儘管看的是同一部電影，版本卻略有差異，你若再去另一家戲院，又會看到同樣一部電影另一個稍為不一樣的版本。或許它的結局會比較快樂，或許比較悲傷。這是你必須冒的險。總之，它將富含各種可能。最後，製作小組當然沒有時間，同時也沒有錢這麼作。或許錢不是最大的問題，而是時間。我們真的沒有任何多餘的時間。

結果《雙面薇若妮卡》有兩個版本，因為我替美國人拍了一個不同的版本。我們看見一個男人從一幢我們已經知道的房子裏走出來叫道：「薇若妮卡，外面冷，進來吧！」「爸！」薇若妮卡說完之後奔向他，並擁抱他。那是美國版的結局。顯然那是她的祖厝，你也知道那個男人是她的父親。我以前提過，美國人在看過前面的部分後，不能確定那就是她父親，或許那只是某個搬弄木材的男人，誰知道呢？那

部片子在美國賣得很好，賺了不少錢——當然是替製作人賺囉！

如何才能吸引觀眾？什麼才算商業化？除非你講的故事動聽，否則就是請來大卡司，才能吸引人們來看電影，不是嗎？那麼《雙面薇若妮卡》佔了哪一點優勢呢？我請了一位名不見經傳的法國女演員，除了在路易·馬盧的電影中演過一個小角色之外，沒有露過面。沒有人知道她是誰，甚至不曉得她的存在。我的故事線既薄弱又含糊，從頭到尾都是如此，沒有誰真正清楚到底發生了什麼事。那是一個純粹關於感覺與敏感性——而且還是無法用電影表達的敏感性——的故事。我憑恃著什麼？錢？商業化？

當然，我對於自己該如何敘述故事有一定的想法，正因為如此，妥協才是必要的。我必須以觀眾可以理解的方式講一個故事。當我考慮電影的每一個部分——選角、劇本、每場戲的解決方法、對白、音樂……每件事！我總會顧及觀眾，那是最基本的顧慮。當然在拍《雙面薇若妮卡》時，我也無時無刻不想到觀眾，所以才會替美國觀眾拍一個不同的結局。即使那意味著你必須放棄自己的觀點，我認為你們仍應互相讓步。

我在《雙面薇若妮卡》中玩的是純粹的感情，因為那部電影只在講感情這一件事。片中並沒有任何動作。如果我拍的是一部講感情的電影，我當然必須玩感情。也有人說我在《殺人影片》中玩感情，因為謀殺和絞刑的那兩場戲延續如此之長。我當然是在玩感情！不然我能玩什麼呢？除了感情之外，還有什麼真正重要的事嗎？沒有了！我玩感情，好讓觀眾愛或憎我的人物；我玩感情，好讓人們能夠感同身受；我玩感情，好讓觀眾在我的人物表現不凡時，衷心希望他們能夠贏！

我想當你去看電影時，你會想讓自己臣服在感情之下。但這並不

表示我覺得每一個人都應該喜歡《雙面薇若妮卡》。正好相反，我相信那部片子只適合給數量有限的一小撮人看。我指的不是某個年齡羣，或社會階層，而是對電影所呈現的那類感情極爲敏感的那一羣人。他/她可能是知識分子、工人、失業的人、學生，或領老人年金的人。我不認爲那是一部給「社會菁英」看的電影——除非我們可以稱呼那些敏感的人爲「菁英」！

令人驚訝的是，那部電影在波蘭的票房也很不錯。我和波蘭的影評向來衝突不斷，我想這到我死的那一天也不會改變。以前在共黨時期，我總是指控影評不忠實，說他們都聽命行事。我有權這麼說，因爲那個時候我們並沒有聽命拍電影，我們拍自己想拍的電影，但影評卻俯首貼耳。現在報紙整天登那樣的文章，在各項會議上，以及政客們的各種回憶錄中，他們都坦白承認曾經控制過影評，就連藝術圈及電影圈也不能倖免，所以我對他們的指控都是正確的。正因爲我是對的，所以對他們造成的傷害更大。因此他們無法喜歡我。不過，我實在不能抱怨影評們接受《雙面薇若妮卡》的態度。即使他們喜歡它，也會寫道：「這部電影是如此之美——似乎有點美得過分！」或是，「這部電影是如此感人肺腑——我不能確定它是否有些過分感人！」或是，「我在這裏面嗅到商業的臭味！」「太美了！」「太感人！」「女主角太善良！」「女演員太好！」這些都是嚴肅影評的感想，再加上他們憎惡這部電影沒有討論波蘭的問題、波蘭的歷史及現狀——我沒有呈現波蘭的景況。

當你以狹隘的地域觀念去看事情，總希望別人討論的都是屬於你的那塊地域。如果你是一名理髮師，你去看一部講理髮師的電影，萬一片裏演員拿剪刀的方式不對，你就會覺得生氣。別人都不在乎，只有你覺得無法忍受，因爲演員不應該那樣拿剪刀。「波蘭正在舉行如此

重要的選舉，不同的政黨相繼成立，共黨下台，而這部電影對這些事件居然沒有任何指涉，為什麼？」他們說我在電影中對這些事件毫不關心，這不是巧合！正好相反，這是我經過仔細思考後的結果。我不再關心波蘭的政治，因為它已無法引起我任何興趣。選舉、政府、政黨……通通一樣！

不過我對影評接受《雙面薇若妮卡》的態度沒什麼可抱怨的。至於大眾的反應，那就正好相反了。我很高興該片在華沙上映兩個月的時間內場場滿座。我不知道觀眾人數到底有多少，只知道發行片商沒有賠錢，相反地，還賺了一點。夫復何求？教會對於該片沒啥興趣，我想他們正忙著收回被共產黨充公的財產。除此之外，他們還忙著耽心墮胎及校內宗教成令的問題。所以沒時間管電影，算我運氣好！

但是我永遠不會滿足。我相信如果你能夠完成自己希望的三分之一，就足夠了。我覺得那即是我拍《雙面薇若妮卡》的成就——好像滿足了三分之一的野心就很不錯似的！你必須習慣自己不能得到更多的成就。

在法國，《雙面薇若妮卡》剛剛達到中上的水準。這是當今導演最基本的野心：希望自己能夠因為某種因素，在氾濫成災的電影作品中獨樹一幟。毫無疑問地，該片的確很突出。我想那部電影對特定年代的人特別具有吸引力——是年輕一點，而不是老一點的人。

法國的影評喜歡去喜歡某樣東西。這一點非常重要，因為有一部分的人可以信賴他們，大眾想知道影評喜歡什麼。我並不企圖把影評分為法國及非法國兩類。老實講，我根本不讀法文影評，因為我不懂法文。有時候一些人會為我翻譯一些字，或一段話。我可以感覺到法國影評的意圖是好的。這樣的影評相信自己對於一部電影的促銷具有

不可或缺的影響力。波蘭影評就沒有一點這種感覺。波蘭影評在講述任何事之前，已經曉得自己的話無足輕重。過去，當《Trybuna Ludu》❸讚揚某片，大眾便知道那部片子一定不值得看；如果《Trybuna Ludu》說某片其爛無比，那麼它可能就不錯。媒體的效果適得其反，大眾及讀者都不相信報上的任何報導，影評也清楚他的文字對讀者及未來的觀眾不會造成任何影響力。在這種情況下，波蘭影評在下筆時便知道自己毫無重要性；而且，他們還說謊，他們不寫自己的想法，卻不斷重複聽來的謊言。大家當然很難信任他們。

我從來沒有任何既定的策略去確保影評能夠了解我動作背後的含意，或給他們想要的東西，我從來沒有那麼想過，我也從來不曾思索應該把攝影機放在哪裏，這些事都會自然地出現在我腦海中。我既不分析，也不造作。如果你心中沒有一個指引你走向某個方向的羅盤，那麼你永遠都不可能找到那個方向，同時你也不能靠電影學校幫忙，或指望自己在電影學校裏學到的知識。

當然，我在寫劇本時一定會衡量各項條件，考慮各種需求——戲劇理論的需求、經濟上的需求，以及與演員有關的需求⋯⋯等等。如果我知道自己可以用某位演員，就必須、同時也希望，能夠配合他來寫，使他能夠駕輕就熟。但如果我不知道人選，那也只能依照一般狀況來寫作，等待到了拍攝期間，讓特定的演員賦予它靈肉。如果我沒有錢拍某一場戲，那麼我根本不會去寫它。如果我不能拍它，寫出來又有什麼意義呢？我會想另外一個辦法來表達它，比方說，我知道自己沒有五千萬法郎去拍《三色》其中一部的結尾戲。我沒有那筆錢，我也不想得到那筆錢。我覺得花這麼多錢去拍一場戲或一部電影是不道德的。

我認為拍小成本的電影比拍大成本的電影自由許多。同時我也認

為花一大筆自己不知道能不能回收的錢是極端沒有良知的事。假如一部像《魔鬼終結者第二集》(Terminator II)這樣的電影，能賺到一億美元的利潤，那麼你知道這筆錢一定會被用在某些地方。或許有一部分會被胡亂揮霍掉，但一定也有一部分會有用處，像是拿去拍其他的片子，包括一些值得拍的好片，或是被某個機構拿去發明有朝一日能夠造福人羣的疫苗，或挪作稅收、基金、補助金之類。如果一部電影能賺錢，就表示很多人想看它。如果他們想看它，或許意味著它能帶給他們一些東西。我不知道那些東西是什麼，可能只是一剎那的渾然忘我吧！我不在乎。不過，就我個人來說，我並不想拍一部成本為一億美元的電影，不是因為我害怕它不賺錢，而是因為我害怕那隨之而來的種種限制。我不希望受束縛，我為什麼要受束縛？

如今想在波蘭籌錢比在法國困難很多，我的情況尤甚。別人甚至覺得我不應該在波蘭找錢，因為波蘭人有理由覺得我可以在別的地方籌到錢。長久以來，我一直有一項理論，或是一種觀念，覺得世上的貨物，或一切物質的量都有個定數。同理推之，在波蘭能夠花在電影上的錢也有個定數，如果我拿了其中一部分，其他人就得不到了。

我的構思規模一向很小，我也絕不想拍一部超大規模，或具世界規模的電影。對這種想法，我毫不感興趣，因為我並不相信社會或國家的存在。我認為真正存在的，只不過是六千萬名法國人，或四千萬名波蘭人，及六千五百萬名的英國人罷了。那才算數，而他們全是單獨的個體。

我不拍隱喻。隱喻是給人讀的。它是個好東西。我總是想攪動人們的心情，讓他們想去做某件事，無論是把他們拉進故事中，或是給予他們分析這個故事的靈感。重要的是，我能夠迫使他們去做某件事，或是以特別的方式感動他們。這就是我一切作為的目的：讓人們去經

驗某些事物，無論是用理智或感情去經驗，都無所謂。你拍電影是為了給人們一些東西，將他們帶往另一個地方，無論那個世界是屬於直覺亦或知性的世界，都是好的。

對我來說，藝術富含品質及風格的徵兆，在於當我讀、看或聽它的時候，能夠突然強烈而清晰地感到某人把我曾經有過的經驗或想法明確地表達出來。雖然那些經驗及想法是一樣的，但是作者卻能夠運用我所想像不出來的、更好的文句、視像安排及聲音組合。不然，就是它能夠在剎那之間，給予我一種美或喜樂的感受。這即是偉大與平庸的文學之間的差別。當你在閱讀偉大的文學作品時，會發現有一兩句話似乎是自己曾經說過或聽過的話。那項描述或意象深深地引起你的關切，並使你感動，因為它是你自己的意象。在扉頁之間，你不斷看見自己也陷入同的情況之中，或是讀到和你完全不同的人，卻想到你曾經想過、或看到你曾經看過的事物。偉大的文學理當如此，而偉大的電影也該如此——如果它真的存在的話。剎那之間，你會發現自己身在其中，無論你將以感性來對待這個經驗，或以理智去爭辯、比較及分析，都不重要。

很多人不了解我現在走的方向，覺得我選擇的路子錯了。我背叛了自己的思想，也背叛了自己的世界觀。我一點都不覺得我背叛了自己的觀點，甚至沒有絲毫偏離。我沒有為任何理由——生活的安逸、金錢或事業——這麼做。當我拍攝《雙面薇若妮卡》、《三色》、《十誡》或《無止無休》時，我絲毫不感覺背叛了自己內心的感受或是我的看法及人生觀。

大凡涉及迷信、算命、預感、直覺及夢的範疇，皆屬人類的內在生活，也全是極難拍成電影的題材。儘管我知道無論我多麼努力地嘗試，都不可能把它們拍出來，但簡單的事實是：我選擇了這個方向，

竭盡所能地去接近這些主題。因此我認為《雙面薇若妮卡》並不是對我過去作品的背叛。比方說，在《影迷》中，你必須讓女主角知道她丈夫出了事。她知道！她可以感覺到！就像薇若妮卡能感覺事情一樣。我看不出其間有任何分別。從一開始，我便想進入那個領域。我是個懵懂、不斷在追尋的人。

我拍電影的才華有限。不像奧森・威爾斯，能夠在二十四歲或二十六歲的時候，就以處女作《大國民》登上電影藝術的巔峯境界。能夠和那部電影媲美的作品寥寥可數。《大國民》將永遠留在十大電影榜上。他是一位立刻找到自己位置的天才。而我必須窮極一生去攀登，而且永遠無法抵達，我完全清楚這一點，我只是不斷地往前走。如果別人不想或不能了解這是一個永恆的過程，他或她當然會不停地說我目前所作的每件事都和過去作的不一樣，比較好，或比較壞。但對我而言，無所謂好壞之分，全是同一樣東西，只不過往前踏了一步而已。根據我自己的價值標準來判斷，這小小的每一步都讓我更接近我那永遠都達不到的目標。我的才華有限！

這個目標是要捕捉存在於我們內心的東西。我們不可能把它拍出來，只能盡量接近它。它同時也可以是一個非常棒的文學主題。或許是世上唯一的主題。偉大的文學不僅能夠接近它，還能夠描述它。我猜想能夠完整地描述我們內心世界的書，大概不下數百本。卡謬寫過那樣的小說；杜斯妥也夫斯基也寫過；莎士比亞寫過那樣的劇本；希臘的劇作家、福克納、卡夫卡和我喜愛的瓦加斯・略沙（Vargas Llosa）都寫過那樣的書。我認為瓦加斯・略沙所著的《酒吧長談》（*Conversation in The Cathedral*）就是一本達到這項目標的書。

文學可以達到，電影卻不能，因為電影不具備必要的手段。電影的知性不夠，所以它無法擁有足夠的曖昧感。可是，在電影太過露骨

的同時，它又太曖昧了！比方說，如果我拍一場有一瓶牛奶的戲，就會有人突然下一些我連想都沒想過的結論。對我來說，一瓶牛奶就是一瓶牛奶，當牛奶打翻時，只表示牛奶打翻了，沒別的意思！它並不代表世界正在崩潰。牛奶也並不象徵母親的奶，因爲母親早死，所以孩子們都喝不到奶之類的事。對我來說，沒有這層意義。打翻的牛奶就是打翻的牛奶而已。這就是電影。很可惜，它並不能代表別的意義。

我不斷對我教導的每一位年輕同儕強調：如果你在電影裏點燃打火機，就表示打火機已經點燃了。如果它點不燃，就表示打火機壞了。沒有別的意思，也永遠不可能代表別的意義。如果在一萬次機會中，有一次眞的具備別的意義時，那表示某人創造奇蹟了！奧森・威爾斯曾經創造過一次奇蹟，最近幾年來，世上唯一能夠創造奇蹟的導演是塔科夫斯基。柏格曼曾經創造過幾次奇蹟，費里尼也創造過幾次奇蹟。只有極少數的人能夠作到。肯・洛區在《凱斯》中也辦到了！

我舉的打火機例子當然有點白癡。其實我是指電影非常實際的本質。如果說我有一個目標，這個目標就是要掙脫這種實際性。我從來沒有成功過。儘管我不斷努力嘗試，我也從未成功地把存在於我主角內心的東西描述出來。對我而言，倘若電影果眞具有任何意義，那便是讓人們身入其境。

一位美國記者告訴我一個很美的故事。他讀過胡立歐・柯塔薩（Julio Cortazar）寫的一本小說，裏面的主角跟這位記者同名同姓，生活經歷也完全吻合。這位記者想知道整件事是不是個巧合，於是寫信給柯塔薩，說他在讀這本書時發現原來在讀自己的故事，他告訴柯塔薩他眞的存在。柯塔薩回了一封很美的信給他，那位記者把那封回信的內容轉述給我聽，並且表示這樣的事會發生眞是奇妙。柯塔薩從未和那名記者見過面，從未看過他，或聽過他。他很高興自己創造了

一位眞正存在的人物。這是一位美國記者告訴我的一個和《雙面薇若妮卡》有關的故事。

這是一點，另外還有一個現象，或許更普遍吧。幹我這一行，就跟其他的行業，或是所有文化事業一樣，到最後你不可能保持高潔——至少我不認識有這樣的人——只因爲這一行的行規使然。我們不只在拍電影而已，你花這麼多時間在電影上，它變成了你生命的一大部分，逼迫你對自己的觀點作出種種妥協及棄守。在西方這裏，理由通常是金錢、商業主義和所謂的觀眾電檢制度——這個名稱聽起來很適當，其實就是指曲意迎合大眾的口味，使其儼然躍居爲電檢的依規。我的印象未必正確，不過我覺得這種觀眾電檢制度，似乎比過去波蘭共黨統治時期的政治電檢制度束縛力更大，不過波蘭現在已經沒有共產黨了。

所以說，在這一行裏你不可能完全保持高潔。不過我並不因此覺得自己是個職業上的投機分子。在私人生活方面，我們每個人都是機會主義者。但是企圖了解別人怎麼就等於是投機分子呢？我工作的動機並非投機主義，而是我眞的想了解，我想研究事情爲什麼會變成這樣。從過去到現在，我不斷問自己這個問題。

在共黨統治期間，電影人有三條路可走：一條路是根本不拍電影！當然這有可能。不過老實說，我不認識有誰因爲理想而放棄拍電影。或許有這種人存在，不過我並不認識。另一條路是拍當局准你拍的電影，也就是歌頌黨、歌頌蘇聯、歌頌列寧及歌頌軍方的影片，那是第二條路。第三條路是退一步，拍一些講愛、自然，或非常美、非常醜的事物的電影。另外，還有第四條路：亦即試著去了解！我選擇第四條路，因爲我的個性如此。我在讀電影學校時便如此，現在仍然如此。

拍《工人(71)》時，我因為屈服於某種壓力，在剪接工作上做了某些配合。除此之外，我從來不覺得自己曾經跨越我心中那個羅盤所指出的界線。所以我才會有那麼多被冷凍五年、七年、十年，甚至從未被播映過的作品。沒有關係，我已經習慣了。這種情況也一樣，人們沒有資格完全保持高潔。

這個現象還有另外一面。我個人相信，你必須做的那些妥協，以及那些迫使你放棄自我堅定信仰的協議，無論它們會導致比較好或比較壞的後果，都是健康的。因為只有當你是天才時，絕對的自由才可能造成偉大的作品。如果你不是天才，自由很可能只會招徠造作、劣質的作品。更糟的是，你可能會花錢拍出只適合給你自己和幾位密友看的電影。必要的限制與必要的妥協能夠激發一定程度的原創力及精力，使你能夠在劇本裏找出富含創意的解決方法及點子。

本來，我是在拍攝《雙面薇若妮卡》時順道來到巴黎，它在我們拍攝地點的行程中。我先在波蘭拍，接著去克萊蒙費宏，然後再到巴黎，它只是另一個拍攝地點而已。後來，電影慢慢結束了，我繼續待下來，因為我必須在此地剪接、工作，完成該片。我整日忙於工作，無暇生活。我沒有足夠的時間或好奇心，像過去一般到處遊蕩、觀察、凝視。我想自己大概也缺乏足夠的耐心。我已經知道了自己能夠知道的事，至於那些我仍然不知道的事，或許我已經太老，學不動了。比方說，我不懂法文，將來也可能永遠學不會。我懂一點英文，因為我已經學了十五年，不過當你聽我開口講英文時，大概會覺得我只學了三個月，我的語言能力奇差無比，對於這個領域，我非常無知，也從來沒花工夫去學習。其實我本來可以學的，畢竟我整天都在聽這個語言，不斷透過口譯員與法國人交談，因此，也等於不斷在企圖了解法

文。我知道某句話用波蘭語說出來是什麼樣子，用法文說出來又是什麼樣子。我聽到別人用法文講出來，然後口譯員再為我翻譯成波蘭語，所以我熟悉兩種講法。我不斷地聽，白天聽、晚上聽、整天聽、不斷重複。但我卻沒有花任何工夫去學這個語言。我想這不是因為我懶（雖然也可能是原因之一），而是當我在寫劇本或工作時，也就是在付出我自己的時候，我沒有辦法同時吸收東西。等我有很多空閑時間——或許這一天永遠不會到來——也許我會去學法文吧。

別人替我把對白翻譯成法文。當然，有時候我們會和口譯員或是翻譯對白的人，或是演員，討論怎麼講才會比較好聽，同時又能更明確地表達我想說的話。不過我們討論這類問題的時間很短，發現解決方法之後，立刻演出。至於聲調，我必須信賴演員。這種事我能夠仰賴他們，如果我選角選得對，一切都不會有問題，如果我選角選錯了，問題就來了。不過話說回來，如果我選角錯誤，即使是說波蘭文，還是會有問題。

本來我對前往法國工作的疑慮，後來證明是杞人憂天。工作小組裏每個人都願意工作，也很懂自己的工作。他們都討人喜歡，也很訝異於我的舉動：每天我都和燈光攝影師第一個到現場，收工之後並不先驅車離開，反而想幫他們抬機器上卡車。他們不讓我幫忙，因為他們相信嚴格的分工制度。我的態度則完全不同，我知道大夥兒在拍同一部電影，當然，每個人都應該負責把自己的部分做好，但是我們也都應該為整項工作計劃負責。

還有另外一件讓我頗感難為情的事。在拍片現場每個人手上都有東西：攝影師有攝影機和測光計、音效師有麥克風、電工有一大堆燈，而我卻啥也沒有。每天一大早我就把劇本交給場記，然後兩手空空走來走去，給人一種好像我無所事事的印象。（其實蠻正確的！）當然，

我負責導演，我會跟攝影師講幾句話，又去跟演員講幾句話，不時發出一些命令；有時我會改改對白，甚至可以出些主意。可是我手中總是空空如也。我在拍《十誡》第一集時曾和一位年長的波蘭攝影師合作，他很注意我。我們是首度合作，非常愉快。有一次他說：「導演就是幫每個人忙的那個人。」我喜歡那個簡單的定義。我把這句話轉述給收工時抗議我幫他們抬箱子的法國現場助理聽。他們點點頭，對箱子表示同意。

有幾位義大利記者來訪問我。他們想知道在東方和西方拍片有何分別。當我說沒什麼分別時，他們很不快樂地搖搖頭。於是我找出一個不利於法國人的不同點：我不喜歡這裏一個鐘頭的午餐休息時間，覺得在一天工作進行到一半的時候，午休會分散每個人的注意力，他們很滿意地把這一點記下來。或許義大利也沒有午休時間？也可能是他們希望聽到東方也有比較好的一面吧！

其實我在波蘭也沒有遭遇到什麼困難。當然，工作人員有時候會反抗，像是拒絕加夜班之類的事。他們有自己的私事和家人，我每隔五年才拍一部電影，他們卻每天都在拍電影，一部接著一部拍。你必須了解他們的態度。波蘭的工作態度一般來說跟西方很不一樣。他們覺得工作是件可怕的事，你必須工作也是件可怕的事。四十多年來，波蘭人被社會制度寵壞了。除此之外，波蘭還有一種民族信仰，覺得我們生來應該做比清潔廁所、掃街、舖路，或修水管更高尚的工作。波蘭人生來不是做這些小事的，它們都平庸得令人難為情。我們生來要做偉大的事業！我們是宇宙的中心！大家總是把罪過推給共產黨，但我深信波蘭人對工作的態度，是極其荒謬、又毫無根據的優越感作祟的結果。工作對他們來說毫不重要。在法國，人們有紀律多了，日程表也安排得比較合理，時間，甚至工作小時的排法都比較精確。波

蘭人就比較容易隨心所欲。

和燈光攝影師合作的情況也一樣。我們在晚上討論事情。除了討論有關電影的基本構想之外，還討論隔天將執行的工作。在波蘭，燈光攝影師不像在此地，只是一名你僱來攝影的技術人員。這是我們自己在波蘭創造出來的一項傳統，以前就存在，但是我猜想我們這一代更提升了攝影師參與的層次。他是一位工作伙伴，從著手寫劇本，甚至最早在構思電影的階段就在場。我在想到一個點子之後，立刻就會去找燈光攝影師，把自己的想法告訴他，我們開始討論。在寫劇本的過程中，我又會把初稿、二稿、三稿拿給他看。然後我們一起決定如何去拍那部電影。燈光攝影師不單單負責燈光而已，對於演出及走位，他也有決定權。他可以批評演員，也有權這麼作，因為這是我對他的期望之一。他可以設計如何解決一場戲，這是我們共同關切的問題。因為有這項工作制度的存在，於是波蘭的燈光攝影師便在這樣的傳統之下被培養出來。我們習慣、也喜歡這個方式。我們全都因此而獲益匪淺。一位以這種方式工作的燈光攝影師會覺得自己是共同創作者之一。他這麼想是正確的。到後來，我們當然必須對外宣稱他們是共同創作者。不僅因為這樣能夠讓他感覺很好，帶著正確的態度去參與下一部電影的製作工作；更重要的是，這是事實。

每位對一部電影有所貢獻的人都該得到應得的榮譽。至少我一直努力這麼做。有太多的人做出不同的貢獻。當然，到了某個時刻，我必須說：我決定用這個，放棄那個。總得有個決策的人，那個人當然就是導演。不過最重要的是能夠互相激勵，共策共謀，一塊兒解決問題。這便是我與燈光攝影師、音效、作曲家、演員、器械組工作人員、現場助理、場記，以至於所有人合作的原則。我一直期望某人能夠提出一個比我的解決方法還好的主意，因為他們都有自己的心思及腦

袋。何況,每個人的直覺都和其他人不太一樣。一個人可以憑直覺激發出更好的解決方法,這種情形屢見不鮮,我採納它們,據為己有,但在適當的時機,總會記起這些功勞是誰的。至少我希望自己在這方面十分忠實。我覺得這很重要。

我試著留給每個人很多自由的空間,不知道自己是否真的做到了。我覺得我做到了。不過如果你去問那些人,他們或許會說事實並非如此。在我的印象裏,我給其他人極大的自由,他們幾乎可以隨自己的意思改動任何事情。演員的情況也一樣。這是我在波蘭做那次實驗培養出來的習慣。當時我開始為史都爾寫《無休無止》,我計劃從一開始就和他一起寫對白。他是個好演員,也是個聰明人。我相信他對那個角色該如何表達自己、用什麼樣的字眼、語法和俗諺等等,都會有他自己的看法。所以我寫在劇本裏的對白不過是個草稿,真正的對白卻是在拍攝之前,總是在前一天晚上,和史都爾共同決定的。那是我的工作方式:晚上先預習明天將拍攝的部分,直到那一刻,真正的對白才正式成形。是他的主意,也是我的主意。

我不會對演員說太多話。老實講,我試著只對他們講一兩句話──有品質的話──如此而已。因為我知道他們什麼都會聽你的,尤其在開始的階段。如果你跟他們講太多,到後頭他們會引用你自己說的話,讓你無法招架,所以我盡量少說,反正每件事都已經寫在劇本裏了。我們可以聊上幾小時的天,不過都講別的事情。你好嗎?昨晚睡得好不好?諸如此類。或許應該說我在聽他們講話。

我注意到在年輕的導演之間,存在一種極危險的現象──現在我已滿頭灰髮,有權利這樣講話了!我看到一些年輕導演把攝影機和一個監視器接在一起,自己就坐在監視器的螢光幕前面,演員在那邊表演,他們卻坐在這邊咬指甲。情況好,他們高興,情況出了問題,他

們耽心，可是他們和表演的人卻毫無瓜葛。演員們對於接收導演每一個輕微的律動都極其敏銳，事情進行得順與不順，他們完全清楚。換句話說，他們知道導演喜歡或不喜歡。可是如果導演背對著他們坐在監視器前面，他們又何從感覺呢？我總是盡量待在他們身邊。

老實說，我熱愛演員。他們是非常奇怪的一種人類。他們願意為我做任何事。他們經常貢獻自己的觀點、感覺、世界觀，我善加利用，據為己有。為此，我熱愛他們。如果你愛某個人，就會試著靠近他，你想目睹一切。何況，這麼做是會得到報償的。他們也會這麼對待我。他們願意付出的將不只是自己的技巧及甘油眼淚而已。

我拍電影其實真的只為了作後期的剪接工作，但是我卻不能當一名剪接師，因為剪接師只是一位把別人的電影湊成一塊兒的人。剪接，其實是一項任務。他奉命把一堆別人拍攝的影片接在一起。我永遠沒辦法做這份工作，因為我想我無法嚴肅或深刻了解另一個人的世界，然後不只是把影片接在一起，而是真正去做剪接的工作。剪接代表去建立及創造某種秩序，我做不到，在某種程度上，我是自己電影的剪接師，但只限於我自己的電影，別人的不行。我必須承認在所有與我共事的人中，我給剪接師的自由最少。因為那就好像把自己喜歡的東西割愛給別人似的。毫無疑問地，當我在拍攝時，心中早已計劃好該如何去剪接該片，後來會出現別的可能性，要訣就是必須發掘這些新的可能。或許我錯了，或許我應該給剪接師更大的自由，讓他去發掘這些可能性。

我認為一部電影只有在剪接室中才真正開始存在。拍攝只不過在蒐集題材，創造可能。我試著在拍攝時確保自己能得到最大的自由及調度可能。當然，剪接意味著把兩段影片接在一起，在這個階段，你必須遵守或打破一些規則。但是剪接還有另外一個更有趣的層次，那

就是組織電影的結構。那是一個誘導注意力、分散張力、和觀眾一起玩的遊戲。有些導演認為這些因素早已寫在劇本當中，也有人相信它們將由演員、走位及表演方式、燈光、及攝影術去決定。我也這麼相信。不過，同時我也知道一部電影那難以捕捉及描述的精神，是在剪接室裏誕生的。

這也就是為什麼當我在拍攝《雙面薇若妮卡》期間，每個晚上及每個週日都會待在剪接室裏。然後在拍攝工作結束之後，更盡量待在裏面。我會設法把初剪趕快整理出來，先忽略細節部分。這個版本將完全依照劇本及後來在拍攝現場做的更動剪接。經過試映第一個版本之後，劇本中很多大的錯誤、重複或冗贅部分便會現形。於是我再很快地剪出第二個版本，毅然決然地縮減很多場戲，把它們扔掉，或改動順序。通常我會做得有點過分。於是在第三個版本裏，我又會把扔掉的部分撿回來，電影自此慢慢成形。雖然它仍缺乏韻律及切接，但已初具秩序的影子。在這段期間，我幾乎每隔一天、甚至每天都會試映。藉此審視各種可能，調弄題材。所以說，剪出來的這六、七個版本其實都是完全不同的電影。一種清晰的意象慢慢自這些改動及不斷地試映中浮現出來，於是電影成形了。直到那個時候，我們才著手處理細節，尋找剪接點、韻律及氣氛。

我是那種很捨得與整段題材告別的導演。扔掉好的、美的戲，或是花大錢、難度高的戲不會令我感到遺憾，只要它們對電影來說是多餘的，我便會無情地把它們扔掉——甚至還能得到某種快感！拍得愈好的部分愈容易下手，因為我知道它們被放棄的原因，不是因為品質不好，只因為它們不是必要的。

所有不必要的東西都絕對應該捨棄。通常我拍攝的場次會比完成的電影多出很多，然後，很樂意地把它們捨掉，因為我知道它們是不

必要的。有時候剪接師會哭叫道：「多麼美的鏡頭！她在那一場戲裏表演得多好！」可是一旦我看清那是不必要的，我就真的能夠毫無難色地把它剪掉。這是年輕導演的另一個問題，他們太難割捨自己的題材。每樣東西都必須派上用場。我做的每件事都很美，他們想。事實上，大部分卻都毫無用處。我們全犯過這類錯誤。最困難的部分就是認清什麼才是不必要的。

在剪接室裏，我會有一種自由的感覺。當然，我手中只有自己拍的一些毛片，但這些毛片卻代表著無窮的可能。我感覺不到時間的緊迫、金錢的壓力、演員的情緒起伏、行程的緊湊、攝影裝備狀況頻傳的挫折感（即使最棒的器材也會出狀況），沒有人整天來問我幾百個問題，我不必等候太陽下山，或等候別人把燈光架好。我懷抱著些許興奮的情緒，等待著剪接桌前每個動作的結果。

注釋

❶在共黨統治時期，文藝部副部長奉命監督電影業，政府可以干預電影製作的每一個階段，並對導演開拍第一部劇情片的資格設下種種規定。至於每天拍片的細節：諸如拍攝時間表的長度、工作隊的組成……等等，則由製片廠負責監管。

❷斯拉維克‧伊茲亞克（Sławomir Idziak）曾為奇士勞斯基擔任多部劇情片的燈光攝影師。包括：《疤》、《殺人影片》、《雙面薇若妮卡》、《藍色情挑》。

❸艾瑞克‧艾拉汀斯基（Ireneusz Iredyński），劇作家。寫過許多廣播劇本。

❹漢娜‧克勞爾（Hanna Krall），名記者。

❺史達斯‧洛斯維茲（Stanislaw Różewicz），生於一九二四年，詩人泰迪斯‧洛斯維茲（Tadeusz Różewicz）的兄弟，劇情片導演。直至七〇年代，他都擔任托爾製片廠的藝術總監。電影包括：《Westerplatte》(1967)、《葉巴落》(Opadły Liście z Drzew, 1975)、《大山貓》(Ryś, 1981)。

❻馬修斯基（Juliusz Machulski），生於一九五五年，電影明星善·馬修斯基（Jan Machulski）之子。他是一位未曾接受正式訓練的演員，同時也是劇情片導演。電影包括：《Va Bank》（1981）及《性的使命》（Seksmisja, 1983）。

❼華伊西耶·馬傑斯基（Wojciech Marczewski），生於一九四四年，劇情片導演。電影包括：《噩夢》（Zmory, 1978）、《顫抖》（Dreszcze, 1981）。

❽費力克·法爾克（Feliks Falk），生於一九四一年，劇情片導演。電影包括：《高級走狗》（Wodzire, 1977）、《爵士時光》（Był Jazz, 1981）。

❾共黨統治時期，電影業由政府出資運作。政府撥給每一家製片廠一筆經費，製片廠再決定發給每一部影片多少拍攝預算。

❿天主教在波蘭居領導地位，因此教會的勢力非常強大。在共黨統治期間，各個階層的人民都視教會爲共產主義的解毒藥，他們爲了嚮往自由而認同教會。一直到現在，宗教都是人民生活的一部分，其影響力深入各種行業，包括電影業。

⓫請參照第二章，註❷。

⓬《高級走狗》（Wodzirej, 1979），由費立克·法爾克執導。

⓭有些地方社區組織或電影俱樂部在碰到特殊的試映會或電影季時，會邀請導演及/或作者參加，並在電影放映結束之後，與觀眾舉行座談會。

⓮皮西雅維茲(Krzysztof Piesiewicz)，生於一九四五年，與奇士勞斯基合寫過《無休無止》、《十誡》、與《三色》。他於一九七〇年畢業於華沙大學的法學院，本來專擅犯罪法。自從一九八一年戒嚴法頒佈之後，更積極參與政治案件。一九八五年三位安全警察被控謀殺鮑比路斯科（Jerzy Popiełuszko）一案，他即擔任檢察官之一。

⓯UB (Urząd Bezpieczeństwa) 爲警方祕密組織，性質相當於蘇聯的NKGB。

⓰SB (Słuzba Bezpieczeństwa) 爲安全情報局，性質相當於蘇聯的KGB。

⓱該機構隸屬共黨中央委員會的文化部。

⓲請參照序文及第三章，註❾。

⓳康威奇（Tadeusz Konwicki），生於一九二六年，小說家（自五〇年代開始出版著作）及電影導演，同時也擔任卡德（Kadr）製片廠的文學指導。電影包括：《夏季的最後一天》(Ostatni Dzien Lata, 1958)、《翻跟斗》(Salto, 1965)、《萬魂日》(Zaduszki, 1961)。他主要以小說創作聞名。小說包括：《波蘭情結》(*Kompleks Polski*, 1977)、《小型天啓》(*Mala Apokalipsa*, 1979)。

⓴西西皮歐斯基（Andrzej Szczypiorski），生於一九二四年，小說家及記者。小說包括：《花氈城的彌撒》(*Msza za Miasto Arras*, 1971)、《他們行過艾摩斯》(*I omineli Emaus*, 1972)、《三人成直線》(*Trzech w Linii Prostej*, 1981)。

㉑安德瑞耶斯基（Jerzy Andrzejewski），小說家。作品包括：《灰燼與鑽石》(Popiół i Diament, 後被改編爲電影，由華依達執導)。

㉒當團結工聯於一九八〇年崛起時，賈魯賽斯基將軍正是波蘭軍方的首領。一九八九年反對黨大獲全勝之後三年，賈魯賽斯基被綁赴立憲法庭，扛下戒嚴法的全部責任。

㉓KOR (Komitet Obrony Robotników)，工人保護委員會。成立於一九七六年九月，專門提供被逮捕的工人法律及金錢上的協助。該委員會後來擴大受理所有與違反人權有關的案件。

㉔KPN (Konfederacja Polski Niepodległej)，波蘭獨立聯盟。爲七〇及八〇年代最活躍的反對組織。

㉕季斯札克（Czesław Kiszczak），在戒嚴法實施期間擔任內政部長，是賈魯塞斯基將軍的左右手。

㉖贊尼亞夫斯基（Klemens Szaniawski），著名的哲學教授。

㉗《大理石人》(Człowiek z Marmuru, 1977)，華依達執導。

㉘《波蘭鐵人》(Człowiek z Żelaza, 1981)，華依達執導。

㉙《工人（'80）》由察達高夫斯基（Andrzej Chodakowski）與贊耶茲高夫斯基（Andrzej Zajączkowski）共同執導，記錄一九八〇年八月格但斯克船廠事件。

㉚請參照第二章，註❹。

㉛馬索‧洛辛斯基（Marcel Loźinski），生於一九四〇年，為紀錄片導演。電影包括：《測試麥克風》（Próba Mikrofonu）、《卡丁森林》（Las Katyński, 1990）、《我班上的七名猶太人》（Siedmiu Zydow z mojej Klasy, 1992），以及《離歐洲八十九公釐》（89 Milimetrów od Europy, 1993）。

㉜他來自猶太家庭。

㉝亞當‧米區尼克（Adam Michnik），猶太後裔。一九六八年及七〇至八〇年代之間，是一名非常活躍的異議分子，曾經被拘留過無數次。在共黨統治期間，是反對黨內的重要成員，同時也是工人保護委員會（KOR）的發起人之一。現在他擔任波蘭最暢銷的日報*Gazeta Wyborcza*的總編輯。

㉞Norman Davies, *God's Playground: A History of Poland* (2 vols), OUP, 1981.

㉟波蘭國會（Seym） 在審核一項法案之前，該法案必須先經過參議院（Senat）。參議院可以否絕它，但他們沒有權利通過它。在共黨統治期間，參議院被廢除，共黨倒台之後又重新設立。

㊱莫拉茲可（Andrzej Mleczko），專畫諷刺漫畫的漫畫家。

㊲每一家製片廠都有一位文學指導，負責委任劇本的寫作及甄選劇本。

㊳請參照第二章，註❹。

4

我不喜歡「成功」這個字眼

我並沒有放棄在波蘭拍電影，現在我仍然在那兒拍片。當然，國際合作的情況不同，它提供給我的條件比較好。

　　我不喜歡「成功」這個字眼，也總會強烈地否認自己已經成功了，因為我根本不懂這兩個字的意義。對我來說，成功意謂著達到我真正想要的，那才是成功，而我真正想要的東西或許永遠遙不可及，所以我從來不透過這個字眼去看事情。當然，我所贏得的認可，多少、甚至大大地，滿足了每一位電影人都有的野心。我也有野心，而且毫無疑問地是因為自己的野心，才有今天的作為，但這和成功毫無關係，還差得遠呐！

　　的確，我的野心得到滿足；但從另外一方面來看，外界的認可只能「幫助」你滿足自己的野心，因為野心是永遠無法饜足的！你的野心愈大，就愈不可能得到滿足。外界的認可能讓你辦起事來方便很多，這對處理日常事務幫助很大。顯然，籌錢容易比為錢拼命好多了；至於找演員或其他任何你能夠想像到的事，情況也一樣。不過，我同時也懷疑，做事容易到底是不是一件好事？我不敢確定有困難就一定比較不好；也不敢確定受苦一定比不受苦差，我想有時候受苦反而好些，每個人都應該經過那個階段，才不枉為人，才會了解人性。如果你的生活舒適，就根本沒理由去關心別人。我認為一個人在懂得真正關心自己，以及關心別人之前，必須先經歷苦難，真正了解苦難是什麼，這樣你才會傷心，才會了解傷心是什麼感覺。如果你不懂得痛苦，就不會懂得不必忍受痛苦的滋味，當然也不會因此而心存感激。

我絕不會對你講述我最痛苦的時候，也絕不會對任何人說。最痛苦的事都是最隱私的事。首先，我不會去討論它；其次，即使它很可能會自某處浮現出來，我也很少對自己承認。當然它是有源頭的，如果你真的想去挖掘，就可以把它找出來。

我當然覺得自己是在逃避，不過卻不會因此感到不安。有時候為了生存，你必須逃避。我想我逃避波蘭局勢的時機太晚了！一九八〇年，我再一次允許自己做不必要的參與，又承受一次不必要的打擊。我應該早早看透，早早逃開。不幸的是，我太愚蠢了！

一般來說，你所逃避的對象都是你自己，或是你認定的自我。老實講，我心安理得。對於被孤立，我也覺得心安理得，因為我跟每個人一樣，也覺得自己是對的，別人不管持什麼理由，不見得對，直到今天我仍然堅信自己是對的。我唯一做過的錯事和蠢事，是我掉頭離去的時機太晚、太晚了。不過，這當然也是命中註定的。

美國不吸引我的原因很多。首先，我不喜歡美國，它太大了！人太多！每個人的步調都太快，太多騷動，太多鼓噪，每個人都太努力地假裝自己在那裏非常快樂。我不相信他們真的快樂，我覺得他們也跟我們一樣不快樂。只是有時候我們還會拿出來講一講，他們卻只一再重複一切都很好，棒極了！要我在日常生活中應付這種態度會令我神經緊張。不幸的是，導演工作即是一種日常生活，你必須在一個地方、一個國家裏花上半年時間才能有所作為。如果我必須聽別人對我說「每件事都棒極了！」聽上一整年，我會受不了！

當美國人問我：「你好嗎？」我若說：「馬馬虎虎。」他們大概會覺得我們家死人了。其實我只是有時差，因為我剛飛行了七個小時，實在不太舒服。可是只要我說一句「馬馬虎虎」，他們馬上就覺得悲劇發生了。你不可以說「馬馬虎虎」，一定要說「很好」或「非常好」。

我能說的最樂觀的話就是：「我還活著。」所以說，在這方面，我不太適合美國。第二點：他們不准導演進剪接室——至少大製片廠是如此。導演只導電影，那是他的工作。在那裏，一個人寫劇本，另一個人導演，再換一個人剪接。毫無疑問地，有一天我會執導別人寫的劇本，因為那會比我自己寫得好，而且遠比我寫的清晰、優美。可是我絕不會放棄剪接。為了那個理由，我不能去美國。我不能去美國當然還為了他們禁煙！所以說，美國不吸引我的理由太多了。

我怕美國。每次我到紐約，總覺得整個城市隨時會倒塌，我唯一能想到的事，是怎麼樣避免被壓在下面。美國其他的地方也同樣可怕。雖然加州的馬路上不像在紐約人那麼多，那麼多噪音。可是卻有好多車，開來開去。我總是非常懷疑到底有沒有美國人坐在那些車裏面。誰知道坐在車裏的是誰呢？我老覺得那些車是自己在跑！所以說，我就是怕那個國家，每次我去那裏，就覺得自己開始採取防禦的姿態。甚至到鄉下小地方，仍會覺得害怕，總想設法逃避。我會把自己關起來，躲進旅館裏。通常都會一直睡覺——如果我睡得著的話——現在不比從前，不太容易入睡。但我若睡得著，就會一直睡！

我經歷過一次很驚險的事件。整個經過其實很傻。當時我正趕赴一場試映會。我想那是我在紐約影展上的第一次試映會，好像是《無休無止》，在一九八四年或一九八五年吧，時間倉促，我鑽進一輛計程車，外面下著雨，計程車司機撞倒了一位騎自行車的人，我走的路徑必須穿過中央公園，它就和倫敦的海德公園一樣，裏面有縱橫交叉的小路，只不過海德公園裏每樣東西都在同一個平面上，而中央公園裏的路卻比較低，不是隧道，有點像壕溝。我的計程車司機就在那裏撞倒一名自行車騎士。當時已是黃昏時分，甚至已經天黑了。不，是黃昏，天下著雨，他就這麼撞上那個人，那位騎士整個人彈起來倒在地

上，計程車接著輾過那輛自行車，就這麼輾過去！那邊的路很窄，每個方向只允許通行一輛車。那裏的車都特別大，特別寬。或許本來可以容納兩輛法國車的空間，美國車就只能過一輛。他撞倒自行車騎士之後，停下車走出去。我們幫忙把那位騎士扶起來，我也去幫忙，因為他躺在地上，腳還在流血。然後，四周開始響起汽車喇叭聲，在我們後面堵了一長串車龍，大塞車！大概有兩英哩那麼長。他們都開始按喇叭、閃燈、大吼大叫、再按喇叭……

　　因為當時離我應該出現在林肯中心的時間只差五分鐘，我給了那個人我欠他的錢，大概五、六塊吧，然後就開始跑！你可以想像反方向的計程車司機心裏會怎麼想：一輛計程車停住，一個人從車旁跑開。他們當然會覺得我對那位司機做了什麼不軌的事，搶他，打劫，或宰了他！我拼命地跑。第一因為在下雨，我想在抵達林肯中心以前保住我的西裝，所以加快腳步。然後我又看見對面的計程車全停下來，他們開始打信號，有人紛紛從計程車中跳出來。我只是一個勁兒地逃！逃開他們！我不再往林肯中心的方向跑，只想逃開他們的追逐。我開始爬上壕溝的邊緣，跳進公園的綠地裏。沒想到壕溝前方也有計程車司機等在那裏。他們也注意到有一輛車停下來，一個人跑開，於是他們手持那種巨大的棒球棒，開始在中央公園裏追著我跑。你知道吧，那種又粗又長，挨一下腦袋瓜子準開花的那種棒子！我看到好多人在車頂上揮舞這種棒子，開車在公園裏追我。我差點就逃不出去！還好那裏的樹叢很密，開車無法穿越。這是我能逃命的唯一理由。我渾身是泥地奔到林肯中心，向大家解釋自己遲到的原因——我大概遲到了五到十分鐘。不過，那件事並不是我不喜歡美國的原因。那只是一次有趣的冒險經歷。

　　我想那就是喜劇吧！你必須把主角放進一個他自己一點都不覺得

好笑的處境當中，但你若以旁觀者的角度來看，就會覺得非常好笑。我沒有拍過像名丑迪富勻（de Funes）拍過的那種喜劇，不過我拍過一些喜劇的電影。

有很多我沒拍成的電影，想來頗覺遺憾。不過那不是我的錯。電影拍不成的理由很多。我有很多想法、劇本，都從未付諸實現。有很多部我想拍卻拍不成的紀錄片。但是對全長劇情片來說，情況卻不一樣。或許其中有一部我沒能拍成，但所有寫成劇本的我都完成了。我並沒有藏滿一抽屜想拍卻礙於各種理由拍不成的劇本。除了一個我在十五年前寫的劇本之外，我沒有寫過一個後來沒能拍成劇情片的劇本。

比方說，有一段時間，我想和卡茲馬爾斯基（Jacek Kaczmarski）❶合拍一部電影，他歌唱得很美，曾在《盲打誤撞》裏演出一個小角色，目前在慕尼黑工作。我一度覺得應該有人專門為他寫一部電影，也就是專門為他創造一個人物。他具有如此大的能量，如此多的精力，舉止之間傳達了如此多的真理，同時卻又十分謹慎，實在值得為他寫一部電影。可是我卻沒有寫。老實講，我沒有辦法寫它，因為他離開祖國，再也沒有回來。現在他已是一位年長的紳士，不再是從前的卡茲馬爾斯基了！

我還想拍一部與後來相繼死亡的共產黨政客長談的紀錄片。如果當初我拍成了它，我想現在一定很有價值。我把這項計劃呈交給WFD，提議我們與葛慕卡、賽藍奇維茲（Józef Cyrankiewicz）❷、莫察爾……等會談差不多二十到三十個小時左右，工作室甚至已經開始往那個方向採取行動，或許還聯絡到其中幾位，可是他們並未達成協議。那是七○年代，我拍完《工人(71)》之後的事，我覺得實在應該用影片把這些人記錄下來，就只是一些談話頭，沒別的。其他什麼

都不拍！我甚至提議把影片拍好之後，藏在檔案室裏，不放映給任何人看，只把它當作是一份歷史資料。我懷疑或許這些人所說的話中不無眞實的成分。我應該放聰明一點的。

我沒拍成的紀錄片很多。其中有些被我設法安插在《影迷》之中，成爲那位攝影迷拍的業餘作品。一部在講人行道，或講侏儒的紀錄片。是菲立浦拍的。

我想我拍了幾部完全沒有必要的影片，其中有紀錄片，也有劇情片。現在我已經不懂自己當初爲何要拍它們。其一是《疤》，我想我之所以拍它，只因爲我想拍一部影片而已。那是導演可能犯下的最大罪惡：純粹只爲了想拍片而拍片！拍電影應該爲著別的理由：想說些什麼；想講一個故事；想呈現某人的命運。但是你不能只爲了想拍片而拍片。我想那是我犯下最大的錯誤——我拍過一些不知爲何而拍的影片。當我在拍它們的時候，我告訴自己我知道自己爲什麼想拍它們，但其實我並不眞的相信那些理由。我拍它們純粹只爲了自己想拍片而已！另外一部完全沒有必要的影片是《短暫的工作天》。我對自己爲何拍它已毫無線索。我也拍過很多完全沒有必要的紀錄片。

另一項錯誤是我太晚才認淸自己必須盡量遠離政治，遠遠地避開，使我影片的背景中不帶一絲政治的跡象。當然，你也可以說我當初進電影學校才是最大的錯誤！

現在全世界的電影業情況都很糟。能夠慶祝銀婚紀念是美事一椿，但只有當這對夫婦感覺美好，仍然愛著對方，仍想親吻對方，相擁入眠，那才算眞正的美事。如果他們已經快要不能忍受對方，對彼此毫不感興趣，那就是壞事了！這等於是今天電影業的寫照：電影業對大眾不感興趣；相對的，大眾對電影業也愈來愈興趣缺缺。

有一點必須先說清楚：我們沒有給大眾什麼機會。當然，美國人

是例外。他們在意大眾的興趣，因為他們在意自己的錢包。所以說，那又是一種完全不同的關懷。而我指的是關懷觀眾的精神生活——或許這個字眼太強烈——總之就是票房以外的東西。美國人把票房照顧得無微不至，所以他們才能拍出世界上最好的一些電影，甚中不乏涵蓋精神層次的作品。但是我認為這種較高層次的需求，不只是暫時遺忘塵世生活，不只是純娛樂而已的需求，已完全被我們所忽略了。於是大眾棄我們而去，因為他們覺得我們沒有好好照顧他們。或許這些需求已經消失了。不過我仍願意承擔自己身為導演應負的責任。

我不知道我是否看過自己拍的電影。有一次我在某個影展的一場試映會裏坐了一會兒，大概在荷蘭吧，不過我只待了幾分鐘而已，我想看看《人員》是否變老了。後來我決定它的確變老了一點，便離開戲院。從此我沒有再看過一部自己拍的電影。

我最喜歡的觀眾是那些說電影在講他們自己，或對他們產生特殊意義，以及改變了他們的人。有一次我在柏林的街上碰到一個女人，她認出我，因為當時該地正在為《愛情影片》作宣傳。這個女人在認出我之後，開始哭起來，對我感激涕零。她五十歲，和女兒經年感情不睦，兩個人雖然住在同一棟公寓裏，卻不交談。當時她的女兒十九歲，這個女人告訴我平常她和女兒除了告知對方鑰匙放在哪裏，牛油用完了，或是自己幾點鐘會回家之外，五、六年都沒有交談過。前一天，她們去看我的電影，她的女兒在經過五、六年之後，第一次親吻她。毫無疑問地，明天她們仍會發生爭執，而且兩天之後，這件事對她們來說就會變得毫無意義，但只要在那五分鐘之內，她們感覺很好——至少那位母親的感覺很好——那就夠了！就為了那五分鐘拍那部電影，也是值得的。或許《愛情影片》觸及導致那對母女發生衝突的原因，當她們一起看那部電影時，那位女兒或那位母親或許領悟到使

她們發生衝突的真正原因，然後那位女兒親吻了自己的母親。只為那一個吻，為那一個女人，拍那部電影就值得了。

很多人在看過《殺人電影》之後問我：「你怎麼懂那種感覺？」同樣地，也有很多人在看過《影迷》之後寫信問我：「你怎麼那麼懂影迷的感受，那部電影就在講我！你拍了一部講我的電影！」或是「你剽竊了我的生命。你是從哪裏知道我的？」有很多部電影都為我帶來許多類似的信件。《愛情電影》在上映之後情況也一樣，有一個男孩寫信給我，宣稱那便是他的故事。當你在不很清楚事情會如何發展的情況下（因為你永遠都不可能真正了解）創造一樣東西，結果卻能觸及別人的命運時，實在令人感到愉快。

再拿一個女孩來說吧！在巴黎城外，一位十五歲的小女孩走到我面前，告訴我她才看過《雙面薇若妮卡》，她看過一遍，兩遍，三遍，而她只想說一件事：她現在了解真的有靈魂這個東西。以前她不知道，但是現在她曉得靈魂確實存在。這個插曲很美，為了那個女孩拍《雙面薇若妮卡》是值得的。工作一年，犧牲那麼多金錢、精力、時間、耐心，虐待自己，戕害自己，做上千種決定，只為了讓一位巴黎少女領悟靈魂真的存在，就值得了！這些人才是最好的觀眾。這種人不多，但或許還有一些吧！

注釋

❶卡茲馬爾斯基（Jacek Kaczmarski），在團結工聯時代及戒嚴法實施期間，專門演唱異議歌曲。

❷賽藍奇維茲（Jozef Cyrankiewic），奧斯維茲集中營的倖存者。於一九四五—五六年間擔任波蘭首相。

5

三色

編者註：討論《三色》（Barwy）的這一章是根據一九九三年六月我與奇士勞斯基在巴黎的訪談紀錄編輯而成。當時他仍在剪接《藍色情挑》（Bleu）、《白色情迷》（Blanc）與《紅色情深》（Rouge）。《藍色情挑》的初剪已經完成，但是另外兩部尚未成形。我是根據讀過的劇本及劇照提出問題。顯然在剪接過程中還會發生許多更動。

藍、白、紅：自由、平等、博愛。皮西歐❶提議把十誡拍成電影，那我們為何不嘗試把自由、平等、博愛也拍成電影呢？為什麼不試著對《十誡》中的訓誡作更廣義的了解？為什麼不試著解析十誡的現代功能？我們對它的態度為何？而自由、平等、博愛這三個名詞的現代功能又是什麼？——讓我們針對人性化、隱私及個人的層面，而非哲學、更非政治或社會的層面來討論。西方世界已將這三種觀念在政治及社會層面上付諸實行，但它們對個人層面來說，又是完全不同的論題。因此我們想到拍這三部電影。

藍色是自由。當然它也可以是不等，更可以是博愛。不過《藍色情挑》是一部講自由的電影：它在講人類自由的缺陷。我們到底能有多自由呢？

姑且不論發生在茱麗（Julie）身上的悲劇及戲劇性經歷，我們其實很難想像有比她更奢華的處境。片子一開始她變得完全自由，因為她的丈夫和女兒都死了，她失去所有家人，也卸下一切義務。她生活

無虞，有一大筆錢，沒有任何責任，什麼都不必做。這時問題來了：在這種處境下的人能夠真正自由嗎？

　　茱麗以為自己是自由的。她不夠堅強，無法結束自己的生命，跟隨家人到另一個世界去；也可能是因為她認為自己不能那麼做——我們永遠不可能知道她的理由——她試著去過另一種生活方式，試著把自己從過去完全釋放出來，在這類電影裏，本來應該有很多場她去墓園或看舊照片的戲，但這類鏡頭連一個都沒有。沒有過去！她決定將之一筆勾銷，即使往日又重現，它也只出現在音樂中。看來你無法從曾經發生過的事完全解脫出來。你做不到，因為在某個時刻，一些像是恐懼、寂寞的感覺，或是像茱麗經歷到被欺騙的感覺，總會不時浮上心頭。茱麗受騙的感覺使她改變如此之大，令她領悟到自己無法過她想過的日子。

　　那即是屬於個人自由的範疇。我們可以自感覺中解脫的程度到底有多大？愛是一種牢獄嗎？抑或是一種自由？電視文化是一種牢獄？抑或是自由？理論上，它是一種自由，因為如果你裝了衛星電視，就可以收看到全世界的頻道，但事實上，你立刻必須為它買各式各樣的裝備配合，如果它壞了，你必須拿去修，否則就必須請師傅到府服務。然後你又會為電視裏播出的節目感到憤憤不平。換句話說，雖然在理論上你給予自己觀看各種事物的可能，但實際上，你卻掉進了這個裝備的陷阱中。

　　或者，你給自己買了一輛車。理論上，你自由了。愛去哪兒就可以去哪兒，不必買車票，或買任何東西，也不必打任何電話，只要加滿油便可上路。但實際上，問題馬上接踵而至。或許有人想偷車，或把車窗打破偷音響。於是你去裝了一個可以搬下車的音響。當然，這麼做也不能改善情況，因為你還是整天耽心車子被偷，於是你去領牌

85　奇士勞斯基與皮西雅維茲。

照，但是你還是不放心，因為還是有人想偷它。於是你去裝一套電腦系統，萬一車子被竊，靠著衛星幫忙，你可以馬上確定車子的位置。除了怕被偷之外，車子還可能被刮傷，這可是你不願意發生的事，因為那是新車。於是你想找一個車子不容易被刮傷的地方停車。你開始尋找停車場。在城市裏，這可難了！沒有停車場！也沒有停車空地！你找不到地方停車。所以說，理論上，你自由了。實際上，你卻成為車子的囚犯！

　　這是對物質的自由與缺乏自由的情況。至於感情亦然。愛情是非常美的感情，可是一旦愛了，你立刻開始依賴你愛的人，做他喜歡的事，即使你自己不見得喜歡，但是你希望能使他快樂。於是，儘管你有這種美好的愛的感覺，又擁有你愛的人，卻開始做一些有違自己天性的事。這即是我們在這三部電影中對愛在個人層次上的了解。

　　《藍色情挑》中的牢獄是由情感及記憶這兩件事造成的。或許茱

麗不想繼續愛丈夫，因為這樣能讓她活得比較容易些。所以她不去想他，所以她才忘了過去，所以她不去墓園，從來不看舊照片。她說她不想看。在電影裏我們沒有明講，但是到後面便可明顯地知道她拒絕看照片，她想遺忘一切，可是，真有可能遺忘嗎？有一瞬間，她開始感覺很好，可以開始正常活動，去散步。所以說，遺忘是可能的。至少，嘗試去遺忘是可能的。可是，突然之間，她被嫉妒糾纏，成為嫉妒的囚徒。整件事很荒謬，因為關係人已經死了，而且已經下葬了六個月。她沒有辦法為他做任何事，也沒有辦法對付他。她不能釐清自己與他的關係，她不能說：「我愛你」或「我恨你」，她什麼都不能做。但嫉妒仍折磨著她，就好像他仍在人間一般。她試著與嫉妒抗爭，結果表現得十分荒謬，變得太好了！但她仍不能掙脫那個陷阱。她在電影裏的某一刻曾經明確的表示這一切都是陷阱：愛，憐憫，友誼。

就某個角度來看，茱麗處在一種靜止的狀態中，不斷地等著事情發生或改變。她極端地神經衰弱——因為她決定了自己將變成什麼樣的人。我們可以說這部電影必須跟蹤她，跟隨她的生活方式及行為表現。當然這並不意謂著一部講無聊的電影本身也非無聊不可。

片裏有各種不同的淡出，典型的省略法淡出鏡頭：時間過去了。一場戲結束，新的一場開始。有四個淡出會把我們帶回同一個時刻，目的是要傳達一種極主觀的觀點，也就是說，時間的確過去了，但對茱麗而言，在某些瞬間，時間是靜止不動的。一位記者到醫院陽台上看她，說「哈囉」，茱麗也回答「哈囉」。我們看到第一次的淡出。兩聲「哈囉」之間相隔兩秒鐘，我想表現時間對茱麗來說已經停止了。不僅音樂會回來，而且在那一瞬間，時間是靜止的。

同樣的，當那位年輕的脫衣舞女/鄰居到游泳池畔找她，女孩說：「妳在哭？」然後時間對茱麗而言又靜止了，因為她真的在哭。另一

個例子，安東（Antoine）說：「難道妳什麼都不想知道嗎？出事兩秒鐘後我就趕到車子旁邊……」茱麗回答說：「不。」此刻時間對她來說又靜止了。她從來沒去過墓園，這表示她不願去回想那次意外及她的丈夫。但是那個男孩提醒了她，他的出現喚回她所有的記憶。

安東是個重要的角色——不是對茱麗而言，卻是對我們而言。他是個代表「知」及「見」的人物。比方說，他告訴我們許多關於她丈夫的事。我們對茱麗的丈夫知道多少？非常有限，都是從安東那兒聽來的，我們知道他是那種講笑話會重複一遍的人，我們也發現不少關於茱麗的事——她注意到自己丈夫的這個特性，並向那位年輕男孩提起。除此之外，安東還帶來一樣我們之前從未看到的東西。在電影中茱麗只笑過一次，就是當她和他在一起的時候。她總是拉長了臉走來走去，可是當她和安東在一起時，我們看到以前她是愛笑的。

安東的存在還有另一個理由。我喜歡觀察生活的碎片，喜歡在不知前因後果的情況下拍下被我驚鴻一瞥的生活點滴，就和安東一樣。

這三部電影都在講具有直覺、感性的性情中人。對白中不見得都直接表達出來。在我的電影裏，很少有話直說。最重要的事經常都發生在幕後，是你看不見的。要不它存在於演員的舉手投足之間，否則它就不存在；要不你可以感覺得到，否則你就是感覺不到！

《白色情迷》也在講一位非常敏感的人。當然，他感性的理由和茱麗大不相同。不過，那部電影在講一位非常敏感的男人。

它將會是一部和《藍色情挑》截然不同的電影。劇本的形式不同，拍攝手法也不同，它應該是一部喜劇。但我想它大概不如預料中滑稽，我把本來應該很滑稽、結果卻並不好笑的部分都剪掉了。

《白色情迷》在講平等的矛盾。我們了解「平等」的理念，每個

人都嚮往平等的地位。但我認為這完全不是真的。我不認為有哪個人真的想平等，每個人都想「更平等」。波蘭有句俗話說：有些人是平等的，有些人更平等！在共黨統治時代，我們常常聽到這句話，我想現在還是有人在講吧。

這即是該片的主題。剛開始，卡洛（Karol）蒙受羞辱，受到踐踏。無論在實際狀況上，或只是一種比喻性的說法，他都想掙脫自己的處境。當然，就某種程度來說，這是他的錯。事情是這樣的，他沒有對太太履行作丈夫的義務，沒有人知道他為什麼突然變得性無能。本來他行，現在卻突然無法勃起。他說可能是因為工作，或是午餐喝葡萄酒的關係，但我們並不知道真正的理由。他的無法勃起，無論對他身為一個男人或一個人來說，都是萬分羞辱的事。他失去自己曾經擁有的一切，愛情也遭到拒絕。他要讓大家知道他不但不比別人差，不但跟別人一樣平等，而且他還高人一等，比別人強。

於是他想盡辦法，證明給擯斥（溫和的說法）他的女人看，他比她想像得強。他果真做到了！他變得「更平等」！只不過，當他變得更平等之後，自己卻掉進他為妻子設下的陷阱中，原來他仍然愛她——這是他以前不知道的。本來他以為自己不再愛她了，只想報復她。但就在報復的同時，愛情卻突然重現，又回到他與她兩人身上。

你看到他們都在郵輪上，等到你看過第三部電影《紅色情深》，就會知道《白色情迷》其實有個快樂的結局。

我有一個愈來愈強烈的感覺：我們每個人都只關心自己，即使當我們注意到別人的時候，我們還是想到自己。這是第三部電影《紅色情深》——博愛——的主題。

范倫婷（Valentine）願意替別人想，但是她總以自己的觀點為別

人著想。她只能如此，就像你我也無法用別的觀點來看事情一樣。現在的問題是：即使當我們在付出自我時，難道不只是因為我們想搏取美譽嗎？這個問題我們永遠得不到答案。哲學家找了兩千年都找不到，將來也不會有誰能找得到。能夠付出自我是件美事，但如果我們這麼做只為了搏取美譽，那麼這件美事馬上就有了污點。這份美是純的嗎？抑或永遠都有些缺陷？這是該片提出的問題。我們不知道，也不想知道答案。我們只不過再一次對這個問題進行沉思。

其實《紅色情深》真正在討論的是：人們有時候會不會生錯時代？

《雙面薇若妮卡》令我感興趣的地方在於它的平行關係：薇若妮卡感覺到另一個人的存在，知道自己並非孤孤單單地活在世上。這個想法不斷在《雙面薇若妮卡》裏重複出現。她們兩人都表示覺得自己並不孤獨。其中一個人說她覺得有個人就在自己身邊，或是她覺得失去了一個很重要的人，只是她不知道那個人是誰。奧古斯（Auguste）並沒有感覺到法官的存在，法官當然知道奧古斯這個人。我們永遠無法確知奧古斯是否真有其人，抑或只是法官的生命在四十年後的一個變調。

《紅色情深》的主題在描述一種受限制的氣氛——如果法官晚投胎四十年，會發生什麼事呢？所有發生在法官身上的事全應驗在奧古斯身上，只有些許不同。在電影中，法官說他看見一面白色的鏡子，反映出他的未婚妻雙腿張開，其間夾著一個男人。奧古斯並沒有看到什麼白色鏡子，他看到的景象稍有不同，但整個情況是一樣的。他看見張開的雙腿，中間夾著一個男人。奧古斯到底存不存在呢？他正毫釐不差地重複法官的生命嗎？我們有可能在經過一段時間後重覆另一個人的生命嗎？該片提出最基本的問題是：我們可能修正老天爺犯下的錯誤嗎？——某人讓某人在錯誤的時機投胎！范倫婷應該在四十年

86-7 《白色情迷》、《紅色情深》：平等、博愛。

前來到人間，否則法官就應該在四十年後出生，他們會成爲很好的一對，或許這兩個人會很快樂，很相稱。這跟半個蘋果的理論一樣：如果你把一個蘋果切成兩半，再把另一個一模一樣的蘋果切成兩半，其中的一半絕對不可能和另一個蘋果的那一半完全吻合。你非得把同一個蘋果的兩半合在一起，才能形成一個完整的蘋果。完整的蘋果必須由成對的兩半結合而成，人的關係也一樣。問題是：是不是哪裏出了錯？我們有資格去修正嗎？

《藍色情挑》、《白色情迷》、《紅色情深》爲三部各自獨立的電影。當然，拍攝的方式是希望能以這個順序放映，但這並不表示你不能以相反的次序去觀賞。《十誡》中各個影片之間的關聯很多，這裏的關聯卻很少，且其重要性也相對地小很多。

我不可能操縱拍攝進度，也不想那麼做。這裏的製作組織非常不同。《十誡》全部在同一個城市內拍攝完成，因此可以在各影片中調度。我們主要是考量演員及攝影師的日程表才那麼做。但是在這裏，我們用了三組完全不同的工作小組及演員，在三個不同的國家裏，拍攝三部不同的電影。所以不可能把進度重疊在一起。其中只有一場戲我們可以重疊起來拍。我們在巴黎的法務部拍了一場戲，也就是你在《藍色情挑》中瞥見贊馬蕭斯基（Zamachowski）與茱麗‧迪爾皮（Julie Delpy）一起出現了一秒鐘的那場戲。同時在《白色情迷》中，畢諾許也在該處露了一次臉。那個重複時期只有一兩天的拍攝時間。我們先花一半時間拍《藍色情挑》，再花一半時間拍《白色情迷》。

我們先把整部《藍色情挑》拍完，第二天緊接著拍《白色情迷》在法國的那一場戲。《白色情迷》在巴黎有十到十二天的工作天，接下來我們去波蘭。那裏的情況完全改觀，換了新的工作小組，新的電工，

不過也有很多人從法國跟來，場記是同一個女孩，音效師也是同一個人：尚-克勞德・洛荷（Jean-Claude Laureax）。

經過了由十四名音效工程師共同錄製《雙面薇若妮卡》那次難忘的經驗之後，現在我只有一名音效師。一開始，我對製作小組提出最基本的條件，就是要一位音效師從開拍到完成拷貝都跟著我。當然，混音部分必須由另外一位音效工程師來做，因為在此地這是兩種完全不同的職業。在波蘭則不然，在波蘭，音效師可以替自己的電影混音，在西方就不能這麼做，因為混音工作非常專業化，且電腦化，對於一位優秀的音效師來說，他不可能有時間去學那麼細節的事。於是，尚-克勞德就一直跟著我們到最後階段，儘管他的工作量極大，但我想他很高興。那是他一手創造出來的作品。他創造了自己的音軌，擁有一些非常專業化的設備——我想，在法國用那一套系統錄音還只是第二次！——然後他在電腦上剪輯所有的音效。他把它們輸入電腦之後，再作剪輯。那套電腦屬於他一個人專用，是他自己租來的，由他自己動手完成所有的工作。他甚至沒有用到剪接桌，就只用他的那部電腦。當然，這對配樂及混音工作來說並不稀奇，但對音效來說，卻很新鮮。

我想我選的燈光攝影師都很好。首先，我挑選的都是我想跟他們合作的人。《三色》對他們來說是個不錯的機會，因為這個製作很大，也很認真。雖然在國外工作的波蘭攝影師不少，但他們大部分都替小成本的影片或電視台工作。我認為我應該找那些幫助我完成《十誡》、並與我合作愉快的燈光攝影師來工作。老實說，拍《十誡》的攝影師每一位我都喜歡，但是我覺得有些人表現得特別好，或是特別投入。《十誡》是非常難拍的片子，對攝影師而言亦然，狀況艱難，錢又少，所以我覺得他們值得一些友善的回報。

我必須選擇那些了解西方工作方式的燈光攝影師。首先，他們的

語言要通；其次他們必須懂得製作的方式。如果我請一位除了波蘭的製作方式及波蘭話之外什麼都不懂的人來工作，對我會是一項太大的責任，同時也會是一件太複雜的事。所以說，這個選擇本身的選擇性就有限。

我認為他們的作風都適得其所。每個人都擁有一個不同的世界，搭起不同的燈光，運用攝影機的方法也各不相同。當我決定與他們合作之後，我心裏便不斷考量電影本身的需求及其戲劇理論與結構等等。我們當然可以想像讓斯拉維克·伊茲亞克替《紅色情深》打燈光；讓皮歐特·索布辛斯基（Piotr Sobociński）去替《藍色情挑》打燈光。可是斯拉維克明確地表示他想拍《藍色情挑》。他有一定程度的選擇自由，因為他是與我共事最久的燈光攝影師，除此之外，最重要的是，我也相信《藍色情挑》需要他的世界觀與思考方式。

整體來說，我對《藍色情挑》感到滿意。片中有不少令人印象深刻的鏡頭，但卻沒有太多的特殊效果，我把很多有特殊效果的戲都剪掉了，我們想表現茱麗的心理狀態，當你從手術檯上醒來時，你所看見的第一樣東西是那盞燈，那盞燈變成一大團白霧，然後愈變愈清楚。意外發生之後，茱麗無法看清楚那位送電視給她的男人，她張開眼睛好一會兒，只看見一片模糊。這並不是意外，而是她當時典型的內向心理狀態。她的注意力全集中在自己身上。

索布辛斯基的確把《紅色情深》拍得很好，或許他給演員的限制太多了，但是任何一位嚴格且一貫堅持自己要求的效果的燈光攝影師都會這麼做。

《紅色情深》中最重要的成分是紅色，但並非濾光鏡。比方說：紅色的衣服、紅色的狗項圈、一樣紅色的背景。這個顏色並非裝飾，它扮演著極重要的戲劇理論性的角色。這個顏色代表著特定的意義，

像是范倫婷穿著她未婚夫的紅夾克睡覺。紅色象徵記憶，象徵對某人的需要。《紅色情深》的結構非常複雜，我不知道我們是否成功地透過銀幕把我的想法傳達出去。我們什麼都不缺，有非常好的演員，伊蓮·雅各與尚-路易·特釀狄罕（Jean-Louis Trintignant）都十分出色；我們有完美的內景，在日內瓦的那些場景選得都不壞。所以我擁有一切必要的條件，足以傳達我想說的複雜訊息。倘若我的想法無法成功地傳達出來，若不是電影這個媒體太原始，無法支撐這樣的結構，否則即表示我們每個參與這項工作計劃的人實在才華有限。

法國這兒的情況不同。在波蘭，通常都由設計師負責尋找場景，但在這裏則由導演的助理負責。我告訴我的助理我想要的東西是什麼，他不斷去尋找、尋找、尋找，然後由燈光攝影師和我下決定，設計師到後來才加入工作陣營，去做必要的改變：搭牆、補紅色的漆等等。但我並沒有這麼嚴格地去分工，我不想把工作官僚化，如果道具組的人突然想到一個不錯的場景，我們也會去看，或許真的不錯吶。

《藍色情挑》當然可以發生在歐洲任何一個地方，不過它的法國味十分濃厚，因為茱麗搬去住的地方具有獨特的巴黎風格。那是巴黎一個著名的區域，叫作莫芙塔街（rue Mouffetard）。我們花了整整兩週才找到它。選上它的緣故是因為它在攝影方面提供了各種可能。我們在莫芙塔街上找到一個可以在四方架設攝影機的地點。你可以從四個方向拍攝，觀眾卻看不出來。我覺得那個地方觀光氣息太濃厚，太像海報。不過，每個市集都有這種傾向。我們需要一個有很多人潮的市集，原因是茱麗想很輕鬆地失去自我，她到那裏去，就不會有任何人找得到她。她會被淹沒！

本來，茱麗和她的丈夫應該住在巴黎的一棟別墅裏，然後她再隻

身搬往郊區。後來我們決定讓他們倆住在一棟離巴黎三十公里的大房子裏，然後讓茱麗搬往市中心，到一個她可以在羣眾之中失去自我的地方，你可以在大城市的人羣中隱姓埋名，老實講，我們找不到理想的郊區場景也是原因之一。

你永遠找不到你真正想要的東西。《紅色情深》發生在日內瓦，那是個極不上相的地方，完全沒有可拍的景，沒有搶眼的東西。那裏的建築物缺乏一致性，整個日內瓦像被砍成許多小碎片似的。許多房屋都被拆掉重建，被現代建築物取代的地段建築風格從六〇、七〇，以至八〇年代不等，令我極端生厭。日內瓦的結構散漫，缺乏個性。當然，片中有一個呈現噴水池的廣角鏡頭，讓你知道那是日內瓦，但除此之外，找不到一樣有特性的東西。

在日內瓦我們需要一些在地形上彼此能夠配合的房子。我們大概找遍了整個日內瓦（它並不大），才發現兩個這樣的地方。當然，片中的動作不見得非發生在日內瓦市內不可。但是當你身在某個城市裏，總會想表達該地的一些特性。

我對音樂一竅不通。對於氣氛我懂得比音樂多。我知道我想要的氣氛是什麼，但是我不知道該用哪一種音樂去營造那種氣氛，也不懂怎麼去寫音樂。普里斯納是一個我可以跟他合作的人，而不只是要求他替我製造某種效果而已。我常想把音樂安插在他覺得極荒謬的段落，同樣的，在很多我覺得不應該有音樂的戲裏，他又覺得應該有音樂。於是我們就把音樂加進去。在這個領域，他無疑比我敏感許多。我的想法比較傳統，他則比較現代，充滿驚奇。換句話說，他想配樂的地方都令我感到驚訝。

音樂在《藍色情挑》裏非常重要，銀幕上常常有音符出現。以這

個角度來看,這是一部講音樂的電影。它在討論音樂的創作,及音樂這份工作。某些人覺得茱麗才是我們聽到的音樂的作者。有一次有個記者問茱麗:「妳丈夫的音樂是妳寫的嗎?」茱麗甩門,把對方關在門外,因此這個說法可能是真的,後來抄譜員又說:「上面有很多修改過的地方。」改動處總是很多,茱麗是否只負責修改呢?或許她是那種自己一篇音樂也寫不出來,卻對修改已完成的音樂十分在行的人。她可以看到每個細節,具有完美而分析力極強的頭腦,同時又有極出色的修改才華。已完成的音樂或許不差,但經過她改進之後方能臻於完美。她到底是作者,抑或是共同作者;她創作,抑或修改?其實並不重要。即使她只負責修改,她仍是作者或共同作者,因為經過修改的音樂比原來的好很多。整部電影不斷播放那首樂曲的片段,到最後我們聽到完整的樂章,莊嚴而偉大。我們於是相信她的確參與了這首樂曲的創作過程。從這個角度來看,這是一部討論音樂的電影。

除了卡洛曾用梳子吹奏過三遍「最後的週日,明天我們將道別」(The Last Sunday, tomorrow we'll part) ❷之外,我對《白色情迷》這部講平等的電影音樂仍沒有什麼概念。或許我們會選用專為默劇所寫、具有單純特性的音樂,但不會是鋼琴演奏,樂曲安排會比較複雜。我猜想它大概會受到像是馬祖卡舞曲(mazurka)這種有一點粗俗卻十分浪漫的波蘭民族音樂的影響。

普里斯納已經為《紅色情深》寫了一首西班牙舞曲。通常西班牙舞曲都由兩個主題交織在一起,我們將分別運用這兩個主題,到最後讓它們共同組成一首西班牙舞曲。我們也可能會在開始的時候放那首西班牙舞曲,然後在片中分開運用那兩個主題。到時候再看情況吧!

我們在三部電影中都提到梵・德・布登梅爾(Van der Budenmajer)。在《十誡》及《雙面薇若妮卡》裏我們就已經用過他的作品,他

是我們最心儀的十九世紀末荷蘭作曲家。其實他並不存在，只是很久以前我們發明出來的人物。梵‧德‧布登梅爾當然就是普里斯納！普里斯納現在拿著自己以前的作品，說它們全是布登梅爾寫的。布登梅爾甚至還有出生及死亡日期，他每首作品都經過分類。分類號碼就用來作為錄音標題。

　　每部電影的劇本都有四個版本，再加上一個名為「第四版增訂本」，只載錄對白的版本。剛開始的時候我們有一位寫對白的編劇，後來製片和我成功地說服馬辛‧拉泰婁替我們好好地翻譯對白，找出所有正確的俗語。

　　通常我會花上一整天時間專門改動對白。演員們都聚在一起，我們一起討論有沒有更好的、更精確的表達方式，或者能否乾脆省略。當然到了拍攝現場我們又會再改動十次。

　　我不會幫演員排戲，甚至以前在波蘭也從未這樣作過。我也不用替身，除非我們必須拍攝某人在鼻子上挨一拳，而演員又不想挨揍的話，才會用上特技演員。不過我們曾使用一位替身代替尚-路易‧特釀狄罕，因為他出了一次意外，行走不便，必須用拐杖，但我們也只在排戲的時候才用替身。雖然我剛才說過我們不排戲，不過在《紅色情深》中有些長達十分鐘的戲必須先和演員排練過，我們花兩、三天的時間和燈光攝影師在適當的內景中排這些戲，確定演員應該坐在哪個位置上，可以在哪裏架燈等等。

　　我試著讓別人覺得我做的工作很有趣味。就像我希望觀眾感興趣一樣，我也希望工作人員感興趣。我想他們一旦看見我在何處架起攝影機，攝影師在何處安排燈光，音效師如何作準備工作，演員在幹什麼，他們馬上就會明白我們處在什麼樣的世界裏。何況他們都是久經

沙場的識途老馬了。

　　我當然企圖讓每個人都為我盡量發揮所長。我總是期待別人能替我出些主意，只因為我覺得通常他們懂得都比我多。我對演員、攝影師、音效、剪接師、電工、助理及所有人的期望都一樣。一旦我開始提著各式箱子到處逛（這是我最願意作的事），他們便不再覺得自己只被分配到某一個箱子，他們也了解自己可以屬於不同的箱子，立刻意識到我願意接納他們的想法。

　　對於製片，我沒什麼可抱怨的。以前我一向在沒有製片的情況下工作，因為波蘭沒有所謂的製片。儘管我的同事與朋友沒有出一毛錢，但對我而言，他們就跟製片一樣，在一旁注意我做的每一件事，並且提供意見。事實上，這正是我對西方製片的期望。其實我只要求兩點：我期望能夠擁有某種程度的自由，去做我認為正確的事；我也期望建立夥伴的關係。

　　要感覺自由，所牽涉到的層面當然很廣。就拿錢來說吧，我不想替一位還需要我自己出面去找錢的製片工作。我寧願和一位能夠保證我可以得到必要資金的人合作。我已經五十好幾，不再是年輕小伙子，可以像在讀電影學校時那樣玩。我沒辦法那麼做！必須有人保證讓我達到我的要求。我總是重複強調我想拍低成本的電影，但那並不表示我到了拍片地點還得自己去找旅館，我也不想求我的朋友去演主角或是負責化粧及服裝。我寧願一切都在專業化的方式下進行。換句話說，我期望在製作方面一切平靜無波。

　　這種平靜與我能夠擁有一定程度的調度自由密不可分。當我和製片討論劇本，並對預算及工作條件──我試著盡量把這些條件作明確的規定──達成協議的同時，我也期望他能給予我調度的可能。比方

說，我可以拍攝一場劇本裏沒有的戲，或是他允許我剪掉一場耗費不貲、結果卻證實是毫無必要的戲。

另一方面，我期望製片能夠成為我的夥伴。也就是說，我期望他有自己的意見，對於電影及電影市場有一些知識。這也就是為什麼製片與發行商的關係，甚至他本身也發行，會如此重要。

《雙面薇若妮卡》的製片人成為我非常好的夥伴，也為我們創造極好的工作條件。可惜他原來並不是一個製片，他沒有老實告訴我該片籌措資金的方式，導至後來許多誤會產生。不過他仍是一位真正的夥伴，有自己的品味及意見，並讓我得到一切我想要的東西，亦即在製作範疇內的自由。

對於目前正在製作中的《三色》，我也擁有這種自由，或許自由的程度更大，因為目前這位執行製作無疑比較優秀。伊凡·克萊恩（Yvon Crenn）的經驗比我上一任執行製作多，在理財及創造好的工作條件這兩方面也能幹許多。負責直接監督拍片場景及管理每天賬目的執行製作，實在是一位非常重要的人物。

另外，卡梅茲（Karmitz）的經驗當然也遠超過我前一任的製片，因此他在表達意見時態度更為篤定。不過他總是樂意交談、討論，找出一個適合我們兩方面的方式，他幫助我解決了很多藝術上的問題，這當然是我對製片的期望之一；也就是說，他必須擔任仲裁者，做一個當我碰到困難時可以轉而求助的人。我想現在世界上這樣的製片已所剩無幾了。

至於我將來是否會繼續拍電影，這是完全不同的問題，而且也是一個目前我無法回答的問題。我想大概不會吧！

注釋

❶「皮西歐」即皮西雅維茲。

❷「最後的週日」（Ostatnia niedziela）（Petersburski-Starski, Schlechter）：三
　〇年代的波蘭歌曲。

作品年表

1966　The Tram（TRAMWAJ）　　　　　　　　　　　　　　　短片

夜晚。一位男孩跑著跳上一輛電車。車上乘客很少，只有一名正要去工作的工人和一位漂亮女孩。被女孩吸引的男孩企圖逗她發笑，然後看著她入睡。他在自己那站下車，但經過考慮之後，又重複第一幕，追趕著載有熟睡中女孩的那輛電車。

導演：Krzysztof　Kieślowski

編劇：Krzysztof　Kieślowski

攝影：Zdzisław Kaczmarek

製作：Łódź電影學校

演員：Jerzy Braszka, Maria Janiec

35釐米，黑白，5分45秒

The Office（URZAD）　　　　　　　　　　　　　　　　紀錄片

一家國有保險公司內的櫃台。櫃台窗戶前面大排長龍，僱員重複同樣的問題：「你這輩子做過什麼？」一部對官僚制度堅不可破的諷刺劇。

導演：Krzysztof　Kieślowski

編劇：Krzysztof　Kieślowski

攝影：Lechosław　Trzęsowski

製作：Łódź電影學校

35釐米，黑白，6分鐘

1967 Concert of Requests（Koncert Życzeń） 劇情片

一車喧嘩的年輕人停在湖邊。他們飲酒、踢足球、胡鬧，其中一位年輕人
在追球時看見樹叢裏的一對男女。他出神地盯著那個女孩，但遊覽車司機
鳴按喇叭，離開的時間到了。遊覽車駛離。那對男女收拾背包，騎著摩托
車超越那輛遊覽車。坐在後座上的女孩掉了背包，遊覽車司機停下來幫她
撿起，那對男女回頭找背包，司機要求女孩和那些酒醉的年輕人同乘遊覽
車，否則不把背包還給她，她準備照作。最後一切又歸於平靜。女孩回到
男友身邊，追球的那位年輕人愁悶地望著那對男女騎車離去。

導演：Krzysztof　Kieślowski

編劇：Krzysztof　Kieślowski

攝影：Lechoslaw Trzęsowski

剪接：Janina Grosicka

製作：Łódź電影學校

35釐米，黑白，17分鐘

1968 照片（The Photograph/ZDJĘCIE） 紀錄片

一張舊照片。裏面有兩個小男孩，戴著軍帽，拿著步槍。攝影機開始尋找
現在已經成人的這兩位小男孩，並記錄下他們在看到這張照片時的感覺。

導演：Krzysztof　Kieślowski

攝影：Mark Jóźwiak

剪接：Niusia Ciucka

製作：Polish Television

16釐米，黑白，32分鐘

洛茲小城（From the City of Łódź/Z MIASTA LODZI） 紀錄片

「它在描繪一個小城裏有些居民在工作，其他人則到處遊蕩，不知在找些
什麼……那個小城充滿古怪的人、充滿了荒謬的雕像和各種不同的對比
……充滿了斷垣殘壁、破棚與陰暗的角落。」（奇士勞斯基）

導演：Krzysztof　Kieślowski

攝影：Janusz Kreczmański, Piotr Kwiatkowski, Stanisław Niedbals-
　　　ki

剪接：Elżbieta Kurkowska, Lidia Zonn

錄音：Krystyna Pohorecka

製片：Stanisław Abrantowicz, Andrzej Cylwik

製作：WFD

35釐米，黑白，17分21秒

1970　**我曾是個士兵**（I Was a Soldier/BYLEM ZOLNIERZEM）　　紀錄片

這部紀錄片「講一羣在二次世界大戰期間當兵而失去視力的男人……整部
片子裏，那些士兵只是坐在攝影機前講話。」（奇士勞斯基）

導演：Krzysztof　Kieślowski

編劇：Krzysztof Kieślowski, Ryszard Zgórecki

攝影：Stanistaw Niedbalski

製作：Czotóka

35釐米，黑白，16分鐘

工廠（Factory/FABRYKA）　　紀錄片

厄瑟斯（Ursus）曳引機工廠的一個工作天。拍攝工人與管理董事會的鏡頭
交替出現……工廠因爲缺乏器材、零件等，無法完成生產配額。他們呈遞
文件，申請執照，舉行無數次的會議，但似乎永遠無法逃脫誤會及官僚作
風——左手總是不知道右手在幹什麼——的邪惡網路。正如董事會一位成
員所說：「這個國家的官僚作風阻礙了任何解決之道。」但工人們仍必須
達到自己的生產額度。

導演：Krzysztof　Kieślowski

攝影：Stanislaw Niedbalski, Jacek Tworek

剪接：Maria Leszczyńska

錄音：Małgorzata Jaworska

製片：Halina Kawecka

製作：WFD

35釐米，黑白，17分14秒

1971 集合之前（Before the Rally/PRZED RAJDEM） 紀錄片

參加蒙地卡羅賽車大會前十天的準備過程。兩名波蘭駕駛與波蘭製飛雅特一二五型賽車的技術缺陷搏鬥，他們沒能完成賽程。本片在諷喻這個國家的工業及經濟問題。

導演：Krzysztof Kieślowski

攝影：Piotr Kwiatkowski, Jacek Petrycki

剪接：Lidia Zonn

錄音：Małgorzata Jaworska

製片：Waldemar Kowalski

製作：WFD

35釐米，黑白，15分9秒

1972 疊句（Refrain/REFREN） 紀錄片

這部紀錄片在討論與葬禮有關的官僚制度。哀傷與感情全被數字及大堆文件所取代。嬰兒接著出生，於是這個過程不斷地繼續下去。

導演：Krzysztof Kieślowski

攝影：Witold Stok

剪接：Maryla Czołnik

錄音：Malgorzata Jaworska, Michal Zarnecki

製片：Waldemar Kowalski

製作：WFD

35釐米，黑白，10分19秒

洛克斐和錫隆納葛拉之間（Between Wroclaw and Zielona Góra/MIĘDZY WROCŁAWIEN A ZIELONĄ GÓRĄ）

一部介紹魯賓（Lubin）銅礦場的委任電影。

導演：Krzysztof　Kieślowski

攝影：Jacek　Petrycki

剪接：Lidia　Zonn

錄音：Andrzej　Bohdanowicz

製片：Jerzy　Herman

製作：WFD

35釐米，彩色，10分35秒

銅礦場內的安全及衛生原則（The Principles of Safety and Hygiene in a Copper Mine/PODSTAWY BHP W KOPALNI MIEDZI）

講述魯賓銅礦場內安全及衛生條件的委任電影。

導演：Krzysztof　Kieślowski

攝影：Jacek　Petrycki

剪接：Lindia　Zonn

錄音：Andrzej　Bohdanowicz

製片：Jerzy　Herman

製作：WFD，受魯賓銅礦場委託。

35釐米，彩色，20分52秒

工人（71）（Workers'71: nothing about us without us/ ROBOTNICY '71: NIC O ANS BEZ NAS）　　　　　　　　　　　　紀錄片

本片拍攝時期在一九七〇年｜二月的罷工事件及葛慕卡倒台之後，「這部片子企圖描述 一九七一年工人的心理狀態。我們嘗試以非常廣泛的角度來呈現這個至少在理論上屬於我國統治階級的人們，讓大家知道他們的觀點和刊在《*Trybuna Ludu*》頭版上的那一套未必相符。」（奇士勞斯基）該片後來經過波蘭電視台重新剪輯，在不打出導演及製作羣名單的情況下播出，並且更改片名為《主宰》（Gospodarze）。

導演：Krzysztof　Kieślowski, Tomasz Zygadło, Wojciech

Wiszniewski, Paweo Kędzierski, Tadeusz Walendowski

攝影：Witold Stok, Stanisław Mroziuk, Jacek Petrycki

剪接：Lidia Zonn, Maryla Czołnik, Joanna Dorożyńska, Daniela Cie-
plińska

錄音：Jacek Szymański, Alina Hojnacka

製片：Mirosław Podolski, Wojcięch Szczesny, Tomasz Gołebiewski

製作：WFD

35釐米，黑白，46分39秒

1973　磚匠（Bricklayer/MURARZ）　　　　　　　　紀錄片

講一位磚匠在史達林統治時期受到黨的器重，成為一名鼓吹共產主義目標
的模範工人。他從一名年輕的活躍分子一路高升。他說：「我變成了辦公
室裏的跑堂，不再是一名活躍分子……我得到一份坐辦公桌的差事，卻喘
不過氣來，必須打開窗戶讓新鮮空氣進來……一九五六年來臨，突然之間，
一切都垮了！令人感到有點痛苦。問題是：現在該怎麼辦？一九五六年，
我要求他們解除我的職位，讓我回生產部幹我的舊活兒。我又回到起點上。」
攝影機在五月大遊行期間跟著這名磚匠——一位一生被高高在上的意識權
勢吸乾榨光的男人。

導演：Krzysztof　Kieślowski

攝影：Witold　Stok

剪接：Lindia　Zonn

錄音：Małgorzata　Jaworska

製片：Tomasz　Gołębiewski

製作：WFD

35釐米，彩色，17分39秒

人行地下道（Pedestrian Subway/PRZEJŚCIE PODZIEMNE）　電視劇

一位女人辭去她在小城裏的教職，搬到華沙，到一個人行地下道裏擔任商
店櫥窗的設計師。她丈夫來找她，希望她能夠回到他身邊。

導演：Krzysztof　Kieślowski

編劇：Ireneusz　Iredyński, Krzystof　Kieślowski

攝影：Sławomir Idziak

錄音：Malgorzata Jaworska

製作：Polish Television

演員：Teresa Budzisz-Krzyżanowska, Andrzej Seweryn, Anna Jar-
aczówna, Zygmunt Maciejewski, Jan Orsza-Łukaszewicz,
Janusz Skalski

35釐米，黑白，30分鐘

1974　X光（X-Ray/PRZEŚ WIETLENIE）　紀錄片

肺結核病患講述他們的恐懼，以及他們想重拾正常生活的願望。

導演：Krzysztof　Kieślowski

攝影：Jacek　Petrycki

剪接：Lidia　Zonn

錄音：Michał Żarnecki

製片：Jerzy Tomaszewicz

35釐米，彩色，12分63秒

初戀（First Love/PIERWSZA MIŁOŚĆ）　紀錄片

攝影機跟隨一對年輕的未婚戀人，從女孩懷孕、舉行婚禮，一直到嬰兒出
生。

導演：Krzysztof　Kieślowski

攝影：Jacek　Petrycki

剪接：Lidia　Zonn

錄音：Małgorzata　Jaworska, Michał　Żarnecki

製作：Polish　Television

16釐米，彩色，30分鐘

1975　履歷（Curriculum vitae/ŻYCIORYS）　　　　　　　　　紀錄片

一個黨務控制委員會對一名正面臨被開除黨籍威脅的黨員進行交插審訊。被告的一生爲虛構的故事——飾演該角色的人本身卻曾經有過類似的經歷——但那個黨務控制委員會卻是眞實的。隨著會議的進行，控制委員會開始相信該案件確有其事，於是給予被告接受專業審判的處治。

導演：Krzysztof　Kieślowski

編劇：Janusz　Fastyn, Krzysztof　Kieślowski

攝影：Jacek　Petrycki, Tadeusz　Rusinek

剪接：Lidia　Zonn

錄音：Spas　Christow

製片：Marek　Szopiński

製作：WFD

35釐米，黑白，45分10秒

人員（Personnel/PERSONEL）　　　　　　　　　　　　　電視劇

羅梅克是一位敏感、率眞且迷戀藝術魔力的年輕人。他到歌劇院擔任裁縫。當他逐漸認淸幕後的實況——充斥著吵嘴、微不足道的嫉妒、報復心態以及腐化內情——他的幻想破滅。影片結束時，羅梅克的面前擺著一張紙，他將在這張紙上公開指摘自己的朋友——另一位受到演員惡意陷害而被炒魷魚的裁縫。

導演：Krzysztof　Kieślowski

編劇：Krzysztof　Kieślowski

攝影：Witold　Stok

剪接：Lidia　Zonn

藝術指導：Tadeusz　Kozarewicz

服裝：Izabella　Konarzewska

製片：Zbigniew　Stanek

製作：Polish Television and Tor Production House

演員：Juliusz　Machulski　(*Romek*),　Irena　Lorentowicz,　Włod-

zimierz　Boruński, Michał　Tarkowski, Tomasz　Lengren,
Andrzej　Siedlecki, Tomasz　Zygadło, Janusz Skalski

16釐米，彩色，72分鐘

1976　醫院（Hospital／SZPITAL）　　　　　　　　　　紀錄片

攝影機記錄外科醫生如何值三十二小時的班。工具在他們手中壞掉，電路
不停中斷，連最基本的用材都缺乏，但醫生們仍抱持幽默的態度一小時一
小時地堅持工作下去。

導演：Krzysztof　Kieślowski

攝影：Jacek　Petrycki

剪接：Lidia　Zonn

錄音：Michał　Żarnecki

製片：Ryszard Wrzesiński

製作：WFD

35釐米，黑白，21分4秒

石板（Slate/KLAPS）

由《疤》那部劇情片中未使用上的影片剪輯而成。

導演：Krzysztof　Kieślowski

攝影：Sławomir　Idziak

錄音：Michał　Żarnecki

35釐米，彩色，6分鐘

疤（The Scar/BLIZNA）　　　　　　　　　　　　　　劇情片

一九七〇年，經過討論及不誠實的談判之後，當局決定了一家大型新式化
學工廠的建廠地點，並指派貝拿茲（Bednarz），一名誠實的黨員，負責經
管建廠工程。以前他曾經在廠址所在的小城住過，妻子曾經是黨內的活躍
分子。縱然他對該地的記憶並不愉快，卻決心盡忠職守，深信自己能夠將
該地建設成一個居民能夠安居樂業的地方。可惜他的企圖與信仰和當地居

民短視的要求有所衝突。理想幻滅的貝拿茲逐掛冠求去。

導演：Krzysztof　Kieślowski

編劇：Krzysztof　Kieślowski, 根據 Romuald Karaś的故事改編

對白：Romuald　Karaś, Krzysztof　Kieślowski

攝影：Sławomir　Idziak

剪接：Krystyna　Górnicka

藝術指導：Andrej　Płocki

錄音：Michał Żarnecki

音樂：Stanislaw Radwan

製片：Zbigniew Stanek

製作：Tor

演員：Franciszek Pieczka (*Bednarz*), Mariusz Dmochowski, Jerzy Stuhr, Jan Skotnicki, Stanisław Igar, Stanisław Michalski, Michał Tarkoiwski,Halina Winiarska, Joanna Orzechowska, Agnieszka Holland, Małgorzata Leśniewska, Asia Lamtiugina

35釐米，彩色，104分鐘

寧靜（The Calm／SPOKÓJ）　　　　　　　　　　　　電視劇

安台・葛拉克（Antek Gralak）剛從監獄裏出來。他離開家鄉克拉考，前往西利西亞一處建築工地工作。他對生活的要求非常簡單：只要有工作、有乾淨的地方睡覺、有東西吃、有個老婆、一台電視機和寧靜。他迫切地想避開麻煩，同時為自己仍自由地活著感到快樂，因此他對同事充滿善意，推心置腹，對老闆心存感激。他找到一個女孩，結了婚，卻無法避免工作上的衝突。建築材料無故失蹤，葛拉克的老闆與竊案有關連。老闆認為葛拉克可以成為他的共犯，於是提議讓他暗中加入。建築工人開始罷工，在老闆與同事之間進退危谷、又渴望平靜生活的葛拉克去上班。建築工人因認為他告密而圍毆他。他喃喃地說：「寧靜……寧靜……」

導演：Krzysztof　Kieślowski

編劇：Krzysztof　Kieślowski, 根劇 Lech Borski的故事改編。

對白：Krzysztof Kieślowski, Jerzy Stuhr

攝影：Jacek Petrycki

剪接：Maryla Szymańska

藝術指導：Rafał Waltenberger

錄音：Wiesław Jurgała

音樂：Piotr Figiel

製片：Zbigniew Romantowski

製作：Polish Televison

演員：Jerzy Stuhr (*Antek Gralak*), Izabella Olszewska, Jerzy Trela, Michał Szulkiewicz, Danuta Ruksza, Jerzy Fedorowicz, Elżbieta Karkoszka

16釐米，彩色，44分鐘

1977 守夜者的觀點 (From a Night Porter's Point of View/ Z PUNKTU WIDZENIA NOCNEGO PORTIERA) 紀錄片

這是一位工廠管理員的素描。他對嚴格紀律有狂熱的信仰，甚至在自己的私生活中也企圖控制每個人及每件事。因為他相信「規矩比人更重要……這表示當一個人不守規矩時，」他說，「你可以說他就是個廢物……小孩也應該遵守這些規矩，還有那些住在這個地球上的成年人，這個美麗的世界是為他們而創造的！我想死刑是必要的……把他（罪犯）吊死算了。要公開處刑！讓成千上萬的人看見！」

導演：Krzysztof Kieślowski

攝影：Witold Stok

剪接：Lidia Zonn

錄音：Wiesława Dembińska, Michał Żarnecki

音樂：Wojciech Kilar

製片：Wojciech Kapczyński

製作：WFD

35釐米，彩色，16分52秒

我不知道（I Don't know/NIE WIEM） 紀錄片

「那部片子是下西利西亞一家工廠廠主的告白。他雖是黨員，卻反對共產黨員在那個工廠及那個區域猖獗的黑手黨作風。他們偷竊、盜用公款。他並不知道還有階層更高的人牽涉在內。後來他們把他徹底整垮了！」（奇士勞斯基）那個男人的結論是：「我做對了嗎？我不知道！」

導演：Krzysztof　Kieślowski

攝影：Jacek　Petrycki

剪接：Lidia　Zonn

錄音：Michał　Żarnecki

製片：Ryszard　Wrzesiński, Wojciech　Kapczyński

製作：WFD

35釐米，黑白，46分27秒

1978　七個不同年齡的女子（Seven　Women　of　Different　Ages/　SIEDEM KOBIET W RÓZNYM WIEKU） 紀錄片

在一週七天內，每天描述一位不同的古典芭蕾舞女伶練舞或排練時的情況。她們年齡不等，最小的才剛踏出第一步芭蕾舞步，最年長的現在已擔任芭蕾舞老師。

導演：Krzysztof　Kieślowski

攝影：Witold　Stok

剪接：Alina　Siemińska, Lidia　Zonn

錄音：Michał Żarnecki

製作：WFD

35釐米，黑白，16分鐘

1979　影迷（Camera Buff/AMATOR） 劇情片

菲立浦・莫茲（Filip Mosz）為了記錄自己新生女兒的第一年生命，買了一台8釐米攝影機。他對這個新玩具非常著迷，並且開始對拍攝自己家人以

外的題材產生興趣。他的工廠老闆抓住這個機會，派他擔任正式的編年史官。他的影片在業餘比賽中得獎，隨著他創作才華的成長，他想記錄真實的現實，而非官方報導的現實的慾望也開始滋長。他在工廠裏面臨電檢制度，他的直屬上司因為他的影片被開除：管理階層認為一部描述殘障工人——即使那是一名模範工人——的紀錄片有損工廠清譽，同時，莫茲的妻子因為他為拍片投下太多時間及承諾而棄他而去。莫茲把膠片打開，讓它們曝光，然後將攝影機對準自己。

導演：Krzysztof　Kieślowski

編劇：Krzysztof　Kieślowski

對白：Krzysztof　Kieślowski, Jerzy　Stuhr

攝影：Jacek　Petrycki

剪接：Halina　Nawrocka

藝術指導：Rafał　Waltenberger

錄音：Michał　Żarnecki

音樂：Krzysztof　Knittel

製片：Wielisława　Piotrowska

製作：Tor

演員：Jerzy　Stuhr (*Filip　Mosz*), Małgorzata　Ząbkowska (*Irka Mosz*), Ewa　Pokas (*Anna　Włodarczyk*), Stefan　Czyżewski (*Manager*), Jerzy　Nowak (*Osuch*), Tadeusz　Bradecki (*Witek*), Marek　Litewka (*Piotrek　Krawczyk*), Bogusław　Sobczuk (*Television Editor*), Krzystof　Zanussi (*himself*)

35釐米，彩色，112分鐘

1980　車站 (Station/DWORZEC)　　　　　　　　紀錄片

華沙中央火車站。「有些人睡著了；有些人在等候其他的人，那些人或許會出現，或許不會出現。那部片子就是在講一羣在尋覓某樣東西的人們。」（奇士勞斯基）由高架的「窺視」攝影機拍攝整個車站。

導演：Krzysztof　Kieślowski

攝影：Witold　Stok
剪接：Lidia　Zonn
錄音：Michał　Żarnecki
製片：Lech　Grabiński
製作：WFD
35釐米，黑白，13分23秒

談話頭 (Talking Heads/GADAJĄCE GŁOWY) 紀錄片

年齡自七歲至一百歲不等的七十九名波蘭人一起回答三個問題：你何時出生？你是做什麼的？你最喜歡什麼？

導演：Krzysztof　Kieślowski
攝影：Jacek　Petrycki, Piotr　Kwiatkowski
剪接：Alina Siemińska
錄音：Michał Żarnecki
製片：Lech Grabiński
製作：WFD
35釐米，黑白，15分32秒

1981　盲打誤撞（Blind Chance/PRZYPADEK） 劇情片

魏台克（Witek）跟在一列火車後面跑。緊接著這一幕常見的畫面之後發生了三種對魏台克的一生造成不同影響的事件。第一：他搭上火車，遇見一位誠實的共產黨員，自己也成為一位共黨活躍分子；第二：在趕搭火車時，他撞上一名鐵路警衛，遭到逮捕，審判之後被遣送某個公園擔任無酬勞工，他在那裏遇見一位反對黨員，於是他也變成反對黨中的鷹派分子；第三：他錯過了那班火車，遇見自己班上的一位女孩，回去繼續求學，跟那位女孩結婚，過著平靜無波的醫生生涯，不願涉身任何政治事件，他因公到國外出差，他所搭乘的那架飛機在半空中爆炸。

導演：Krzysztof　Kieślowski
編劇：Krzysztof　Kieślowski

攝影：Krzysztof　Pakulski

剪接：Elżbieta　Kurkowska

藝術指導：Rafal　Waltenberger

錄音：Michał　Żarnecki

音樂：Wojciech　Kilar

製片：Jacek　Szeligowski

製作：Tor

演員：*Episode 1:* Bogusław Linda (*Witek*), Tadeusz Łomnicki (*Werner*), Bogusława Pawelec (*Czuszka*), Zbigniew Zapasiewicz (*Adam*); *Episode 2:* Bogusław Linda (*Witek*), Jacek Borkowski (*Marek*), Adam Ferency (*Priest*), Jacek Sas-Uchrynowski (*Daniel*), Marzena Trybała (*Werka*); *Episode 3:* Bogusław Linda (*Witek*), Irena Burska (*Aunt*), Monika Goździk (*Olga*), Zbigniew Hübner (*Principal*).

35釐米，彩色，122分鐘

短暫的工作天(Short Working Day/KROTKI DZIEŃ PRACY)　劇情片

「那部影片講一位距離華沙一百公里外一個不小的城裏共黨書記的遭遇，批判的意味很濃。一九七六年，因為物價高漲，城裏爆發了一場規模很大的抗爭事件。最後民眾放火焚毀當地黨委總部，那名書記一直到最後關頭才逃離現場。本來他想與該建築共存亡，到了傢具開始發燙的時候，警方在線民的協助下，將他搭救出來。」(奇士勞斯基)

導演：Krzysztof　Kieślowski

編劇：Hanna Krall, Krzysztof Kieślowski,根劇Hanna Krall 的報導 'View from a First Floor Window' ('Widok z okna na pierwszym pietrze')改編。

攝影：Krzysztof　Pakulski

剪接：Elzbieta Kurkowska

錄音：Michał　Żarnecki

音樂：Jan Kanty Pawluśkiewicz

製片：Jacek　Szekigowski

製作：Polish　Television

演員：Wacław　Ulewicz (*Party Secretary*)

35釐米，彩色，79分22秒

無休無止（No End/BEZ KOŃCA）　　　　　　　　　劇情片

一位年輕律師的鬼魂觀察戒嚴法實施後的世界。片中共有三個主題交織在一起：一位被控爲反對黨活躍分子的工人本來由死去的那位律師辯護，現在則改由一位年長而經驗老道的律師辯護，後者甘願作某種程度的妥協；那位律師的寡婦在丈夫死後才明白自己有多麼愛他，她試著適應自己生命中的空虛；同時，還有一個隱喻的部分「在講由那名已不在人世的律師身上散發出來，留給他身後一切的表徵及信號。」（奇士勞斯基）

導演：Krzysztof　Kieślowski

編劇：Krzysztof　Kieślowski, Krzysztof Piesiewicz

攝影：Jacek　Petrycki

剪接：Krystyna　Rutkowska

藝術指導：Allan　Starski

錄音：Michał　Żarnecki

音樂：Zbigniew　Preisner

製片：Ryszard　Chutkowski

製作：Tor

演員：Grażyna Szapołowska (*Urszula Zyro*), Maria Pakulnis (*Joanna*), Aleksander　Bardini (*Labrador*), Jerzy Radziwiłłowicz (*Antoni Zyro*), Artur Barciś (*Dariusz*), Michał Bajor (*Apprentice Lawyer*), Marek Kondrat (*Tomek*), Tadeusz Bradecki (*Hypnotist*), Daniel Webb (*American*), Krzysztof Krzemiński, Marzena Tybała, Adam Ferency, Jerzy Kamas, Jan Tesarz

35釐米，彩色，107分鐘

1988 Seven Days a Week (SIEDEM DNI W TYGODNIU)　　　　　　紀錄片

一齣由不同導演描寫城市生活聯集中的一部，華沙，週一至週六，每天呈現一位不同人物的生活片段。到了週日，六個人共進晚餐，他們都是一家人。

導演：Krzysztof　Kieślowski

攝影：Jacek　Petrycki

剪接：Dorota　Warduszkiewicz

錄音：Michał　Żarnecki

音樂：Fryderyk　Chopin

製片：Jacek　Petrycki

製作：City　Life, Rotterdam

35釐米，彩色，18分鐘

殺人影片（A Short Film About Killing/KRÓTKI FILM O ZABIJANIU）

劇情片

一位年輕人在無意之間，以極殘暴的手法謀殺了一個計程車司機。皮歐特（Piotr）剛通過律師考試，可以開始執業。他將為那名年輕的兇手傑西（Jacek）辯護。被告沒有任何有利的證據，又缺乏明顯的動機。傑西受到審判，被判有罪，施以絞刑。皮歐特在經歷過自己的第一個案件之後，充滿失望與懷疑的情緒——代表人民的法律系統真的有權冷血殺人嗎？

導演：Krzysztof　Kieślowski

編劇：Krzysztof　Kieślowski, Krzysztof Piesiewicz

攝影：Sławomir　Idziak

剪接：Ewa　Smal

藝術指導：Halina　Dobrowolska

錄音：Małgorzata　Jaworska

音樂：Zbigniew　Preisner

製片：Ryszard　Chutkowski

製作：Tor and Polish Television (for the television version, *Decalogue 5*)

演員：Mirosław Baka (*Jasck*), Krzysztof Globisz (*Piotr*), Jan Tesarz (*Taxi-driver*), Zbigniew Zapasiewicz (*Police Inspector*), Barbara Dziekan-Wajda (*Cashier*), Aleksander Bednarz, Jerzy Zass, Zdzisław Tobiasz, Artur Barciś, Krystyna Janda, Olgierd Łu-kaszewicz

35釐米，彩色，85分鐘，獲坎城影展評審員獎

愛情影片（A Short Film About Love/KRÓTKI FILM O MIŁOŚCI）

劇情片

一位年輕的郵局職員湯瑪克（Tomek）迷戀住在對街公寓大廈裏生活浮濫的女人瑪格達（Magda）。他用望遠鏡窺伺她，最後並對她示愛。她則給他上了人生第一課：世上沒有愛情，只有性！崩潰了的湯瑪克企圖自殺，但不成功。他出院之後，輪到瑪格達開始迷戀他。

導演：Krzysztof　Kieślowski

編劇：Krzysztof　Kieślowski, Krzysztof Piesiewicz

攝影：Witold　Adamek

剪接：Ewa　Smal

藝術指導：Halina　Dobrowolska

錄音：Nikodem　Wołk Łaniewski

音樂：Zbigniew　Preisner

製片：Ryszard　Chutkowski

製作：Tor

演員：Grażyna Szapołowska (*Magda*), Olaf Lubaszenko (*Tomek*), Stefania Iwińska (*Godmother*), Artur Barciś (*Young Man*), Stanisław Gawlik (*Postman*), Piotr Machalica (*Roman*), Rafał Imbro (*Bearded Man*), Jan Piechociński (*Blond Man*), Małgor-zata Rożniatowska, M. Chojnacka, T. Gradowski, K. Koperski,

J.Michalewska, E. Ziółkowska

35釐米，彩色，87分鐘

十誡（The Decalogue/DEKALOG）

十部電視影集。每一部都以十誡中的一誡作為主題。

第一誡（Decalogue 1）

克里斯多夫（Krzysztof）引領他的小兒子保沃（Pawel）進入個人電腦的神祕世界。他相信這個機器萬無一失！冬天，保沃急著想穿上新溜冰鞋，他問父親是否可以去附近剛結冰的池塘上溜冰，他們詢問電腦——冰層可以承受孩子的體重，他可以去。保沃沒有回家。那天發生了怪異的化冰現象，電腦錯了！保沃被淹死。克里斯多夫在絕望中跑到教堂去抗議，摔倒在聖壇前。蠟淚撒在黑色聖母神像的臉上，在她的雙頰上凝結成淚滴。

導演：Krzysztof　Kieślowski

編劇：Krzysztof　Kieślowski, Krzysztof Piesiewicz

攝影：Wiesław　Zdort

剪接：Ewa　Smal

藝術指導：Halina　Dobrowolska

錄音：Małgorzata　Jaworska

音樂：Zbigniew　Preisner

製片：Ryszard　Chutkowski

製作：Polish　Television

演員：Henryk Baranowski (*Krzysztof*), Wojciech Klata (*Pawel*), Maja Komorowska (*Irena*), Artur Barciś (*Man in the sheepskin*), Maria Gładkowska (*Girl*), Ewa Kania (*Ewa Jezierska*), Aleksandra Kisielewska (*Woman*), Aleksandra Majsiuk (*Ola*), Magda Sroga-Mikołajczyk (*Journalist*), Anna Smal-Romańska, Maciej Sławinski, Piotr Wyrzykowski, Bożena Wróbel

35釐米，彩色，53分鐘

第二誡（Decalogue 2）

杜若它（Dorota）去醫院探視她瀕死的丈夫安德瑞（Andrzej）。她懷孕了
——這可能是她最後的懷孕機會——但孩子的父親不是他。她問丈夫的主
治大夫安德瑞會不會死，如果他可以活下去，她就必須去墮胎；如果他會
死，那麼她即可保住孩子。這位醫生如何能決定這個未出生嬰兒的生死呢？
他又如何能確定自己的病人會死，抑或將奇蹟似的復原？他告訴杜若它她
的丈夫毫無存活的希望，可是安德瑞卻復原了。杜若它告訴安德瑞他們即
將迎接一個新生命。他以爲那是自己的小孩。

導演：Krzysztof Kieślowski

編劇：Krzysztof Kieślowski, Krzysztof Piesiewicz

攝影：Edward Kłosiński

剪接：Ewa Smal

藝術指導：Halina Dobrowolska

錄音：Małgorzata Jaworska

音樂：Zbigniew Preisner

製片：Ryszard Chutkowski

製作：Polish Television

演員：Krystyna Janda (*Dorota*), Aleksander Bardini (*Consultant*),
Olgierd Lukaszewicz (*Andrzej*), Artur Barciś (*Young Man*),
Stanislaw Gawlik, Krzysztof Kumor, Maciej Szary, Krystyna
Bigelmajer, Karol Dillenius, Ewa Ekwińska, Jerzy Fedorowicz,
Piotr Siejka, Aleksander Trabczyński

35釐米，彩色，57分鐘

第三誡（Decalogue 3）

聖誕夜是全家團聚的時刻，沒有人願意獨處。伊娃（Ewa）騙自己的前任
男友約拿士（Janusz）離開家人，然後利用各種藉口留他過夜。約拿士想
回家，但伊娃態度強硬。他們在淸晨時分手。

導演：Krzysztof　Kieślowski

編劇：Krzysztof　Kieślowski, Krzystof Piesiewicz

攝影：Piotr　Sobociński

剪接：Ewa　Smal

藝術指導：Halina　Dobrowolska

錄音：Nikodem　Wołk-Łaniewski

製片：Ryszard　Chutkowski

製作：Polish　Television

演員：Daniel Olbrychski (*Janusz*), Maria Pakulnis (*Ewa*), Joanna Szczepkowska (*Janusz's wife*), Artur Barciś (*Tram-driver*), Krystyna Drochocka (*Aunt*), Krzysztof Kumor, Dorota Stalińska, Zygmunt Fok, Jacek Kalucki, Barbara Kołodziejska, Maria Krawczyk, Jerzy Zygmunt Nowak, Piotr Rzymszkiewicz, Włodzimierz Rzeczycki, Włodzimierz Musiał

35釐米，彩色，56分鐘

第四誡（Decalogue 4）

安卡（Anka）二十歲，母親已過世，現在和父親麥可（Michał）住在一起，他們倆相處融洽。麥可到國外出差，在他離家期間，安卡在父親的房間裏找到一個信封：「不可在我死前打開。」信封裏還有一個信封，全是她母親的筆跡寫給她的。安卡在父親回家後覆述信裏的話給他聽：她母親透露麥可並非安卡的生父。安卡巧妙地企圖誘惑麥可，他們之間的關係起了新的變化。麥可抗拒，她仍然有可能是他的女兒。當麥可再度準備出差時，安卡追在他背後向他坦承其實她並沒有讀那封信。

導演：Krzysztof　Kieślowski

編劇：Krzysztof　Kieślowski, Krzysztof Piesiewicz

攝影：Krzysztof　Pakulski

剪接：Ewa　Smal

藝術指導：Halina　Dobrowolska

錄音：Małgorzata Jaworska

音樂：Zbigniew Preisner

製片：Ryszard Chutkowski

製作：Polish Televison

演員：Adrianna Biedrzyńska (*Anka*), Janusz Gajos (*Michał*), Artur Barciś (*Young Man*), Adam Hanuszkiewicz (*Professor*), Jan Tesarz (*Taxi-driver*), Andrzej Blumenfeld (*Michał's friend*), Tomasz Kozłowicz (*Jarek*), Elżbieta Kilarska (*Jarek's mother*), Helena Norowicz (*Doctor*)

35釐米，彩色，55分鐘

第五誡（Decalogue 5）

《殺人電影》的電視版（見前）。

35釐米，彩色，57分鐘

第六誡（Decalogue 6）

《愛情電影》的電視版（見前）。

35釐米，彩色，58分鐘

第七誡（Decalogue 7）

六歲的阿妮亞（Ania）由伊娃（Ewa）扶養長大。她從小認爲伊娃的女兒瑪耶卡（Majka）是她的姊姊，其實瑪耶卡是她的生母。瑪耶卡對於活在謊言中感到厭煩，渴望阿妮亞能像愛母親一般愛自己，於是綁架阿妮亞，逃出父母的家。她去尋求阿妮亞生父華耶泰（Wojtek）的庇護。瑪耶卡還在當學生的時候爲了當老師的華耶泰而懷有身孕，妒火中燒的伊娃到處尋找阿妮亞，並打電話給華耶泰，瑪耶卡抱著自己的小女兒繼續逃。只有當母親允許她以眞實身分養育親生女兒，她才願意回來。瑪耶卡與阿妮亞躲在附近的車站裏，伊娃問售票小姐是否看見一位年輕女子帶著一個小女孩，售票小姐說謊：是的，她看見過她們，不過她們已在兩個鐘頭前離開。

在背景中，阿妮亞醒來後看見伊娃，「媽咪！」她叫著奔向她，一列火車進站。瑪耶卡跳上去，不理會懇求她回家的伊娃。

導演：Krzysztof　Kieślowski

編劇：Krzysztof　Kieślowski, Krzysztof Piesiewicz

攝影：Dariusz　Kuc

剪接：Ewa　Smal

藝術指導：Halina　Dobrowolska

錄音：Nikodem　Wołk-Łaniewski

音樂：Zbigniew　Preisner

製片：Ryszard　Chutkowski

製作：Polish　Televison

演員：Anna Polony (*Ewa*), Maja Barełkowska (*Majka*), Władyslaw Kowalski (*Stefan*), Bogusław Linda (*Wojtek*), Bożena Dykiel (*Ticket　Woman*), Katarzyna Piwowarczyk (*Ania*), Stefania Blońska, Dariusz Jabłoński, Jan Mayzel, Miroslawa Maludzińska, Ewa Radzikowska, Wanda Wróblewska

35釐米，彩色，55分鐘

第八誡 (Decalogue 8)

研究戰後倖存猶太人命運的伊莉絲碧塔 (Elżbieta) 自紐約來訪，旁聽華沙大學舉行關於道德的演說。她責備教授蘇菲亞 (Żofia)，告訴她自己便是曾經在被佔領時期躲避納粹，卻被蘇菲亞拒絕收留的那個小女孩。蘇菲亞為她這種懦夫行為解釋——當時她積極從事地下工作的丈夫遭人陷害，因此任何被她收留的猶太小孩都難逃蓋世太保的魔掌。她鬱積多年的愧疚感終得澄清，而伊莉絲碧塔對人道主義的信心也得以重建。

導演：Krzysztof　Kieślowski

編劇：Krzysztof　Kieślowski, Krzysztof Piesiewicz

攝影：Andrzej　Jaroszewicz

剪接：Ewa　Smal

藝術指導：Halina　Dobrowolska

錄音：Wiesława　Dembińska

音樂：Zbigniew　Preisner

製片：Ryszard　Chutkowski

製作：Polish　Televison

演員：Maria　Kościałkowska (*Zofia*),Teresa Marczewska (*Elżbieta*),
Artur Barciś (*Young Man*), Tadeusz Łomnicki (*Tailor*), Mar-
ian Opania, Bronisław Pawlik, Wojciech Asiński, Marek Kę-
piński, Janusz Mond, Krzysztof Rojek, Wiktor Sanejko, Ewa
Skibińska, Hanna Szczerkowska, Anna Zagórska

35釐米，彩色，55分鐘

第九誡（Decalogue 9）

羅曼（Roman）得知自己性無能。他知道妻子漢卡（Hanka）有性的需要，
於是鼓勵她去找一個情人。她不願意，她愛羅曼。不過她仍和一名學生馬
里斯（Mariusz）發生了關係。羅曼雖然嘴巴上那麼說，卻變得極端嫉妒，
深怕漢卡真聽他的話去找情人。他窺伺她，發現了她與馬瑞斯的關係，卻
不知道漢卡已決定結束這段關係。羅曼自殺未遂，漢卡飛奔到他身邊。

導演：Krzysztof　Kieślowski

編劇：Krzysztof　Kieślowski, Krzysztof Piesiewicz

攝影：Piotr　Sobociński

剪接：Ewa　Smal

藝術指導：Halina　Dobrowolska

錄音：Nikodem　Wołk-Łaniewski

音樂：Zbigniew　Preisner

製片：Ryszard　Chutkowski

製作：Polish　Televison

演員：Ewa Błaszczyk (*Hanka*), Piotr Machalica (*Roman*), Artur
Barciś(*Young Man*), Jan Jankowski (*Mariusz*), Jolanta Piętek-

Górecka (*Ola*), Katarzyna Piwowarczyk (*Ania*), Jerzy Trela (*Mikołaj*), Małgorzata Boratyńska, Renata Berger, Janusz Cywiński, Joanna Cichoń, Sławomir Kwiatkowski, Dariusz Przychoda

35釐米,彩色,58分鐘

第十誡 (Decalogue 10)

一名男子死後留給他兩個兒子,澤西 (Jerzy) 與阿塗 (Artur),一套價值連城的郵票。儘管這兩個兒子對郵票所知有限,卻不願將之變賣。他們得知這套珍貴的郵票還缺少一張極稀有的郵票,才算完整。爲了得到那張郵票,澤西捐贈自己的腎臟——郵票的主人需要爲自己的女兒買一個腎臟。澤西與阿塗回到旅館之後,發覺他們遭小偷光顧,整套郵票不翼而飛。他們滿懷羞愧地向對方告白都曾懷疑是對方偷的,然後重歸於好。

導演:Krzysztof　Kieślowski

編劇:Krzysztof　Kieślowski, Krzysztof Piesiewicz

攝影:Jacek　Bławut

剪接:Ewa　Smal

藝術指導:Halina　Dobrowolska

錄音:Nikodem　Wołk-Łaniewski

音樂:Zbigniew　Preisner

製片:Ryszard　Chutkowski

製作:Polish　Televison

演員:Jerzy Stuhr (*Jerzy*),Zbigniew Zamachowski (*Artur*), Henryk Bista (*Shopkeeper*), Olaf Lubaszenko (*Tomek*), Maciej Stuhr (*Piotrek*), Jerzy Turek, Anna Gronostaj, Henryk Majcherek, Elżbieta Panas, Dariusz Kozakiewicz, Grzegorz Warchol, Cezary Harasimowicz

35釐米,彩色,57分鐘

1991 雙面薇若妮卡（The Double Life of Véronique/LA DOUBLE VIE VÉRONIQUE）

波蘭的薇若妮卡（Weronika）歌喉極美，卻患有心臟病，她必須作選擇——是繼續歌唱，冒著生命危險，承受必然的緊張及壓力；或是放棄歌唱事業，過正常的生活。她在歌唱比賽中獲勝，選擇了自己的事業。在一場演唱會中，她心臟病發作而身亡。

法國的薇若妮卡（Veronique）也有甜美的歌喉及心臟病。當波蘭的薇若妮卡受苦時，法國的薇若妮卡便意識到自己必須避免走上同樣痛苦的道路。她拒絕了歌唱事業，在小學裏敎音樂。有一天，一位木偶演員及寫故事的作家亞歷山大（Alexandre）來到她的學校表演，她爲他癡迷，讀了他所寫的書。幾天之後，她收到一些神祕的訊息——一個空雪茄盒、一條鞋帶、一卷在車站咖啡廳錄下各種聲響的錄音帶。她找到那家車站咖啡廳，發覺亞歷山大在那裏等著她。在他們作愛的旅館裏，亞歷山大找到薇若妮卡去波蘭時拍的照片。他看到波蘭的薇若妮卡，以爲她是法國的薇若妮卡，在那個時刻薇若妮卡才領悟到有——或曾經有過——一個和自己一樣的人。她覺得自己注定應該和亞歷山大在一起，但是她的夢想幻滅。亞歷山大做了兩個木偶——一個是法國的薇若妮卡，另一個是波蘭的薇若妮卡。他自私地利用了薇的生命與感情。薇若妮卡離去，返家回到父親身邊。

導演：Krzysztof　Kieślowski

編劇：Krzysztof　Kieślowski, Krzysztof Piesiewicz

攝影：Sławomir　Idziak

剪接：Jacques　Witta

藝術指導：Patrice　Mercier

音樂：Zbigniew　Preisner

執行製片：Bernard-P. Guireman

製片：Leonardo de la Fuente

製作：Sidéral Productions/Tor Production/Le Studio Canal Plus

演員：Irène　Jacob（*Weronika/Véronique*），Aleksander　Bardini（*Orchestra　Conductor*），Władyslaw　Kowalski（*Weronika's*

Father), Halina Gryglaszewska (*Weronika's Aunt*), Kalina Ję-
drusik (*Gaudy Woman*); Philippe Volter (*Alexandre*), Sandrine
Dumas (*Catherine*), Louis Ducreux (*Professor*), Claude Duneton
(*Véronique's Father*), Lorraine Evanoff (*Claude*), Guillaume de
Tonquedec (*Serge*), Gilles Gaston-Dreyfus (*Jean-Pierre*), Alain
Frerot, Youssef Hamid, Thierry de Carbonnières, Chantal Ne-
uwirth, Nausicaa Rampony, Boguslawa Schubert, Jacques
Potin, Nicole Pinaud, Beata Malczewska, Barbara Szalapa,
Lucyna Zabawa, Bernadetta Kus, Philippe Campos, Dominika
Szady, Jacek Wójciki, Wanda Kruszewska, Pauline Monier

35釐米，彩色，98分鐘

1993/4 三色：藍，白，紅（Three Colours: Blue, White, Red)
藍色情挑(Blue/Blewe, 1993)

茱麗（Julie）在一場車禍中失去她的名作曲家丈夫帕特瑞斯（Patrice）與
小女兒安娜（Anna）。她試著遺忘，割斷與過去的一切聯繫。她搬到巴黎
市內一個她覺得沒有人能找得到她的地方。但她卻無法避免所有的陷阱
——感覺、野心與欺瞞——這些陷阱威脅著她新獲得的自由。她也無法丟
棄她丈夫——抑或是她自己的——音樂。這是在她生活中她所無法控制的
一面。

導演：Krzysztof　Kieślowski
編劇：Krzysztof　Kieślowski, Krzysztof Piesiewicz
攝影：Sławomir　Idziak
剪接：Jacques　Witta
藝術指導：Claude　Lenoir
錄音：Jean-Claude　Laureux
混音師：William　Flageollet
音樂：Zbigniew　Preisner
執行製片：Yvon Crenn

製片：Marin Karmitz

製作：MK₂ SA/CED Productions/France 3 Cinema/CAB Productions/Tor Production

演員：Juliette Binoche (*Julie*),Benoit Regent (*Olivier*), Florence Pernel (*Sandrine*), Charlotte Very (*Lucille), Helene Vincent (The Journalist*), Phillippe Volter (*Estate Agent*), Claude Duneton (*Patrice*), Emmanuelle Riva (*Mother*), Florence Vignon (*The Copyist*), Jacek Ostaszewski (*The Flautist*), Yann Tregouet (*Antoine*), Isabelle Sadoyan, Daniel Martin, Catherine Therouenne, Alain Ollivier, Pierre Forget, Philippe Manesse, Idit Cebula, Jacques Disses,Yves Penay, Arno Chevrier, Stanislas Nordey, Michel Lisowski, Philippe Morier-Genoud, Julie Delpy, Zbigniew Zamachowski, Alain Decaux

35釐米，彩色，100分鐘，獲威尼斯影展最佳影片、女主角、攝影獎

白色情迷（White/Blanc, 1993）

一位旅居巴黎的髮型設計師卡洛（Karol）受到羞辱，他變得性無能，被妻子趕出家門，他遇見一位同是天涯淪落人的波蘭同胞，後者幫助他偷渡回波蘭。在故鄉，卡洛企圖變得比其他人「更平等」，並對妻子展開復仇的計劃。他對經營和哥哥合夥的鄉下美容院不再滿意，開始嘗試賺取暴利。他靠著狡滑與小聰明，發了一筆財，並假裝死亡。她的妻子出現在他的「葬禮」上，卡洛在她面前現身時，他們對彼此的愛意又重新燃起，可惜為時已晚。

導演：Krzysztof Kieślowski

編劇：Krzysztof Kieślowski, Krzysztof Piesiewicz

攝影：Edward Kłosiński

剪接：Urszula Lesiak

藝術指導：Claude Lenoir

錄音：Jean-Claude Laureux

音樂：Zbigniew　Preisner

混音師：William　Flageollet

執行製片：Yvon　Crenn

製片：Martin　Karmitz

製作：Tor Production/MK₂ Productions SA/CED Productions/France 3 Cinema/CAB Productions

演員：Zbigniew Zamachowski (*Karol*), Julie Delpy (*The Wife*), Jerzy Stuhr (*Karol's Brother*)

35釐米，彩色，100分鐘，獲柏林影展最佳導演獎

紅色情深（Red/Rouge, 1994）

一位年輕的模特兒范倫婷（Valentine）開車撞倒了一隻狗。她把那隻母狗抱上車，查知她的住址，然後去尋找狗的主人。她找到一棟別墅，屋主是一位年長的紳士，住處邋遢不堪，整天偷聽別人的電話交談內容。雖然剛開始她對那名男子的作為頗為不齒，卻受到吸引，展開一段神交。他們之間的友誼開始滋生，那名法官開始向范倫婷傾吐心聲。

導演：Krzysztof　Kieślowski

編劇：Krzysztof　Kieślowski, Krzysztof　Piesiewicz

攝影：Piotr　Sobociński

剪接：Jacques　Witta

藝術指導：Claude　Lenoir

音樂：Zbigniew　Preisner

錄音：Jean-Claude　Laureux

混音師：William　Flageollet

執行製片：Yvon　Crenn

製作：Matin　Karmitz

製片：CAB Productions/MK2 Productions SA/Tor Production/CED Productions/France 3 Cinema

演員：Irène Jacob (*Valentine*), Jena-Louis Trintignant (The Judge)

35釐米，彩色，100分鐘

索 引

155

國立中央圖書館出版品預行編目資料

奇士勞斯基論奇士勞斯基／Krzysztof Kieslowski
著;唐嘉慧譯. -- 初版. --台北市:遠流出版:
信報發行,民84
　　　面;　　公分. --(電影館; 53)
譯自:Kieslowski on Kieslowski
含索引
ISBN　957-32-2529-8(平裝)

1.奇士勞斯基(Kieslowski, Krzysztof,1941 -)
- 傳記　2. 導演 - 波蘭 - 傳記

987.31　　　　　　　　　　　　　　　84002494

· 思索電影的多方面貌 ·

電影館

· 郵撥／0189456-1　遠流出版公司
· 地址／臺北市汀州路3段184號7F之5
· 電話／365-3707　電傳／365-8989

＊本書目所列定價如與書內版權頁不符以版權頁定價爲準

水牛書版

愛書人共同的花園

TEL:2364-5726 FAX:2364-5723

台北市師大路浦城街1號(師大側門)